風雪

寒村　孤山　著

ある特殊法人地方組織責任者の苦悩と孤独な奮闘記

その詳細記録

とうかしょぼう
櫂歌書房

あらすじ

　当局の迷惑も顧みず定年まで居座った、として定年退職後の再就職を徹底的に閉め出された寒村孤山（さむらこざん）は、何故そうならざるを得なかったか、それまでの在職中何をしていたのか。厳しい職責上の試練にどう立ち向かい、格闘・処理してきたか。

　本省課長在職中最初の躓（つまず）きが尾を引き、行政改革の組織変更でポストが消滅し、弾き出されて特殊法人の地方ブロック責任者となった、寒村を待っていた難事案の数々。

　それらの内容は地域毎の特殊性・特徴が色濃く、取組と解決はいずれも困難極まるもの。大抵の者なら機会あれば放置して逃げ出したくなるし、事実寒村にも瞬間的機会があったが、敢えて立ち塞がる難題の山々と、寒村はどのように格闘し乗り越えていったか。

　就中（なかんずく）寒村が現職出向を含めて十年弱に亘る、このポスト在職中の殆ど全期間を傾注した直轄支所の開設には、特にその前半冒頭の地元業界の峻烈な要求行動と、本部の圧力に揉まれて辛酸（しんさん）を嘗（な）める思いであった。息も詰まりそうな勤務条件に堪えながら、苦情も言わず忍耐で職務を遂行してくれた職員達のおかげである。

本稿の執筆に当たって

人はいかなる場合でも、その置かれた立場で常に最善の努力をする必要がある。二度と無い人生に悔いを残さないために。

その人生の中でも最も充実した仕事の出来る、せねばならない時期がある。それは恐らく定年退職を予定された残り時間のない時期、その人にとっては人生を、社会的に上り詰めているときであろう。

何故なら、その属する社会での経験と自信が、人生で最も凝縮され、その成果を期待され、且つ残しうる最後の機会だからである。

然し、そうした真摯な努力の成果が、必ずしもその属した社会・組織の上層部に正当な評価をされるとは限らない。むしろ全く逆の場合も珍しくない。何故ならその上層部の人達に特有の規準が存するが故にである。

それ故に、自らの業績を、その辛苦とともに書きとどめ、敢えて世に問わんとするものである。

「事実は小説よりも奇なり。」と言われますが、この拙い体験記録が、その一部でも何人(なにびと)かの参考になり、勇気づけ、応用され、役立てて頂ければ望外の喜びです。

序章　徹底した再就職の締め出し

（一）定年退職直前後の進路打開試練＝人生再スタートの夢と希望

定年退職予定の年度末までの三ヶ月を疾うに割り込んだ一月十三日の午前、保安機構本部の梶山理事長から電話が入った。

「全国ＬＭＶ（Light Motor Vehicles）協会連合会へ再就職したいとの、昨秋からの君の希望を何とか叶えてやりたくて、同会の細川専務に掛け合う傍ら、本省へも内々了解を得るべく折衝してきたが、どうしても本省（堀出部長）の了解を得られないので、残念だが諦めて貰いたい。」

という内容だ。

昨秋本省の堀出部長が来福した折、地元交運局の梅雨部長と挨拶に出向いた所、山元局長と話し中の堀出部長がいきなり立ち上がって
「寒村(さむら)！　お前惚けたんか！　顔見たくもないもない！　挨拶は要らぬ、さっさと帰れ！」

と、怒りあらわな形相で酷(ひど)い面罵(ば)を受けていたので、或いはこんな事態もと一抹の不安を抱えていたが、理事長のこの申し渡しは、脳天を痛打された様に、暫く呆然自失の態で

何も手に付かず、午前中を所長室にぼんやりと佇んでいた。本省の了解が取れないというのは、何も全国ＬＭＶ協会連合会への再就職希望だけではない。交運省の外郭団体はおろか、その行政対象下にある全ての団体や企業への再就職を、組織として締め出すことを意味する。

事実後年の噂では、本省部長と地元局長の間に
「寒村孤山の再就職については当局は一切手を貸さず、所管業界からも締め出す。」趣旨の密約が交わされ、後任者へ代々引き継ぐことになっているとのことだ。

何故こんな事態になったのか。詳細はこの記録で明らかになるが、極言すれば、寒村孤山が九州統轄所長在任中に、地元交運局長からのポスト返還要求に対して、予て保安機構本部から地元交運局に依頼されている代替ポストの提示が全く無く、それを待つ間にも特に厄介な筑豊や、北九州対策を少しでも処理しておくために、それまで本省の人事意向に沿えなかったことだ。

本省のこの強硬措置には大いに悩まされ、呻吟することとなった。急には差し迫った定年退職後の生活の手段を見いだせないからだ。

然し一旦出された本省の方針が容易に変更されるはずも、変更させる手段もない以上、いつまでも呆然自失の態では居れない。何とかして目前に迫った定年退職後の活路を見いださねばならない。実現可能かどうか判らないが、予て寒村が関心を持っていて、若し定

年退職後にこの仕事に携わり成功できれば、ＬＭＶ業界にも多少とも役立つだろうし、数年内には卒業し始めるＬＭＶ保安機構のプロパー職員達の再就職の場にも提供できるだろう、と考えられる立体駐車場設置・施工事業を興せないかと思案した。折から地価高騰のさ中でもあり、個人住宅向けの物なら、販売や設置・施工程度は寒村一人でも可能だろうと思い定めた。

寒村は昭和五十九年七月のＬＭＶ保安機構への出向以来、ＬＭＶの全国的な盛衰について、詳細に関心を持つことになる。昭和末期近くまでは二度の石油ショックや価格の低廉性、維持諸経費の安さ、小回りのきく便利な移動手段として、不振の登録車を尻目に、順風満帆の状態で活発に売れ、保有台数も増え続けた。然し、こうした順調な推移は、平成時代に入ると共に大きく様変わりして、極度の乱高下状態となった。

即ち、消費税制導入で、それまで高級車ほど極度に高かった物品税が廃止され、一律３％の消費税（ＬＭＶへの極度の影響を避けるため、登録乗用車には三年間に限り六％とされ、その後更に四・五％と暫定措置された。）となってからＬＭＶ市場は急速に凋落した。特にそれまでの主力であったＬＭＶのボンバンは忽ち同乗用車と比率が逆転した。これに対し、影響軽減策を兼ねて、安全性強化の面から、平成元年２月に排気量を５５０㏄↓６６０㏄、車体長さを３２０㎝↓３３０㎝とする改定が行われ、一時的に退潮を挽回したかに見えた。

だがこれも束の間、大坂花の万博に備えて、大都市における違法路上駐車の取り締まり強化、及び車庫規制の強化が発表され施行されるに及んで、ＬＭＶ市場は決定的な打撃を受けることとなった。

車庫問題、特に立体駐車場施設に対する寒村の関心は、この規制強化方針發表以来である。その前年のＬＭＶの規格改定に際し、これ以上の規格改定を行うならＬＭＶにも保管場所の届け出を義務づけるとの警察庁の意向を受け、規格改定の限度を定めたとの経緯を仄聞していただけに、約束が違う、それなら規格の枠を小型車並みに再引き上げしたらどうだ。どうせ税制上のメリット等も疾うに失っているんだから。そうせぬと法案の国会審議における警察庁幹部発言のように、五年以内に段階的に全国に網を被せられたら、ＬＭＶ市場が壊滅状態になるだけでなく、折から全国都市の地価異常高騰のもとでは、ＬＭＶの保有すらも困難になりかねまい。

規制強化の必要性には理解と協力を惜しまないが、何とかＬＭＶの市場と社会的役割を健全に残せる方法はないのか。こうした思いの一つとして立体駐車施設に関する動きを、自動車業界紙等で丹念に拾い、パーキングセミナー等にも自費参加してきた。

然しながらどうやって立体駐車施設関係の業務に入り込めるか、そんなことに逡巡していたのでは、口が先に干上がりかねない。手掛かりを掴む方法はゆっくり考え探すとして、取り敢えずやれることから着手すべきだ。

そうした考えから、二月に入り地元の職業安定所へ相談に出向いた。ここ福岡東職業安定所の担当官（徳永氏）は親切に当方の相談に応じてくれた。その結果、立体駐車施設の設置・施工には、その部材の運搬・組み立て等に必ずクレーンを使用するだろうが、その取扱い・訓練等をしている所は、県下四～五カ所の職業訓練所中で飯塚だけのようだ。訓練期間は半年で四月と十月に開講するが、若し四月入所なら退職後の手続き日時に余裕がないので急いで欲しいとのことだった。

福岡から飯塚に通うには、八木山峠という交通の難所を通らねばならず、冬期は極めて難渋すると、保安機構当統括事務所の職員達から聞いていたので、無理にも四月の開講（入所）に間に合わすべきだが、そのためには前日の五日に職安の受講指示を受けねばならない。

それには二日（金）迄に離職票等所要の書類を職安に提出せねばならないが、保安機構の人事事務を司る本部が東京都港区虎ノ門なので、離職票などは東京港区の職安から交付をうけて、担当者達が的確に動き、福岡に急送せねばならない。この辺りの事情をよく心得、本部の人事が実に的確に動いてくれた結果、際どい綱渡りが出来た訳である。

（二）予想外だった職業訓練における適性の厚い壁

職業訓練所で寒村が所属したのは建設機械科であるが、この科は主として土木建設や荷役作業等で使用する重機のオペレーター技能や、これら重機の整備・点検・取扱い、測量や溶接作業、重機による土木作業などの訓練を行う科である。女性二名（前回は五名）を含む三十名の仲間は、二十才そこそこから還暦過ぎ三名を含む定年退職者までの幅広い年齢構成で、各人の経歴もまちまちであるが、構内の満開の桜に迎えられた訓練生の顔は、いずれも希望に満ち、初期のおっかなびっくりから次第に慣れて、ブルドーザーやバックホーなどの運転操作が板に付いてきた。

所が、自分の場合、これらの土木建設や荷役作業等の構造装置や機能関係・法令等の知識に関する講義は極めて面白く受講できるのだが、これら重機による作業は、どうやら適性を欠いでいるらしいことが、次第に鮮明に自覚されるようになった。立体視力、就中（なかんずく）、動態により遠近が変化する場合は、その瞬間的な位置の判断が出来ずに困った。これは斜視により立体視力＝深視力が基本的に欠落しているためである。

このことはたとえばブルドーザーで掘進する場合のブレード（排土板）の上下量の調節、バックホーの腕の屈伸、掘り起こした土の高さや深さ、前後関係等が同色の場合見分け難くて作業に支障する。正確な位置関係の判断を要する荷役機械になると致命的だ。フォークリフトの腕をパレットに挿入する場合や、移動式クレーンで吊り荷を障害物の間を通すときなど、正直言って全くその距離感覚の判断が付かない。

職業訓練を受ける最大の目的が自分の場合、移動式クレーンの資格（免許）取得にあるのだが、この適性欠陥には全く狼狽した。どう目を凝らしても立体視力で判断できなければ、曇りの日はクレーンの角度計で、晴れの日は太陽の影を利用して吊り荷や障害物の位置を判断できるし、実作業では玉掛専従作業員の誘導に従えば良い。そうした判断から、七月以降の専門コースの訓練選択では、敢えて移動式クレーンと大型特殊免許の訓練を選択した。後者は労働安全衛生規則上の重機資格だけでは、実務上支障があるとの考えからだ。

この結果はやはり無理だった。絶好の日陰状態を利用できた移動式クレーンの実技試験は、途中で一瞬の勘違いから失格、天を仰いで長嘆息したが、大型特殊の実技試験も二十余名中只一人の不合格者となって面目を失った。

(三) 手掛かり困難な進出予定（参入希望）の業界

半年間の職業訓練、特に後半三ヶ月の訓練結果は、前述の如く惨憺たる有様だったが、資格取得の挑戦は今後とも続けうる。事実移動式クレーンと大型特殊車の両免許は年度内に取得できた。

問題は進出予定の業界に果たして参入できるのか、どのようにして可能かだ。職業訓練所による就職斡旋の動きが活発化した九月中旬に、福岡市周辺のメーカーや専門業者を訪ねて相談した。

その結果判明したことは、予て若干危惧していたとおり「九州では地価の最も高い福岡市や北九州市でも、需要は業務用ばかりで、個人住宅向けの物は全くといえるほどない。受注開拓や設置施工も自社直轄でやっており、委託は全くやっていない。

これらの実態から、個人がこの業界に参入したり、その業務を行うのは、首都圏や近畿圏ならいざ知らず、九州では殆ど不可能で、余地はないだろう。」との見解だった。

さて困った。慥かにバブル崩壊後は、首都圏や近畿圏ほどではないにしても、地方都市でも若干地価は値下がり気味だし空地は近くにどこでも見られる。そんな状態では個人住宅向けの引き合いなしという専門家の説明も判るが、今更簡単に諦めるわけに行かない。兎に角やれるだけやって見るしかない。十月二日～三日上京した際に、パーキングセミナーの事務局（株）ジェムコ日本経営を銀座に訪ね、担当者に会って相談した。このセミナーは全国の立体駐車場設備メーカーや事業者、専門家を網羅し、更には警察庁や建設省の担当官も招聘して、駐車場問題を色んな角度から分析したセミナーや実物、模型等の展示フェアーなどを企画実施している。この担当者の話では、「現在この業界は著しい不況に喘いでいる。メーカーは在庫の山を抱え倒産が相次ぎ、急速に陶太が進んでいる。立体駐車施設の個人住宅向けの物は、東京や大阪でも全く出ていない。今ではこの業界への魅力は全くないと断定できる。住宅関連産業では、今は住宅設備や施工が活発化しており本命だ。折角重機のオペレーター訓練を受けたのなら、悪いことは言わぬ、そちらへ進みなさい。」とのことだ。

（四）再就職斡旋陳情への素っ気ない本省などの反応

寒村が定年退職した時点での、本省部長の再就職斡旋拒否・禁止の強硬な態度は、冒頭記述の通りである。再就職斡旋拒否・禁止の理由は、

「定年退職まで自分の都合でポストに固執し、地元局等へ多大の迷惑を掛けたのみならず、人事のルールに従わなかった、ということに尽きるが、本人もこの結果は予見し、覚悟の上での行為であったはずだ。何を今更虫の良い泣き言を言って・・・」というものだ。

各省庁幹部の異動は、例年通常国会が終わる六月中旬から七月上旬に集中する。だが当時の交運大臣は交運行政の大変革期であり、多くの重要案件を抱えているので、事務次官達三役を初め主要幹部はほぼ全員留任させる、と新聞発表をしていた。内閣不信任案が成立し、四十年ぶりと言われる政変が起こりそうな気運の中で、他の省庁は訝（いぶか）っていたが、七月一日付で他の省庁並みに幹部の異動発令が出た。この時本省の担当部長も交代した。

第三次行政改革審議会の答申を受け、運送車両の整備・保安確認制度のあり方を再検討すべく交運技術審議会に諮り、これからその結論を法令改正や現場の施行体制の整備に全

力で取り組まねばならない重要な時期で、異動は微妙視されていたのである。

この異動の新聞辞令を家内や娘達が持ってきて
「お父さんは駄目だと言ってるけど、本省の部長さんが替わったのだから、この際是非新任部長さんに働きかけてみて。

このままではお父さんの履歴や功績が無視され埋もれるだけじゃない。他の人達は順当に退官後も再就職先で活躍されてるのに、お父さんだけ除け者にされるの？。お願いだから何とかして！」

と悲痛な訴えだ。彼女らに役所の慣習や特に人事のやり方を説明しても判りっこない。

「惨めな結果になるだけだから、余生は自分のやりたいようにさせてくれ。」

と言っても
「兎に角お願いしてみて！」と言って止まない。

遂に意を決して新任の氷川部長に、取り敢えず昇任の祝意と陳情を認めた手紙を出し、引き継ぎや国会待機の都合等を勘案し、更に電話でアポイントを取った上で、日帰り上京をしてきた。この日は部長が局長に緊急呼び出されたり、他の来客などで、挨拶の後の用件は手紙の通りです、で終わった。

職業訓練も最終段階に入った九月中旬頃、今度は本省部長の補佐役で実質的総括課長である南田技術企画課長に事情と経緯の概要及び陳情を認めた手紙を出し、訓練の終了を俟って挨拶やお願いに上がりたい旨を伝えた。一週間後の電話アポイントでは冴えない返事だったが、十月上旬予定通りに上京した。

南田課長は来春採用の上級職の面接中なので後回しにして氷川部長へ面会・陳情した。その結果は堀出前部長のような面罵は無く言葉も丁寧だが、

「先輩も知っての、いや、覚悟の通りの経緯なので、今更陳情されても私の一存でどうも出来ない。甚だお困りらしい事情は判ったので、前任の部長さん達にも諮ってみたいが、期待されてもどうにもならないでしょうな。」

との返事だ。これは前部長の方針をそのまま踏襲したものだ。

この後で会った南田課長も

「自分は指示されたことを事務的に取り纏めるだけだから・・・」

との返事だし、二代前の本省部長で現在保安機構の松川理事や、三代前の本省部長だった運転事故対策センターの清末理事達は

「今となっては君が居座らざるを得なかった事情や、その 立場での苦労・功績は正当に認めたいが、何しろ役所の、特に人事責任者の立場は、前・現部長の通りだし、それに自分達は退官して何の力もないので・・・」

と言うばかりである。この滞在中に訪ねた吉本元理事、その他の友人・知人も同情はするが力になれないとの立場だ。その中で久闊と近況説明のため最後に訪ねた警察庁ＯＢで

道路交通情報センター理事を勤める上山氏が、二十数年も前の同僚（当時寒村は交運省からの陸上畑の技官第一号として警察庁に出向中だった。）に対し、彼の九州の知人を訪ねて相談するよう勧めてくれた。好意には深く感謝した。

この一連の元上司や同僚への訪問陳情の時だったか別の何かの時だったか、ＪＭＶＦ（日本運送車両連盟）専務理事の申円令聞氏へ一縷の望みを託すべく訪ねた。この人は寒村が交運省採用時の直属上司であるが、某大名の末裔で名門インペリアルホテルのオーナー申円氏の従兄弟であり、申円氏の令嬢を堀出氏に仲介した人なので、姪婿殿への取り成しを期待しての訪問である。然し既に堀出氏からの情報が入っていたか、久闊の挨拶に対して、寒村が入省の頃の少々不快な言動を持ち出して応じられ、

「そんなことがありましたか。若気の至りだったのでしょう。何時までも不快な思いを残したようで、どうも済みません。」

といって退出せざるを得ず、全くの徒労だった。

では何故このようなことになったのか。そしてその間寒村は何をしてきたのか。それは寒村が交運省からＬＭＶ保安機構へ出向中に退官し、そのまま再雇用、そして同機構定年退職までの、以下に述べる苦悩と孤独な奮闘の自分史そのものである。

第一章　弾き出されてＬＭＶ保安機構へ出向

（一）時流に乗った本省の組織改正＝ポストの消滅で出向

昭和五十九年七月一日交運省はそれまでの縦割り行政の機構・組織を、航空行政等の一部を除き、本省の部局を横割り行政機構・組織化する一大機構改革を行った。昭和二十四年に交運省が発足し、同二十六年に組織整備されて以来、実に三十余年ぶりである。戦後経済の完全復興はもとより、今や欧米先進国を凌駕するほどの経済大国となって、二度に亘る石油危機をいち早く克服した日本は、特に経済面において、全世界に対する影響や役割が極めて大きくなったが、同時に著しく多様化した国内問題への、的確な対応が求められていた。

こうした背景のもとに、折から中曽根内閣による、第二次臨時行政調査会の答申（土光臨調答申）が纏め上げられた。交運省は他省庁に先駆けた形で、前記の思い切った機構改革を断行したわけである。

行政改革とは、少なくとも表面的には行政機構の縮小を、重要な旗印の一つとして掲げる。その実施の対外的な効果を稼ぐ有効な方法として、縦割りの横割り化は最適といえよう。複雑化した行政需要への有機的な対応を可能にする、などと謳えば内実は混乱していても、対外的にはその斬新さが大いに買われやすい。

かくて、既存組織を一旦ばらばらに分解し、それらを再編成する過程で、整理・縮小・消滅する部署と、焼け太り的に肥大化する部署とが出てくる。発足以来十年間続いた陸上輸送行政局公害対策課は、この改革で局名と共に消滅することとなり、その課長ポストは四代目の寒村を最後として消え、余剰者は配置換え又は出向となった。

(二) 所掌業務と最初の躓き＝出向への背景と経緯など

寒村が本省課長となったのは昭和五十五年六月末である。仙台二年と名古屋三年の地方陸上輸送行政局安全公害部長を務め終えて、五年ぶりの本省復帰であった。

地方局の部長時代は、東北地方四県と東海・北陸地方七県の担当ブロック内の運送車両の登録・整備・保安確認の定常業務の管理・運営の他に、運送車両保安登録特別会計で実施する陸上輸送行政事務所の移転・拡充の業務、更には訴訟事案の処理という全く専門外の仕事にも携わった。

特に訴訟関係は、運送車両に関する事故と保安確認の因果関係を、国家賠償法によって提訴して来たもので、事故原因が運転ミスなのか、車両の不具合によるものか、車両の破損は事故の前後でどのように発生したのか、仮に車両側に事故原因があった場合の保安確認との因果関係、保安確認責任の範囲など、立証や解明が極めて困難なものであるが、被告国側の指定代理人である寒村は、訴訟関係の法律に暗いため、弁護士役の法務局検事に色々と指導を受け、準備書面の作成、法廷での言動などを教授して貰った。

特に名古屋法務局の検事さんは裁判官の経歴があり、裁判官の心証への配慮も助言してくれた。そうした経緯も奏功してか、抱えていた三件は総て当局在職中に総て結審させ、後日いずれも勝訴して決着した。

本省の公害対策課は、同課が発足した当時の昭和四十年代の後半は、国内のモータリゼーションが急進展し、大都市圏は運送車両の排気ガス公害が深刻な状態となって、緊急に有効な規制の実施と、計画的・段階的な強化を必要としていた。初歩の点火時期調整から始まり、四十八年・四十九年・五十一年・五十三年規制と矢継ぎ早の規制強化に、国内の運送車両メーカーは必死に技術開発を急ぎ、五十三年規制までに、国産のガソリン乗用車は殆ど規制をクリアーでき、大都市の空気汚染は目に見えて改善された。

寒村が課長として本省に戻った頃は、排気ガス規制では五十三年規制が輸入車に適用される頃で、折から貿易等国際収支の著しい不均衡の原因の一つとして、これらの排出ガス規制が非関税障壁だとされ、欧米各国から激しく非難されていた。そのためガットの協定に基づく規制の予告と、その結果による実施の手続きが必要であった。国産のガソリン乗用車は既に一応の規制限界とされる五十三年規制クリアーの技術を更に向上させ、折から第二次石油ショックの洗礼を受けた対策として、燃費向上に鎬(しのぎ)を削る形の技術開発競争を行っていた。

　こうした中で、乗用車の燃費性能は、折からの第二次石油ショックで、マイカーのユーザー大衆に強い関心を持たれることとなった。こうした動きに対してメーカーは極めて敏感であるが、特にライバル意識の強いメーカー同士の場合、社運をかけた戦いとなる。H社とM社の大衆車の特定代表型式の場合が典型的であり、実用よりも公式試験性能のために特別開発されたそれぞれの車の型式発表時期を巡って、寒村にとっては進退谷(きわ)まる事態が起きた。その原因は寒村が新型運送車両の諸元・性能等公式認定の手順を知らなかったためである。

　これら車の型式毎の諸元・性能は新型車の型式認定の際に一括して公表され、その一部のみが単独に扱われることはあり得ないのだが、型式認定の業務に無経験の寒村は、所管業務はそれぞれの課に於いて立案・処分するものと思い込んでいた。

　燃費競争についても、それが実態とかけ離れて単なる宣伝の具として供されることには、強い自粛要請をして来た。既に公式燃費試験結果を得て逸(はや)るH社に対して、技術担当重役で後に副社長・会長へ昇格されたK氏へ、他社より若干公表を早めることを条件に、四〜

五ケ月間発表を自粛するよう要請した。新型車の型式認定業務の手順を知っておれば、その時点で担当の係長・課長へその旨を伝えて置いたのだが、その必要性を認識していなかったのだ。

結果的に、各社の新型車両が一括して型式認定される時期に、Ｍ社が早々と発表に踏み切った。これを知ったＨ社側の怒りは到底手の付けられるものではない。前記新型車両の諸元・性能発表手続きの制約を、遅ればせにも知った寒村は、型式認定事務の担当者へ何度も善処方を折衝したが、一社の特定型式のみを特別扱いできるものではないとの強硬な姿勢だ。そのまま時間切れとなったが、担当者との折衝で埒があかないのなら、寒村自身のためよりも組織の名誉のために、型式認定の担当課長や上司の部長へ事前に報告・協議、更にはＨ者側にも通告しておくべきだったが、寒村は事務折衝の挫折感に強く捕らわれて過ぎていた。

長期海外出張中のＫ氏の代理として来庁の、Ｈ社の役員達から激しい難詰りと面罵を受けたのは言うまでも無い。只管謝るほかないのだから。立場的に許されずその機会もなかったが、今でも、いや、終生、この件は慚愧に堪えず、Ｈ社の特にＫ氏に対して深くお詫びしたい気持ちである。この失態は危うく業界紙等で報道されるところだったが、担当課長や上司の部長達の業界紙等への懇請と、Ｈ社の自重によって回避された。

寒村としては担当課長や上司部長の叱責を俟つまでもなく、処分は覚悟していた。本来ならここで潔く退職すべきだったし、上司もそれを期待していたはずだ。然しこの一度の無知による失態で辞めては、何のために公務員になったのか、と強い悔いが残る。人は失敗で成長するものだと思い直し、周囲の嘲笑、白眼視の中で、辛い思いの侭、堪え忍ぶことにした。

只、乗用車の燃費問題は世間の関心が極めて高く、消費者の参考資料として需要も多いため、先の事態の一～二年後に公害対策課の責任監修の下で、新型車の燃費一覧表を公表することになった。

運送車両の特殊公害の一つに、冬期積雪地方で使用するスパイクタイヤによる粉じん公害の問題がある。これは北海道などの極寒地方での凍結路面上の走行に於いて、著しい安全性能を有するため、昭和四十年代から装着が顕著に流行し初めたが、五十年代にはスパイクタイヤで削られた道路の安全性や補修、その粉じんによる生活環境の汚染が深刻化して、健康障害も心配されるに到った。

この問題の処置・取り組みの難しさは、正負両面での交通の安全、環境汚染・公害という基本的門題の重要性の判断をどうするのかと言う政策課題と共に、スパイクタイヤに変わる有効な物が見当たらなく、技術開発上も安全性・耐久性等実用上の二律背反的問題の解決についての目途が、当時全くなかったことである。

このため関係省庁の連絡会議などが行われたが、急に有効な方策など見いだせるはずも無く、交運省では、先発の国土省や産業交易省に続き、交運安全公害研究所に基礎的実験・解明や対策方法等の評価解析に取り組んで貰うことにした。

所管する輸送車両公害対策の重要な柱である排気ガス対策と騒音対策の内、前者についてはガソリン車の場合、技術開発の進展と相俟ってほぼ計画的に規制強化を進められたが、ディーゼル車の方は触媒等の有効な手段がなく、パーティキュレート即ち浮遊粒子状物質・黒煙の問題も絡んで、シリンダーヘッドやピストン頭部の燃焼室形状、燃料噴射時期・噴射量・圧縮比・灯油等との混合燃料などの燃焼改善による方法が主流であり、黒煙対策ではＬＰガスにより排気管内で再燃焼させ浄化する案もあったが、排気管の過熱対策が、触媒使用のガソリン車の遮熱板のように簡単にならなくて実用化されず、ディーゼル車の排気ガス対策たる有害成分の軽減技術開発は遅々としていた。

騒音対策では二輪車とディーゼル車が特に問題で、マフラー（消音器）の改良、エンジン各部の剛性向上や懸架方法の改善、更にはエンジン全体を囲い、包み込む方法までも総動員された。これらを全部併用しても、騒音の低減は聴力判定の限度とされる三ホン低減、即ち騒音エネルギーを半減の達成が容易ではなかった。これらの騒音対策は、一方では冷却の問題や点検・補修の困難性を著しく増大させるなど、副次的な問題も抱え込むこととなった。

これらの公害対策施工車の使用過程における性能・特に排気ガス性能は、定期保安確認の段階で綿密にチェックすることは、技術的にも、設備的にも無理があるので、アメリカの環境保護庁（E・P・A）のやり方に倣って、首都圏で百数十台～二百台を抽出し、交運安全公害研究所に於いてその経年変化を調べたが、若干の増減幅はあるものの、概ね性能変化に問題ないことが確認された。

これとは別に燃費の画期的性能向上の技術開発で、T社が都バス十台ばかりを使って、内燃エンジンと電動モータを併用したハイブリッド動力源のテストをしていた。このテスト経過は、新進気鋭の南田補佐官に追跡調査して貰ったが、約二十年前から路面電車に次いで地下鉄、更には大手私鉄の電車などに採用されてきた回生ブレーキの技術を、応用したものであるともいえよう。

昔の路面電車では走行開始時の制御電流を抵抗器に流していたため、床下の抵抗器が真っ赤になるほど発熱する事もあったようだ。電車の回生ブレーキとは、力行または惰行中の電車が減速または制動する際、ブレーキシューで車輪を制動する前に、電車の惰行力で発電し減速させるもので、この回生ブレーキによる発電分を架線またはサードレールに戻して、他のスタートまたは加速・力行中の電車へ電力供給するものである。制動発電にはモーター（原動機）と同じ大きさのジェネレータ（発電機）を使わず、モーターの極性を変えれば両者に兼用できるし、制動発電の電力を架線に返す代わりにバッテリーに蓄電すれば、車載の自家動力源となるわけだ。Ｔ社はバスでの公開実験をする傍ら、密(ひそ)かにこの技術を乗用車用に応用する技術開発をしていたようで、これが画期的な低燃費車として後年運送車両界に君臨することになる。

所で、交運省が第一次臨時行政調査会（土光臨調）の答申に沿う形で、本省組織機構の大改革を行った昭和五十九年頃は、昭和四十年代の後半から本格的且つ積極的に進められた、国内での各種公害対策がかなりの効果を生み、改善状況が目で見て判る程度までになっていた。このため国や各自治体等で従来の成果を踏襲すれば足りそうな機関等については、これらを縮小化する機運または傾向が見られるようになった。

我が公害対策課の運命もその一つといえようが、ともあれ、交運省の機構改革で我が公害対策課が消滅するのは既定の方針であったし、課長就任当初の、運送車両メーカーの燃費性能公表処理の不手際が尾を引いてきたとの自責などで、在職四年間思うような活動も出来ずに、機構改革を機に出向するのは、極く自然な形として寒村は受け止めていた。

（三）貴重なＬＭＶ保安機構本部体験

ＬＭＶ保安機構は、昭和四十七年の運送車両法の一部改正によって、同年九月全額政府出資により設立された特殊法人である。ＬＭＶは我が国のモータリゼーションの先駆けとして昭和三十年代の後半から急速に普及してきたが、昭和四十年代の急激且つ本格的なモータリゼーションの結果、交通事故・渋滞・公害等も加速度的に深刻化して、運送車両の安全・公害対策の強化が緊急の課題となってきた。

このような情勢の中にあって、それまで定期的な保安確認が、使用過程車に対して行われていなかったＬＭＶについても、登録車並みに安全・公害面での定期的な保安確認を行うべきとなった。その実施は、本来なら運送車両の安全・公害等の行政権を有する交運省が行うべきであるが、行政機構の膨張を抑制する観点から、交運大臣が全責任を有する特殊法人に行わせることとなったものである。

折から第一次石油ショックによる狂乱物価等の経済・社会混乱のさなかに、全国の各都道府県単位に大急ぎで土地・建物・設備等を手配し、昭和四十八年十月一日を期して業務を開始した。二年間の切り替え保安確認期間を通じて全国のＬＭＶ数は、幽霊車等を含めて保安確認開始前の届け出で保有車両数より一割五分程度減少した。定期保安確認等の適用を機に、それまで順調に増加したＬＭＶは、減少せぬ迄もその後数年間鳴りを潜めた形となった。

然し、安全・公害対策強化のために改定された昭和50年9月の規格の拡大（排気量：３６０cc→５５０cc、車体：幅10cm・長さ20cm拡大）と、第二次石油ショックの洗礼を受け、登録小型車に比べ低廉・且つ小回りのきく機能的な車両の開発・販売等によって、昭和五十年代半ばを境に、主婦の買い物や通勤・通学用、狭い住宅街路の配達用などに人気を回復し、昭和末期まで非常に順調に伸びていった。

一方、第二次臨時行政調査会（第二次臨調）では行政機構の簡素化に関連して、増えつづける特殊法人等の整理・統合、或いは民間法人化等を大きな旗印として掲げ答申した。特殊法人の民間法人化とは、政府丸抱えの出資・業務・財務・運営面の全面的な責任・監督等を返上して、当局の監督は必要最小限にとどめ、自主的な民間活力を導入し、その責任に於いて運営を任せようとするものである。ＬＭＶ保安機構は、国鉄の分割民営化などと共に、民間法人化の一つとして明記され、昭和六十二年十月を期して民間法人化されることに決まった。

寒村がＬＭＶ保安機構に出向したのは、第二次臨調答申によって同機構の民間法人化の方向が決定されながら、その具体的方法や内容、時期等は、これから検討してゆくという段階であった。

ＬＭＶ保安機構での寒村の地位・職務は、審議・決定権はないが参与として役員会に出席し、説明や意見を述べると共に、業務部長として業務部所管事項はもとより、全国各事務所の業務運営と、それに関連する諸事項について、事務上の責任を負う職務である。

業務部の定常業務中の重要事項としては、ＬＭＶの需要・保有台数の予測、保安確認業務量の予測、保安確認手数料の収入予測、これらによる収支計画、事務所の移転拡張、支所新設等の年次計画、要員配置計画、業務運営予算の策定等である。このうち車両数の需要・保有数・保安確認業務量・手数料等の予測推計は業務一課に於いて、予算要員の策定・業務運営等は業務二課に於いてそれぞれ分担したが、その主要な実務は超ベテランの両課長が作業を直接分担した。

中でも業務一課長の鈴木潔氏は、東京都陸上輸送行政事務所次長を退官して保安機構に再就職した五十数才の年配だったが、前記諸推計に用いる二～三年間分推計の細かな数式の組み立てや、数年分の中長期推計では指数関数等の数式を使い分けながら、一項目ずつ打ち出しのポケット電算機で、気の遠くなるような作業を根気よく繰り返してやっていた。寒村が二十年前頃出向先の警察庁で、運転免許人口予測のために自動車数などとの相関分析を、両対数に直した七桁以上の数値をタイガー計算機で連日チンジャラチンジャラと回しながら、計算していた頃とは電卓を使えるだけで大差があった。

これらの非能率計算機はやがてパーソナルコンピューターの導入で置き換えられたが、このパソコンによる処理プログラムを、当時運送車両工業会理事であった、元交運省運送車両局登録安全部長梶山氏の指導を受けながら、鈴本一課長が全て独力で開発し、実用化して処理速度を飛躍的に向上させたのには驚いた。何十枚ものプログラムを書き進む内に、何をやってるのか判らなくなったり、指数関数等の計算式を分解してプログラム化し、記憶させるのには随分手古摺ったようだが、その努力と根気には呆れる思いであった。

業務二課長の富山敏夫氏は予算・要員・業務運営関係の担当だが、交運省を働き盛りの四十代半ばで退官移籍したＬＭＶ保安機構の設立準備当初からの生え抜きであって、業務諸規定を隅々まで暗記しているのみでなく、実務面での極めて適切な対応、処置振りは、その押しの強さ、迫力・度胸と共に胸のすく思いであった。彼は当局現職時代、特に本省勤務時代は各職階段を一貫して、運送車両保安登録特別会計の予算収支、保安確認業務運営、施設管理等を所管する、運送車両保安班の業務に携わっていたようで、将に打って付けのポストだったわけである。

設立以来民間法人化までのＬＭＶ保安機構の年度予算や業務計画等は、全て交運大臣が大蔵大臣と協議の上許認可する体制となっており、予算・定員等は国の一般会計並みに極めて厳しい査定がされていた。このため昭和五十年代後半からのＬＭＶ数の増加に伴う保安業務手数料等の収入の伸びにも拘わらず、予算も定員も実質的な伸びは殆ど無く、低能率の老朽化施設の更新も思うに任せず、業務量の急増に処理能力が追いつけないまま、現場の負担が、昭和五十年代前半の倍以上に大きくなっていた。

特に要員の査定は厳しく、国税の運送車両重量税徴収を含む窓口業務や、保安確認コース業務量増は、前年度を基準とするため、平均数人程度の職場で業務量の伸びが、職場毎に一人以上の要員増として計算できる職場は殆どあり得ず、一方定員削減は三～四年間で全職員数の約五％減の国家公務員並みに強行され、定員削減に見合う増員（実質増減０）の確保に毎年苦労していた。

特殊法人の予算等は、大蔵省が各所管省庁の協議を受けて実質上の査定をしたが、これが国の予算査定後になるので、その後の国家予算政府案の国会審議を通過成立後となるのが通例で、政局次第では特殊法人の年度予算、事業計画の許認可が、半年もずれ込むような例もあり得る。こうなると大きな年度事業事案などの年度内処理自体が困難になる。その辺りは各特殊法人が気を揉んでもどうなる訳ではなく、いかに巧く年度事業として処理を進めるかが、各組織責任者の腕前となる。

ＬＭＶ保安機構本部の在籍は僅か一年三ヶ月だが、この間前記の定常業務の他に遭遇した、特殊事案を三件ばかり特記したい。

その一つは、昭和五十九年夏の国会で採り上げられた、保安確認協力費問題である。本件の国会質問は、愛知県選出の公明党の代議士が、

「運送車両の保安確認時に協力費を取っているが法定外料金ではないか、いかなる根拠によるのか、どう処置するのか。」

と質問したものである。

これに対し交運大臣は、

「県の陸上輸送行政事務所移転等の先行投資等のためのようだが、如何なる理由があろうとも、公権力の行使に絡ませて、法定外料金を取るのは好ましくないので止めさせる。」

と答弁した。

これに関連して行った全国調査では、借り上げ支所等を有するＬＭＶ保安機構関係の常設機関が最も問題視され、当局よりＬＭＶ保安機構の各地方統括事務所毎に、それら常設機関の協力費徴収廃止要請に出向いたようである。その結果最も強硬に撥(は)ね付けたのは九州地区で、特に北九州ＬＭＶ会館より借り上げの北九州支所と、佐世保陸上運送協会より借り上げの佐世保特別出張保安確認所に出向いた当時のＬＭＶ保安機構九州統括事務所長の山畑光男氏と、同保安確認課長の原田和夫氏は、共に激しい剣幕で追い返されたようだ。その概要を報告してきた原田課長の訥々(とつとつ)とした文章が、交渉現場のきつい雰囲気を伝えていた。

「今まで散々利用し乍ら今更何を言うか。是非廃止して欲しければ、北九州ＬＭＶ会館にあるＬＭＶ保安機構理事長の念書の約束通り、今すぐ買い上げて呉れ！」と。

その二は、筑豊ＬＭＶ会館によるＬＭＶ用車両番号標板の制作・頒布計画への阻止対策だ。筑豊地区には登録車専門の国もＬＭＶ保安機構も、県自家用運送車両協会が嘉穂郡庄内町に所有する予備保安確認場を、出張保安確認場としてそれぞれ異なる日に月三回程度借り上げ、出張保安確認を行ってきたようだ。この出張保安確認場は庄内町の国道二〇一号線を田川方面に越す鳥越峠の麓近く、国道沿線にある県警筑豊運送車両運転免許試験場の北側に、鳴池を挟んで位置する。

昭和五十三年に当時の県陸上輸送行政事務所久留米支所が設置されて以来、筑豊は県下最後の運送車両行政庁の不在区域となり以来数年間筑豊地区の運送車両業界を主体に陸上輸送行政事務所支所誘致運動を熱心に展開した。その悲願が実って昭和五十九・六十年度二年間に用地取得・造成・上物建設、そして昭和五十九年七月の交運省の機構改革で、運送車両登録保安確認所と改称した支所を、昭和六十年十月開設に漕ぎ着けた。

国の支所設置のため、国は前記の県自家用運送車両協会の筑豊予備保安確認場の用地・施設全部を買収、不要施設を撤去の上、用地の拡張造成・庁舎・保安確認場等を建設整備した。この工事期間中の代替出張保安確認場を確保する必要上、県運送車両整備商工組合はその教育実習施設を先行工事し、これを国の保安確認施設稼働まで、ＬＭＶを含めて出張保安確認場として利用させる腹づもりであった。この方針を筑豊地区の全運送車量関係団体のトップ役員会で了解を得るべく、県運送車両整備商工組合が席上説明したところ、ＬＭＶ関係者はその件は事前に協議がなかった。余計なことをして貰わなくても、自分達の分であるＬＭＶ出張保安確認場は、自分たちで手当・施設整備する、となった。

この結果筑豊地域のＬＭＶ関係者は、諸準備を急ぎ、（株）筑豊ＬＭＶ会館を設立、県運送車両整備商工組合筑豊出張所の施設整備工事に並行して、会館と保安確認場を建設し、県自家用運送車両協会の筑豊出張保安確認場取り壊しの昭和六十年三月に、国の出張保安確認場と兼用する商工組合の予備保安確認場と同時に、ＬＭＶ会館も保安機構の出張と兼用の予備保安確認場稼働を開始した。

しかるにＬＭＶ会館は、その用地取得や施設整備のために投資した資金の回収や運営上の収支が、出張保安確認を月三回→五回に若干増回したのでは到底見込み付かないため、ＬＭＶ番号標板の制作・頒布を思い立ち、域外の需要にも応じうる計画を具体化した。

その旨をＬＭＶ会館の代表三人が、ＬＭＶ九州統括事務所長へ説明に出向いたところ仰天した所長の山畑光男氏は、車両番号標板の所管は行政庁だとして、陸上交運局へ保安確認課長の原田和夫氏と一緒に案内した。同局での会館代表三人は、必死に宥めようとする統括事務所長や保安確認課長を撥ね付けて、どのような根拠で不可とするのか明らかにせよと、きつい剣幕で局の登録保安部長佐藤武二氏に詰め寄った。当局側にも会館側を納得させる合理的な根拠などあるはずがない。苦しい答弁に始終、兎に角一週間余裕を欲しい、本省とも相談したいから、として取り敢えず引き取って貰い、折から盆の帰省ラッシュの中を、局の佐藤登録保安部長が善後策協議のために上京してきた。

本省での対策協議の結果としては、法令上の問題として処理のしようがないので、筑豊ＬＭＶ会館側がある程度満足して矛を収めうるよう、可能な限り出張検査の回数を増やすことにした。然し要員的にどうしても手当出来ないので、賃金職員を投入することで対処せよとなったが、この賃金が当時全国で年間四百万円しかなかった。これを機会に一挙に三倍の賃金枠拡大を認めて貰った。

以上の二件は、寒村が九州総括事務所長に配置換えとなってからは、直接所管の重要案件として、在任中その処理に全力で取り組むこととなる。

その三は、ＬＭＶ保安機構の民間法人化のための参考調査として、西ドイツとオランダへ出張したことである。この出張は、昭和六十（一九八五）年七月十五日から一週間で、西ドイツに三泊（フランクフルト・ボン・デュッセルドルフ）、オランダに二泊（ハーグ・アムステルダム）。他の欧米諸国の事情は文献による他は詳らかでないが、出張した両国で我が国の制度との類似点など、直接参考になったのは西ドイツだった。

西ドイツは連邦制度を採っていて、国家としての統一制度ではないが、公的機関であるＴÜＶ（技術安全検査機構）が全国の七割強を、他は二〜三の機関がそれぞれ国（運輸省）の委託を受けた形で、運送車両の安全・公害等に関する定期検査等を実施していた。寒村は前記のＴÜＶと南部ドイツ地方の有力組織の二機関を訪問し検査の実情を視察すると共に、西ドイツ連邦共和国運輸省の担当課長から、同国の車検行政、特に深刻化する交通公害対策の内容と実施方法の確立に腐心している事情、及び車検行政の緩和・民間化の方向に対する懸念などを詳しく説明された。

一方、オランダでは車検行政を全車種に拡大適用の段階途上で、民間能力を活用したやり方に重点を置き、国の検査場の担当官が、大型車などの民間検査場を抜き打ち的に抽出検査する方法を併用しており、その現場を視察できた。

ハイデルベルグの古城趾、ライン川の悠々たる流れ、心和むロマンチック街道、素晴らしいアウトバーン、国際列車から見るオランダの丘や、おとぎの国のようなオランダの町並みなど、寒村が生涯忘れ得ぬ旅だった。

第二章　都落ちした九州統括事務所での最初の試練

（一）　配置換え＝押し出し人選にもそれなりの理由

ＬＭＶ保安機構の民間法人化対策のための、外国事情参考調査として派遣された、西ドイツとオランダの運送車両保安確認制度とその運営実態及びその方向等についての、膨大な資料整理と報告書の執筆に全力を傾注していた昭和六十年九月上旬、寒村は交運本省の兵庫務運送車両保安部長より呼び出しを受けた。

「十月一日を以てＬＭＶ保安機構の九州統括事務所へ行って貰いたい。ＪＥＴＲＯニューヨーク事務所に出向中の大林昌君が任期を終えて帰国するのだが、給与等の激変緩和措置として止むを得ないので」

とのことだ。どうして九州なのか、行きっぱなしになるのか、の等に対しては、

「君は九州には土地勘や人情等にある程度通じている筈だし、現職出向中だからいずれ呼び戻される筈だ。その辺りは全然心配無用だよ。」

とのことであった。

赴任直後の関係機関等への挨拶回りは取り敢えず福岡市内の分だけだが、それでも殆ど初

めての訪問で、名前覚えの苦手な寒村は混乱しがちなので、いずれ必要な人や所には何度も訪問するのだからとしておいたが、その中で最も印象に残った二人の内の一人は隣接する県LMV会館の庄屋専務だ。この人は赴任前の挨拶回りで全国LMV協会連合会の細川専務から、「赴任先で君の最も強い援護者だが、手強い論客だぞ」と聞いてた人であり、寒村がLMV保安機構九州統括事務所長の在任期間中、密接不可分の関係に始終することになる。

もう一人は地元陸上輸送行政局の安全公害部長の佐藤武二氏で、この人はこの夏筑豊LMV会館のLMV標板製作頒布計画への対策協議で、上京し本省で会ったが、挨拶もそこそこに

「寒村さんの赴任を待っていましたよ。これで厄介な筑豊LMV業界の問題は全て安心してお渡しできる。なにせ寒村さんの前任者山畑氏は我々の先輩だし、面倒な問題は全て当局の所管だからと押し付けて逃げてしまうので、困り果てていましたよ。しがらみのない中央の方に来て貰って助かりました。」

と手放しの喜びようだった。

（二）　絡み付いて身動きならぬ筑豊の難問題

筑豊地区のLMV業界問題の対策は、最終的には平成四年十月六日のLMV保安機構筑

豊支所及び新筑豊ＬＭＶ会館の竣工・落成と同十二日の開業を以て完結するわけだが、この一連の懸案解決までの過程は、寒村が九州統括事務所長在任中の殆ど全てを費やす長期間の難問題であった。否、正確にはその予兆として、寒村がＬＭＶ保安機構本部在任中の主要事績の二番目に記述したように、旧筑豊ＬＭＶ会館の開設以来の問題で、寒村としては昭和六十年夏以来実に七年余の長期間に亘り、ＬＭＶ保安機構側の現地直接担当責任者としてこの難事案解決に取り組むこととなったのである。

この問題の直接の発端は、国の運送車両登録保安確認事務所の建設と開業である。即ち、同事務所の建設は、①筑豊ＬＭＶ会館（旧館）建設の原因となり、その償却、運営費等の処理問題から、筑豊地区へのＬＭＶ出張保安確認回数の可能な限りの増加要求となったが、また、同事務所の開業は、②筑豊地区における登録運送車両とＬＭＶに対する行政サービスの差・便宜性を鮮明化することになり、同地区のＬＭＶ業界を中核とする、ＬＭＶ保安機構の筑豊支所設置の強硬な要求に直結することとなったのである。

前者は既述のように寒村が本部在任中に交運省の指示で地元に約束されており、その実施時期が、九州統括事務所長への配置換えの日付けと同一の昭和六十年十月一日である。後者は筑豊地区一万名の署名簿と共に昭和六十年十二月に陳情・要求書が提出されたが、年明けの一月二十一日に上京した陳情団代表への、本部側対応の不手際から、収拾の着かぬ大混乱に陥ることとなった。

この二つの問題は、昭和六十一年八月一日からの筑豊出張保安確認場の連日検査が、途中同年五月からの窓口業務開始を含めて、寒村の九州赴任から実に十ヶ月間・特に前半の数ヶ月間を、他に並行的に進行する問題、即ち久留米支所設置、保安確認情報の取扱、北九州ＬＭＶ会館の買収＝借り上げ支所の自前化、鹿児島事務所長の兼務、熊本事務所の移転開業、その他佐賀事務所の移転拡張、長崎事務所の移転問題の検討などと交錯しながら、九州統括事務所長の寒村を事実上大いに苦しめ、死に物狂いで格闘させることとなった。

（これだけ多くの複雑で厄介な問題を抱え乍ら、前任者山畑光男氏は殆ど手を付けず、よくも半年以上定年オーバーを続け得たものだ。碌な事務引き継ぎ書類を用意しているわけでもなく、管内の業務上の諸問題は殆ど事務と保安確認の両課長に、業界からの面倒な要求は地元陸上輸送局安全公害部長に押し付け、ちょびひげを撫でながら、管内保有台数のグラフを記入する職員に増減の理由を質し、事務課長には、陸上輸送行政局が行なってくれるはずの、自分の再就職先の早期目途を強要していたらしい。）

さて、筑豊地区へのＬＭＶの出張保安確認業務であるが、既述のように昭和六十年春の筑豊ＬＭＶ会館の竣工・開業前後は月三回であったが、同年夏の運交局へのＬＭＶ標板制作・頒布問題の強談結果、その対策として同年十月一日から毎週火・木曜の月八〜九回を筑豊へ一チーム三人・統括事務所と北九州事務所の混成で派遣することになった。当時一地方の要求に応えられるような余地は全くなく、そのため統括事務所は、北九州支所を含めて出張職員の編成が極めて窮迫し、職員に年次休暇や指定休暇を与え難くなってきた。

　これらの対策として賃金職員の投入と、ＬＭＶ協会職員の派遣で穴埋めした。更に国の事務所開設により、ＬＭＶも筑豊ナンバーを昭和六十年十月二十一日から指示開始のため、統括事務所の窓口には、従来の福岡・久留米の他に、筑豊ナンバーの処理用員を置くこととなり、要員不足は益々深刻化した。

　しかしこのようなＬＭＶ保安機構の内部事情などは業界側の知ったことではない。彼らは、法がＬＭＶの届け出でや定期的保安確認義務を課している以上、それらを満足に処理できる機能を整えることとは、法で委託された業務の実施権能者の当然の義務であり、届け出でや保安確認受認の義務者であるユーザーまたはその代行者達が、義務遂行上の利便性を求めるのは至極当然だ、との認識であり、そのためには必要な行動を起こして、実現させるのが彼らの鉄則だ。

　これはこの地方独特の川筋気質、という一種の任侠道に裏打ちされたものであり、それが必要とする場合はどんな権力に対してでも、敢然と立向かい貫徹させて来たようだ。川筋気質とは、直方で合流するが、ドンコ舟により田川地方周辺から彦山川で、飯塚・直方地方周辺から遠賀川で、石炭を洞海湾へ運んだ時代からの荒くれ気質である。（庄屋専務解説）。

かくて出張保安確認における、①執務時間を、LMVの出張保安確認は三時半受付締切・四時業務終了だが、これを国の事務所並みに夕方五時までに延長、②廃車等の現地処理の要求（昭和六十年十月二十八日）となった。これらは基本的には支所機能そのものを出張保安確認場に要求するもので、法的にも実態的にも全く無理な要求だ。

実態上は翌日久留米への出張が予定されている職員など、約一時間かけての本所帰着後に、当日の出張業務の後処理・原簿帳票処理等があり時間的に無理であること、出張保安確認場には原簿がないので、現地での廃車処理などは不可能なことなどを挙げて要求を丁寧に断った。

断られても黙って引っ込めないのが筑豊人の気質である。前記二点の要求内容は、実質的に支所機能そのものを求めているのだが、事実この要求と同時に支所設置要求の署名運動を展開し、同年十二月十日には一万名の署名簿を添えて、支所設置要求の陳情書を、筑豊LMV会館代表の役員達が統括事務所へ提出に来た。

勿論このような陳情書は統括事務所で握り潰せるようなものではない。諸般の情勢から早急な実現の困難なことを、中央から派遣されている所長の立場として説明すると共に、本部等へ地元の切実な要求を上申する旨約束し、直ちに実行した。

勿論、単に上申の取り次ぎだけでなく、彼らの主張の根拠、地元としての情勢判断即ち今後の彼らの出方・行動予測・その根拠を、当時朝日新聞に連載された、筑豊人の物の考え方・行動の特徴など、産炭地振興策と同和対策をバックにしたものの切り抜きや、隣接する県ＬＭＶ会館の庄屋政志専務の解説、寒村が肌で感じてきたことなどを添付しており、陳情と言うよりも恫喝に近い凄ざまじい要求になる恐れがあるので、本部の十分な覚悟と慎重な対応を求めておいた。

そして九州統括所長の予告通り、筑豊ＬＭＶ業界代表団の七人の侍達が、年明けの昭和六十一年一月二十二日に本部へ陳情すべく上京した。これは陳情などと言う生易しいものではない。将に強談であり、而も一撃にしてＬＭＶ保安機構本部首脳に要求を呑ませるという、将に驚天動地の結果を生じることとなった。

即ち、ＬＭＶ保安機構本部側は角田理事長、吉田業務担当理事、北山施設担当理事ら役員と、参与核の業務・技術両部長らが応対したが、筑豊陳情団の強談の前に何ら抵抗することなく、全面的にその主張を容認したわけである。それどころか、次々に畳み掛けて来る筑豊陳情団の要求に対し、総責任者の理事長が自筆の念書を認め、理事長公印まで押して念書を交付するという信じ難い展開となった。

同席の役員達は何をしていたのだろう。勿論この念書は地元でのＬＭＶ会館役員会の席上で、ＬＭＶ保安機構本部への交渉成果の証拠として公表された。一体なぜそのような事態になったのか、事の成り行きを陳情団の随員として上京した、福岡ＬＭＶ協会の庄屋専務の語るところによると凡そ次のようであったらしい。

即ち、陳情団七名に対し、保安機構本部側も七名即ち前記五名に業務・技術両部の課長各一名同席で対座し、双方の紹介と挨拶の後早速陳情団の趣旨説明となったが、この役を能弁の山崎秀明氏が担当し、陳情に到るまでの筑豊の歴史的な背景、即ち、明治以来の我が国の富国強兵策、産業経済の振興・発展の原動力となった国内最大の産炭地筑豊では、第二次世界大戦後のエネルギー政策が石油に転換されるまでの約百年間、筑豊の人達は地下何千尺もの地底を這いずり回って日本の国力を支えてきた。

「然るに戦後経済の飛躍的発展と国民所得の著しい向上の結果、マイカーは今や巷に溢れているが、そのマイカーに対する行政サービスは、福岡県では筑豊が最も後手となったのに、ＬＭＶに於いては未だその具体的施策の計画すらも見えぬ、これは一体どう言う訳か！」との詰問に対し、保安機構本部側は

「予算上の制約が極めて厳しいが、緊急に手当を要する箇所は極めて多い。筑豊支所の設置要望は理解するが、当分の間実現はとても困難でしょう。」

と答えたらしい。このような通り一遍の回答を納得して引き下がるような団員達ではない。彼等筑豊人の気質が許さないのだ。激しい攻撃的な方言によるまくし立てと、

「筑豊のことが判らぬなら、とくとその目で見て納得が出来るよう、あんたらの首に縄

を掛けてでも、今すぐ連れて帰るバイ！」
との半ば揶揄的な脅し文句に怯んで脅えたか、次第に保安機構本部側は沈黙し、ついには夢遊状態となって、まくし立てる言葉に頷くしかなかったらしい。そして求められるままに前記の念書交付となったとのことだ。
筑豊陳情団はのこの予期外の成果について、団長重松氏の言葉によれば
「中央官庁のお偉方は東大出の秀才揃いと聞いていたが、学のない我々地方の野武士共に、手もなく討ち取られるとは、何とも頼りない腰抜け共だな」
交運省陸の技官総帥と仰いできた大先輩の角田理事長のこの失態についてほは、その直属の出先機関責任者として、やりきれない思い、目も耳も覆いたくなる気持ちだった。事前の九州統括事務所長からの上申書に付帯する、意見書に付記した警告を誰も注意して読んでなかったたか、単なる一般的陳情位に思っていたのだろう。
所でこの理事長の念書交付について、本部は交運省への報告協議等を放置していたらしい。後日吉田実郎理事の話では、同理事が
「重大な問題だから交運省へ報告してきたい。」
と申し出たが、理事長は
「年始挨拶を兼ねた業界の新年会等で会うから、自分が直接本省の部長に話しておく。」
とのことだったらしい。

こうした日時の経過中に早くも本省部長へのご注進があり、これを知った兵庫努部長が烈火の如く怒り、ＬＭＶ保安機構の理事長・全役員を呼びつけ、

「そのような念書は認めるわけに行かん。即刻筑豊へ出向いて、陳情団に土下座してでも件（くだん）の念書を取り戻して来い。」

との厳命を下した。勿論筑豊地区に対するＬＭＶの保安確認業務は、事務系統分を含めて従前のやり方以外は一切の便宜措置も認めぬ、とのきついお達しだ。

この本省部長の厳命を受けた本部役員の周章狼狽振りと、対策の拙劣さは、これまた目を覆うばかりだ。地元の事情がよく判らないので、意見を聴き対策の参考にしたいとのことで、建国記念日を挟んだ前後の三日間を、午前と午後の計四回開かれた本部役員会に出頭し、出先機関の責任者としての意見を述べた。

九州統括事務所長としては、地元の情勢などから念書の取り戻しは不可能である。若し交渉に入れば、その場を利用して次々に無理難題を要求され、泥濘の深みにはまるだけだ。念書内容を実現すべく最大限の努力をするしか手が無い。努力の姿勢、誠意が問題であり、結果は更に改善の策を講ずるだけだ。従って念書問題は筑豊陳情団にではなく、本省に対して土下座して謝るべき、と真剣に具申した。

然しこうした主張は、本省部長の一喝と厳命に縮み上がり、首を気にする本部役員達に通じる訳がない。「ああ疲れた」との理事長の呟（つぶや）きを以て、前後四回に亘る長時間の本部

役員会は何の具体的結論も見ずに終わった。かくて地元統括所長が危惧していたとおりの、拙劣な筑豊折衝が、統括事務所の頭越しに本部の吉田業務担当理事によって進められ、折衝の都度泥濘に嵌まり込み、抜き差しならぬ惨憺たる結果を招くことになった。

即ち、その第一回折衝は、昭和六十一年二月十九～二十日、統括所長が（これは別途纏めて記述する予定の、保安確認情報取扱の現地対策で）長崎へ出張不在中に、隠密裏に吉田理事が来福して単独で陳情団代表に会っている。理事来福を知ったのは出張先に着いたところへ本部からの指示が届いており、理事が件（くだん）の用件で福岡へ向かったので、統括所長は直ちに福岡へ帰り、理事に同道して折衝に立ち会われたし、と言うものだ。

出張先での用件を慌ただしく済ませ、特急列車で夕方までに帰福し、理事の宿泊先である駅前第二グリーンホテルで十一時～二時頃までの深夜長時間激論を交わした。統括所長としては本部役員会での主張を強固に繰り返したのだが、それが容れられないから理事が現地折衝に来ているわけだ。

余りの激論、大声の怒鳴り合いに、たまりかねた他の宿泊客らがドアを叩いて抗議してきたので議論は平行線の侭中断した。翌朝予定の時間にホテルに理事を訪ねたが、早くも出掛けており、終日の隠密行動は本部からの度重なる問い合わせにも拘わらず、所在すら掴めず仕舞いだった。

この日はどうやら県ＬＭＶ協会の庄屋専務と筑豊ＬＭＶ会館の繁松社長へ面談するも歯

が立たず、理事長念書の取り戻し所か、逆に現地に原簿のないまま、筑豊で支所機能を持つ事務処理を行う約束を背負い込む羽目となったようだ。折衝に統括所長を立ち会わせなかったのは吉田理事個人の判断だろう。

彼が会議等で面識のある庄屋専務を唯一の仲介役・頼り手としてるのは勝手だが、折衝結果の約束事が、それを実施する立場の統括事務所へ、何をどのようにもたらすかについては、殆ど関心が無いか、あっても無視せざるを得ない程一方的に追い込まれたに違いあるまい。

統括所長としては情けないでは済まされぬ事態だ。統括事務所は、出張保安確認で支所機能並みの事務処理を行うために必要な方法・手段について両課長や職員代表、場合によっては全職員と鳩首協議を重ねたが、支所機能並みの現地事務処理実施のためにはどうしても福岡及び北九州ナンバーから筑豊ナンバーへ移行すべきナンバーを抽出する原簿分割が不可欠なため、密かにその作業を進めていたが、「出張保安確認場で事務処理を行うとは何事か！」との交運省の指示で、ＬＭＶ保安機構本部は原簿分割罷りならぬと厳命してきた。

この差し止め指示で現地は身動きできなくなった。新年度の昭和六十一年四月一日からの連日保安確認と現地事務処理の実施を求める会館側と、人手・経費・原簿等の問題から実行不可能とする統括事務所側とが二月二十四日現地で統括所長・両課長対会館三役が激しく渡り合った。

「自分（寒村）は当局から現職出向の身だから保安機構としては首に出来まい。それ故自分の方針を本部の意向に無関係に貫く。統括事務所としてやりようのない事は呑めない。会館の同意が得られぬなら、出張保安確認は自分の責任で全て取りやめる。」

と激しく応酬、双方睨み合いの侭に終わった。この後本部から筑豊問題は本部直轄案件につき、統括所長は手出し無用との指示（二月二十六日・三月十日）を繰り返すなど混乱の内に二月は終わった。

連日の保安確認や事務手続きなど、支所並み機能が新年度から本部の約束により実施されることを、筑豊の地元では既成事実としているが、どう逆立ちしても要員・経費・原簿問題等実行手段の伴わぬ事が実現できるわけが無い。新年度の昭和六一年四月一日まで後一月の余裕も無くなった時点で、そのことを告白せざるを得なくなり、茲に全く闇の理事長再念書即ち詫び状兼誓約書が担当理事によって、密かに筑豊陳情団代表・筑豊LMV会館社長繁松氏宛に三月十三日手渡され、手打ちして当面を糊塗した。

この秘密再念書の内容は、国の権限委任を受けたLMV保安機構の理事長としてあるまじき浅慮から、筑豊陳情団に対して実行不可能な約束をして、多大の迷惑を掛けることとなったお詫びと、一旦約束した内容は不完全であっても精一杯実現の努力をする。それは諸般の制約調整の最短時間を考え、①新車・改造車等の実車の保安確認は八月一日から、②諸申請事務手続きの現地処理は五月から毎日実施することとしたいので、地元として違約だとされる部分は寛大に扱って欲しい、とする嘆願的謝罪兼誓約だ。

　この屈辱的な闇文書は誰が創案し清書したか知る所ではないが、多分吉田理事と庄屋専務の合作だろう。手渡しの前夜吉田理事から一寸見て置いてくれと言われて一読したときは息も詰まる思いだった。こうまで唯々と相手側の要求に全面的に屈し、恥も外聞も無く収拾のみを求めるとはどういうことか。組織の一員として内部告発も出来ず、而も実行責任は全て現地に押しつけでは、統括所長としての遣り場のない怒りに身が震える思いだった。

　特殊法人として国の権限代行を全国組織として立派に代行しているＬＭＶ保安機構が、何故一地方の要求にこうまで屈しなければならないのか。組織は将（まさ）に人の集合だが、それを巧く機能させうる能力者を長としないと様々な悲劇が起こる。特殊法人と言っても独立権限で自由に運営できる余地は殆ど無い。予算・人事を実質的に監督官庁に握られている以上、交運省の指示・命令は絶対だ。楯突こうものなら役員の首など簡単にすげ替えられるからだ。然しどうしても理不尽或いは著しく困るもの、非合理なもの、更には積極的にこうしたい、せねばならぬ事柄については、当局へよく事情説明して了解を得ることが役員達のつとめの筈だ。

　現場の責任者としては、実行上の皺寄せが現場職員達に重くのしかかる度に、而もそれを軽減できる方策も目途もなければやりきれない気持ちだ。次々と悪化する情勢下で、こうした負担が統括事務所の職員達にどう加重してきたか、それに対しどんな対策を講じようと努力したか。

真っ先に問題となったのは指定休暇・年次休暇の極度の減少・窮屈化だ。当時は土曜定休が隔週に施行されていたがまともに与えられない。筑豊への出張回数が昭和六十年春・同年十月、昭和六十一年八月と、段階的且飛躍的に増回されたのに対し、出張要員が全く増えないので、その埋め合わせは指定休暇や年次休暇を削減せざるを得ないわけだ。誰か特に出張予定者で臨時の故障者が出れば、指定休暇の者を狩出さざるを得ないが、その人に代休を与えることは不可能だ。

勿論、代わって貰った故障者の指定休暇を代休に使うわけだが。年次休暇は権利として、勤務年数にもよるけれど、最高二十日取れることになっているが、平均数日程度が実態である。これらの年次休暇も、窮屈な出張要員確保のため、実質的には指定休暇のように割り振らざるを得ない。それらをお盆や月初め等の業務閑散期に集中的に割り振るのだが、研修や会議等と重なり思うように与えられない。

次に問題が深刻化したのは、後方業務と総称した窓口や保安確認業務以外の統括事務所としての文書や人事・給与・統計・照会等種々の業務を各人に割当てているが、この後方業務を行う時間は、通常月に三～五日程度をデスクワークとして割当てるのだが、これが極度に少なくなり、統括事務所職員は月平均一・五日以下となった。このため九州統括事務所以外の通常の事務所では、終業（五時）と同時か、せいぜい三十分程度の居残りで済むのが、九州統括事務所では毎日平均二〜三時間も居残らざるを得ない。

筑豊と久留米の出張が連続している者は、出張保安確認から約一時間かけて一旦統括事務所へ戻り、原簿処理等の出張の付帯事務を行わざるを得ない。超過勤務手当など無いに等しいので大半がただ働きだ。勿論管内の超勤予算を統括事務所へ重点的に配分し、本部へも繰り返し増額要求してのことだが、焼け石に水の状態だ。統括事務所職員の不満が業務運営に影響するような形で表面化しなかったのは、労働組合がなく、苦情・不満の持ち込み場がなかったこと、職員がそのような動き方を知らなかった、或いはそうしたことに無経験だったためだろう。名古屋陸上輸送行政局の部長時代に経験したような、労組の激しい突き上げなど嘘のようだった。

統括所長としては、連続出張や連日超勤で健康障害者が出ないよう、休暇の確保・割り振りに腐心した。基本的な要員不足を少しでも緩和することが先決なので、筑豊出張を合同で行っていた北九州支所の相当要員一名を筑豊分の原簿と共に統括へ移し、筑豊出張を統括事務所の責任（専管）化し、熊本事務所から借り上げ、更には国鉄の転職職員を優先的に本部から割り当てて貰い、賃金職員の投入で出張者の統括事務所業務の穴埋めをするなど、様々な努力を重ねた。又職場での融和・慰労のための懇親会等を、土曜夕方などに頻繁かつ積極的に行った。

筑豊の地元業界が確約事項として期待していた新年度（昭和六十一年四月一日）からの出張保安確認場の支所並みの機能の実現は、予算も要員の裏付けも、現地に原簿も無い状態では逆立ちしても出来る訳がなく、この件は前記の三月十三日付の闇の再念書で一応落ち着いたかに見えた。然し乍らその手打ち式として筑豊ハイツで行われた、四月二十四日の本部吉田理事と、筑豊ＬＭＶ会館役員即ち一月の本部への陳情団との折衝は、実施方法が地元の期待効果を保証するか否かを確かめるための質疑の過程で、何らの具体策もない期待外れなものと判り、収拾の付かない大混乱に陥った。

予め吉田理事の依頼で、統括所長の寒村と県ＬＭＶ会館の事務書記が議事の記録に当たったが、激しい怒号の応酬で全く聞き取れない。断片的なメモを付け合わせても記録にもならないが、訥弁混じりに吉田理事も必死の様子。

「何で今更出来ないんだ！　ええ加減な嘘がこの筑豊で通るとでも思ってるのか！」

「出来ないことだから、ここに説明とお詫びにに来てるんですよ！」

「そっちの事情なんぞ知るものか。約束は何が何でも果たして貰うバイ！」

「ここでの実務は統括事務所だろ。統括所長に任せりゃ本部は手出し無用じゃなかか！」

「組織上現地に任されない。勝手にやれば統括所長の首が飛ぶ！」

事態急変である。支所並み機能として、名義変更等の現地事務処理完結のためには、原簿の現地備え付けが不可欠だが、本省の厳命でこれが出来ぬままでどうやって現地処理をせよと言うのか。ファックス利用と言い乍ら、これも多分交運省の差し止めか自前のファックスを備えるでもなし、県ＬＭＶ協会の物を借用とか当てにするなど虫が良すぎる。

かくて筑豊流の強硬な要求実現行動が起こった。即ち、ユーザー車両保安確認の、筑豊ＬＭＶ会館の出張保安確認場利用の締め出しである。これを事前に察知した統括所長は、本部の指示を待つまでもなく、繰り返し筑豊会館側へ自重を求め、大きな借りを作りながら県ＬＭＶ協会のファックス利用を、非常な制約付きで実現していた。

にも拘わらず本部無策の内に、五月十三～十四日にかけて、筑豊ＬＭＶ会館正面に畳二畳分の大きさの看板を押し立てて、「ユーザー車の保安確認お断り」と表示する騒ぎとなった。この辺りの作戦は、軍師役で二股膏薬の県ＬＭＶ協会庄屋専務のマッチポンプ（湖頭秀人課長代理評）振りと、筑豊ＬＭＶ会館役員坂下氏の行動の凄さで、好敵手ながら実に鮮やかなものだ。

原簿移設が現地騒動沈静の決め手だと、その必要性を繰り返して本部に要請する一方、五月二十三日筑豊ＬＭＶ会館役員との膝詰め談判で、統括事務所長は、

「ユーザー車の保安確認利用を閉め出すなら、筑豊への出張保安確認業務を全部取り止める。」と大激論を展開した。この切羽詰まった大喧嘩は、ともあれ原簿移設が統括所長の一存でも強行するしか妥協の余地はないが、双方の持てる力を出し尽くした死闘だった。

互いにこれ以上争っても再起不能な爆死となり兼ねず、睨み合いで矛を収め、以後可能な協調策を造り出すきっかけとなった。

然しこの暗黙の了解は、その直後の上京での理事に同行した本省説明で全く受け入れられず、折角本部が九州統括事務所に与えていた内諾が反古になった。このために五月下旬の本部での地方統括事務所長会議を急遽抜け出して吉田理事が現地へ釈明に出向いたが、そんなことを、現地業界が受け入れるわけがない。

地元業界の突き上げと、本省指示の相反する強圧的締め付けで身動きならぬ本部に構っていたのでは、統括事務所の業務が麻痺するだけでなく、いつ地元が暴発するか判らぬしかねない。そのため、統括所長として、首を覚悟の独断により原簿移設を強行し、本部へは事後報告することとした。命令違反の独断専行として処分するなら、地元が暴発するだけだ。結局本部も本省も目をつむるよりほかなく、関知せぬとの態度であった。

かくて六月三日に筑豊分の原簿移設を行い、翌日会館側はユーザー車の保安確認受け入れを正式に決定した。これにより不便・不正確・非能率、且つ肩身の狭い借り物のファックスによる原簿照会作業は廃止できた。終わり頃にはファックスを自前化したが、一月以上もどうしようもない事務作業だった。

ここに到る四～五ケ月間の一連の筑豊騒動の責任は、当初本部では統括所長の対応のまずさとしてか、統括所長を全く信用せず、現地での対応を一切禁じ、本部直轄としていたが、その役目に当たった吉田業務担当理事への、内外からの非難・批判が激しくなり、五月下旬には吉田卸（外）しが理事長から申し渡されたようである。八月から始まった筑豊での連日保安確認業務や、久留米の支所開設用地問題などの状況を、遠慮がちに訊ねて来る吉田理事の電話の声が寂しそうだった。

筑豊の出張保安確認は昭和六十一年八月からの連日実施で、地元業界が要求していた支所並み機能が一応実現の形となり、早春から約半年に亘る地元の過激な行動は沈静化した。但しこれには後述する極度に不便な事務環境と、劣悪な保安確認施設にも拘わらず、出張する統括事務所の職員達が、よく不満も口にせず頑張ってサービスに努めてくれたおかげである。特に出張要員の遣り繰り改善の必要性もあって、お盆過ぎから、出張チーム三名中の一名を、統括所長の責任と独断の闇で実施した常駐、即ち地元と折り合いのよい石野雅夫君に常駐して貰ったのは効果が大きく、業務の平準化に貢献した。

然し、問題がこれで全面的に解決したのではない。一連の大騒動の発端となった筑豊地区ＬＭＶ業界の陳情趣旨は、登録運送車両と比較したこの地区のＬＭＶの保安確認行政サービスの遅れ是正、具体的にはＬＭＶ保安機構の支所設置を求めたものであり、出張保安確認の支所並みの機能化は過渡的措置、当面の妥協に過ぎない。只この支所設置の時期については、保安機構側の予算等の制約を除いても、会館側も余り早すぎては、土地・建物・

機器・設備等で約五千万円、内三千万円は県ＬＭＶ協会からの融資（庄屋専務情報）等の投資の全面回収上不都合である。

支所の早期開設の必要性は寧ろ寒村統括所長の方が痛切に感じていた。その理由は窓口業務を含む保安確認業務に当たる職場環境改善の問題である。事務室の極度の狭隘さは、窓口カウンターから奥の保安確認機器操作室までの約三～四坪に、事務机・原簿ロッカー・事務機器等を置いているため、窓口職員が出入りするのがやっとで、繁忙期に必要な窓口二人執務は無理な状態だし、原簿ロッカーも隅に直角に置かざるを得ないので、同時に二方向の引出しは不能である。

隣に壁で仕切られた無用の広い役員室が在り、この役員室撤去と事務室拡張を何度も申し入れたが、保安機構職員の執務室など関知せぬ、支所並み機能さえ確保されておれば良いので、無駄な金は一切掛けぬ、との方針だ。自前で改造する訳にも行かず、苦々しい思いだった。

事務室よりもっと酷いのは保安確認設備だ。コースは保安機構の規定基準などお構いなしの短いもので、勿論イコライザーなど無く、コースの水平仕上げの粗雑さから、ライトの確認・特に主光軸の確認には受認者の進入技術が判定を左右する。そのヘッドライト確認機器は、機械工具協会が基準不合格としている代物、ブレーキテスターやスピードメーターテスターは大小車兼用のものでＬＭＶ専用のものではないため、乗用ＬＭＶはスカートを摺りかねない。これら保安確認機器の精度は、検定時に調整してぎりぎり基準に入るか否かだし、もっと酷いのはこれらの機器を操作する装置だ。排ガス測定器を含めていずれも単機器毎の操作装置で、遠隔操作装置など全くないものを、保安確認場に機器設置する際に、無理矢理に操作室で操作できるように手を加えた物だ。ブレーキ力の測定では軸重設定などをその都度やり直さねばならず、左右ブレーキ力の差は、二つの針の動きを瞬時に読み取って判断せねばならない。極端に狭くて一人入るのがやっとの操作・測定(判定)室での作業を見ていると、スピードテスターやブレーキテスターのリフト機構を作動させるための両足でのペダル操作・軸重測定のセットや解除のための両手の操作、進入、測定車の誘導と、計測値読み取りのための目測や指示の声など、将に目・口・両手、両足を絶え間なく、緊張しながら動かさねばならない。

下回り保安確認用のリフトは、旧式のアクスルリフトのように潜り込む方式ために、前後一方ずつ上げ下ろしするのだが、リフトの昇降速度が極度に遅く通常四～五秒で昇降するのが、既定の高さに挙げるだけで一分三～四十秒かかり、往復三～三分半もかかっては保安確認車両を捌ききれない。そのため屈んで下に潜れる高さに上がったら（約三十秒）保安確認作業に入る。このため数台も続けて作業すると、膝ががくがくしてくると言う代物だ。このためここの保安確認機器の更新を保安機構でやらせて貰えぬかと申し入れてみたが、予算が付いたら話しに来てくれ、その時点で役員会に諮ってみるとの返事だ。

保安確認機器使用料＝保安確認協力費の徴収等、会館建設費償却の大事な名目・手段が消滅するのを、筑豊ＬＭＶ会館が容易に受け入れるかどうか、そうした保証の無い状態での保安機構の予算化を交運省が認める訳がない。こんな劣悪な作業環境・条件下で、職員達の不満が噴き出さないのが不思議だが、よく皆辛抱し、堪え頑張って呉れたと感謝している。唯一の報いは、本部の事務方の理解もあり、出張費だけは確保、手当てしてやれたことだ。

(三) 主役不明の久留米支所用地取得交渉

昭和五十三年に国の支所である福岡県陸上輸送行政事務所久留米支所が開設されるに及んで、ＬＭＶの標板も「福岡」から「久留米」に分割され、出張保安確認は大牟田を久留米に統合し、施設も県自家用運送車両協会に代わって、県運送車両整備商工組合が高度化資金を借り入れ、同商工組合の予備保安確認場に隣接する一千平米の土地に出張保安確認の作業棟及び事務室を建設し、保安機構が賃借することとなった。これを機にＬＭＶの定期的な出張保安確認は週三回（月・水・金）に増回され、後年になって新規保安確認である車両ナンバーの指定と標板交付も一部実施された。

筑後地方のＬＭＶ関係者達は、県ＬＭＶ協会支部や県運送車両整備振興会支部等を中心にしてＬＭＶ保安機構の支所設置を要望し、昭和五十年代の末頃、県ＬＭＶ協会では内田会長らの陳情団が本部陳情に上京したが、当時の間山理事長からにべにもなく断られる一幕もあったようだ。昭和五十九年夏には、地元選出の自民党古吉真琴代議士を押し立てて交運本省羽生和夫陸上輸送安全部長へ陳情し、検討の約束を取り付けたようだ。

一方保安機構本部では支所開設、増コース、移転等の施設整備計画等は、当局による厳しい予算査定の制約等から、全国で年一～二カ所が限度であった。勿論これら施設整備計画には保有台数や出張保安確認需要実績の大きい所で、一応の目安として保有台数十数万台～二十万台で二コースとした他に、用地取得等地元の施設新設、増強に対する協力、推進状況等も大きな要素として考慮されていた。久留米はそれら基準を殆ど満たしており、支所設置の最優先候補の一つであったが、既に着手中の姫路や土浦に次いで、沼津などが比肩しており、いずれを優先するか微妙な情勢であった。

なにしろ前記のように全国で年一～二箇所の予算制約は、昭和五十年代後半からのＬＭＶ保有台数の急激な伸びにも拘わらず保安機構予算が交運・大蔵両省査定の段階で一般会計並みの伸びに押さえられているためで、このため収支は年二十億円近い使途のない黒字を累積する有様だったのである。

寒村が支所開設の前提となる用地取得のための具体的行動を開始したのは、福岡県内の各ブロックの出張保安確認場の初度巡視を終え、実務に本腰で取り組み始めた十一月六日で、福岡へ赴任後丁度一と月振りである。この日の午後県ＬＭＶ協会の庄屋専務と同協会久留米分室の永富氏に案内されて、国道三号線沿道の自衛隊演習地や、出張保安確認場周辺の果樹畑など三～四箇所を見て回ったが、いずれも手探り状態で、所有者等も未確認のものであった。これらの土地は本部の吉田理事も内々に見聞していたものと思われる。

業界団体と言ってもその中核は県ＬＭＶ協会と県運送車両整備振興会＝県整備商工組合の二団体であるが、両団体との連携のもとに、久留米支所用地取得問題に本格的に取り組み始めたのは、昭和六十年十一月中旬以降である。

先ず県ＬＭＶ協会の四輪部会と、筑後支部の合同会議が十一月十六日に久留米市内の料亭で行われた際に、ＬＭＶ保安機構久留米支所の設置促進が協議され、臨席の自民党古吉真琴代議士に、中央への働きかけを陳情するなどの政治的働きかけも行われた。当事者の一方の出先責任者としての統括所長へ、最大限の努力を促す同代議士からの釘刺しもあって、筑後の特殊事情たる人情・風習・考え方や取り組み方の特徴などを考慮した取り組み方策を、県ＬＭＶ協会の庄屋専務と具体的に協議していった。

それと共に業界団体のもう一つの大手である県運送車両整備振興会＝県商工組合へも出張保安確認の施設提供等、これまでの便宜供与に謝意を表すると共に、強力な協力を要請した。即ち、十一月十八日は同会の村下専務に、次いで同月二十六日および二十八日には中江会長へと相次いで訪問の上、協力要請を口頭で申し入れた。但し整備振興会＝商工組合では現状直接的な係わりの無い県ＬＭＶ協会と異なり、現に出張保安確認場を所有し、保安機構へ賃貸している県整備商工組合とでは、施設の償却等の問題で立場が違うためか、ＬＭＶ保安機構の支所設置要望の基本的態度は示すものの、さして支所開設推進に協力的でもなさそうだった。

そのため十二月二日に村下専務を説得する形で再度協力を申し入れたが、反応がはかばかしくないばかりか、久留米出張保安確認の増回、処理数増枠等の逆要求を一回目十二月四日、二回目昭和六十一年四月十六日にしてくる始末なので、本件を同整備振興会＝商工組合の正副会長＝理事長会議の議題としてくれるよう十二月十日に村下専務に要望した。年明けと共に本格化する保安機構の翌昭和六十一年度予算要求に盛込むためにはタイムリミットだったからである。

その結果渋々ながら一応十二月十八日の同整備商工組合の正副理事長会議の議題として取り上げて貰うことになったが、これに先立って各副理事長である四ブロックとディーラー担当計五人を戸別訪問して支所化の早期必要性などを十分に説明し、理解して貰っておいて欲しいとのことである。初度巡視等の際に既に面識のある副理事長らには時間の都合上電話で要請したが、北九州担当の佐田和也氏へは、十六日直接訪問して要請した。同氏は当方の話を前向きに聞くと共に、同日午後久留米へ出向き、出張保安確認の施設や状況を直接見てくるとの積極性だった。

この十二月十八日の整備商工組合の正副理事長会議で、ＬＭＶ保安機構の久留米支所設置推進が議されるに当たって、説明役として統括事務所へも責任者の出席招請があり統括所長の寒村と、原田保安確認課長が出席した。出席に当たって、これまでの事前折衝の結果から、かなり厳しく激しい議論が予想されたので、原田課長に

「乱闘服を着用して行けよ」と冗談言っておいたほどだ。

会議はのっけから剣呑な空気だった。両者の主張が鋭く対立し、質疑応答と言うより激論の様相で展開した。ＬＭＶ保安機構九州統括事務所側としては、①保安機構の任務遂行に当たり、利用者の便宜確保の出張保安確認のための施設の提供等、早くから県整備商工組合の協力を得て、不完全ながらもどうにか業務遂行出来てきたことへの謝意、②更にこの地域利用者へのサービス向上、業務の効率化のためには支所の早期開設が決め手であり、利用者の大半を代行する地元整備業界の積極的な支援・推進が不可欠であること、③保安機構の来年度予算要求のタイムリミットから年内には本部上申しないと、時期が更に一年遅れざるを得ないなどを冒頭に説明し、県運送車両整備商工組合の理解と協力を求めた。

これに対し県運送車両整備商工組合側は、①大半は整備業者が代行する地域の利用者へのサービス向上のために、支所の早期設置の必要性は認める。②然し、現出張保安確認施設等に投入した資金回収・償却等が不十分な現状ではその埋め合わせ、補償措置等を不問にしたままでは同意いたしかねる。③現出張保安確認場を県運送車両整備商工組合が施設

整備し、保安確認場に提供するに当たっての条件として、久留米に保安機構が支所を設置する際は、これを買い上げて転用する約束になっている。④そのため施設基準等は保安機構の指導に従い、一コース千平米、準Aコース保安確認機器で設置してある、などを主張した。

統括事務所側は、①前記③後半の件は非常に重大な問題だ、当方には北九州LMV会館以外にそのような文書も申し継ぎも残されていないが、整備商工組合としても極めて重大な決定だからそのような文書を保存しているか、保安機構責任者の立会又は整備商工組合役員会の承認のもとに、その議事録など残されておれば是非閲覧させるか提供して欲しい。②現在の施設基準はコース当たりの敷地面積も保安確認機器等も、例えば面積は一コース当たり一九五〇平米などとかなり変わっており、残念ながら現出張保安確認施設等をそのまま支所施設として転用できない。③施設整備の資金回収、償却等は詳細把握していないが、表向き徴収していないはずの協力金等で埋め合わせ済みではないか、処理実績数から試算してみても良いが、などと反論。

整備商工組合側も、①現出張保安確認場の設置、提供に当たっての取り決め文書はなかったと思うが、今更そのような物を要求されるとは心外だ、それを理由に原現施設の買い上げを拒否するなら当方の好意・協力の実績を踏みにじるものだ。②現在の基準が当初のものより大きく変わっているとしても、それは保安機構の都合によるもので、整備商工組合側の関知するところではない。などと強烈に反論して双方歩み寄りの気配全くないまま二時間以上経過した。

そこで統括事務所側は、①早期支所化の必要性については両者一致のようだから、何としても来年度予算要求に盛り込ませる。②施設基準の内敷地面積については事前調査の結果拡張不能なので、どうしても現出張保安確認場を買い上げて転用せよとの要求なら整備商工組合の有する予備保安確認場を含めて買収する以外にないがどうか、と畳み込んだ。

午前十時からの会議が午後一時近くにもなって、全員疲れ空腹感も俄に湧いてきたので、昼食休憩の上、整備商工組合役員会が結論を纏める間、括括事務所側は席を外して待機した。午後二時近く統括事務所側が呼び入れられ、中江理事長から、統括事務所長の結論二点を整備商工組合として正式に受け入れ決定したと告げられた。張り詰めていたものが緩んで一気に疲れが出たように思ったのは、原田課長も同じだったらしい。

この会議の結果、九州統括事務所は昭和六十一年度の保安機構予算要求として久留米支所の用地取得費要求を正式に提出した。勿論この会議の議事録を重要な証拠として福岡県運送車両整備商工組合から提出して貰い、要求書に添付した。

所が、驚くことに昭和六十一年の年明けの松も取れぬ一月十三日、県運送車両整備振興会の村下省吾専務が、のっそりと九州統括所長室に挨拶に来て、

「久留米の当会の予備保安確認場は譲渡が困難です。高度化資金で作られており、償還

金も年数が半分にも達していない状態ですので」

と言うではないか。何と無礼な言い草だ！と怒りを抑えながら
「そんな重大な問題は今急に発生したわけではあるまい。当方は初めて聞くことだが、そちらは事情を十分に承知の上での役員会決定だったのではないか。貴会の当保安機構に対する信義問題だけではない！　貴会の役員会議事録は予算要求の重要な裏付け資料として、本省や大蔵省に提出されているんだ。当方からの買収費で未償還分の一括償還だって可能なはずだろう」

と突っぱねた。

この統括所長の反撃で、県整備商工組合は先の約束である先月の正副理事長会議決定事項は守るとの予測は甘すぎた。二月六日に再度、二月十四日に三度目と臆面も無く村下専務は来所して、違約を詫びる言葉の一つも口にせず、前回同様の内容を通告しただけでなく、

「当方が予備保安確認場を売れないのだから、その代替地探しも当方は止めた。隣接のゴーカート場は当方が当たった所では適当な引っ越し先がない。騒音等でどこも敬遠するので売れないそうだ。だから他に適当な土地を探して貰いたいが、地元業界としては国の登録保安確認事務所に隣接していないと困る。同事務所裏の植木畑しかないはずだ。地主との交渉は厄介だろうが・・・」

と、まるで他人ごとのような一方的通告と要求、更にお節介のおまけ付きだ。

これには寒村も流石に我慢しきれなくなった。大喝して
「何事言ってるんだ！　そこに座れ！　それが公法人の専務の口にすることか！」

と怒鳴り、怯む専務をソファに座らせて強烈に反撃した。

「何故約束事が履行できないのか、売却金での一括償還がどうして出来ないのか。それらについて当方の納得できる弁明書が何故出せないのか！

更に、仮に当方が他に支所用地買収を行う場合でも、当方の都合によるだけのことで、他からの、まして信義に反した者からの、余計なお節介などに貸す耳は持たん！」と。

寒村統括所長の激しい剣幕に恐れをなしたか、蒼惶（そうこう）として村下専務は退出したが、以後統括事務所にこそ再交渉に来ないものの、本部や本省に統括事務所差し置きの陳情作戦を採ったようだ。県整備振興会の中江卓会長がＬＭＶ保安機構の角田裕理事長と東大の同期生の誼（よしみ）で、村下専務は地元局の保安課長や陸上輸送行政局登録保安部長時代に本省の保安確認班に繋いでいた人脈を頼ったらしい。

三月初め頃本部の業務・施設の両理事らを通じ、又事務方の課長連中からも相次いで県運送車両整備商工組合の予備保安確認場買収不可を連絡してきた。ただし福岡県運送車両整備商工組合役員会の議事録は、予算要求上巧く活用するとのことだ。高度化資金の一括返還は理論上は可能だが、同整備商工組合は目下北九州に教育施設名目で予備保安確認場建設を目論んでおり、そのための高度化資金を県に申請する一方で、久留米は一括返還し

たい、では公的な高度化資金によらずとも、一括償還の余剰自己資金を流用できるのでは？と逆問される恐れを忌避したものらしい。

これは本部の見解だが、本省も同じらしい。これでは全く県整備商工組合の思惑通りだ。而も条件を付けた支所用地買収交渉まで押し付けて。余程鼻薬が中央に奏功したのだろうが、九州統括事務所はたまらない。この頃までは本部では、業務担当の吉田理事が、具体的な候補地選定まで含めて彼の担当と心得ていたようだ。

然し、筑豊問題が、昭和六十一年年初の理事長念書で大騒動化して以来、特に筑豊の地元業界が過激な行動・戦法により、同年度からの出張保安確認の事実上支所並機能実現要求を激化させたが、これへの対策のための現地交渉等が頻繁化し、その専任担当者としての吉田理事が筑豊問題に掛かり切りとなってしまい、而も相次ぐ拙劣な現地交渉の責任によって担当を降ろされる七月頃まで、久留米支所用地取得の予算は実現していながら、事前の実際作業は休止状態で移行した。

現実問題として、現地のあらゆる責任を負う統括事務所長としても、筑豊対策に振り回された期間中、久留米支所用地取得作業が休止状態だったことは救いであった。年度替わりに事務・保安確認の両課長が交代したが、大川譲二事務・小賀嗣夫保安確認両課長の頼りなさ、と言うより両課長の業務まで事実上背負い込んだ統括所長の寒村には、とても筑豊と久留米の二兎を追える余裕など無かったのだ。

吉田理事の筑豊・久留米等九州問題からの担当下ろしは、六月になって俄に進んだようだ、即ち、筑豊対策の失敗は、六月初めの原簿移設という本省指示違反の形で一応の幕引きとなったが、本省側の同理事に対する不信は、同月中旬の本省幹部異動を機に鮮明化した。十四日の同理事の電話は、前日の本省保安確認班の尾深山係長が伝えた本省内の空気が現実であり、九州問題から手を引けと、本省及び本部から引導を渡された由であった。

吉田理事の失脚で躍り出たのは施設担当の北山潔理事だ。中央での権力争いは古今東西大小枚挙にいとま無いが、吉田理事下ろしには北山理事も執念を燃やしていたらしく、かなり悪辣な罵言を浴びせたらしい。そんなことよりもこの北山理事の言動に、まともに従っていると莫迦踊りになりかねない。「九州の問題は今後僕が担当するから」との通告と共に、早速今までの経緯につき詳細な文書報告を求め、今後の取り組み方針の条件・基準等についての原則論を数項目伝えてきた。前者はその都度本部宛に報告や意見書として上申しているわけだし、後者は現地作業場上の自由性を拘束する邪魔ものでしかない。

久留米支所用地取得を、関係業界団体による推進協議会的な組織を作らせ、下駄を預けろとの助言か指示かの意図は解らんでも無いが、誰がその舵取りをするのか、これも本部の九州統括所長への不信故にだが、少なくとも統括事務所を外した組織が、本部理事らの期待するように、自主的に動くほどお目出度いものでないこと位は判りそうなものを。その協議会的な組織作りや協議の推進・舵取り役を、県運送車両整備振興会＝県整備商工組合と福岡県ＬＭＶ協会に被せようとしたらしい。

久留米支所用地の候補地は、新規候補地探しから始めなければならないわけだ。尤も関係業界団体、特に整備業関係者は人や予備保安確認場の効率的な利用、登録車の登録保安確認手続きの便利さ等から、国の登録保安確認事務所の隣接地取得に拘っているが、その土地取得交渉を引き受ける気などは更々無い。

然しそのままでは地元に全く手掛かりのない、九州統括所長が全作業を行わねばならないし、現地に住み込んで昼夜その作業に専念しない限り、殆ど作業は進捗不能だ。統括事務所にそうした余裕などないので、支所開設後の業務運営問題などを含めて、県の関係業界団体に作業協力を求めることとし、七月上旬に各団体の会長・専務らを歴訪して協力要請した。特に彼等が拘る国の登録保安確認事務所隣接地の交渉は彼等に任せ、統括事務所は他の土地探しに専念することで、業界側の利害面から彼等の活動を刺激させた。

統括事務所側は七月中旬に、国の登録保安確認事務所の用地取得協力実績のある担当部局久留米市商工部へ、七月末には同市の助役（後の市長）へそれぞれ協力要請すると共に、県有地についても七月二十日前後に県へ打診、国有地については九州交運局を通じ、財務局へ打診して貰った。市の助役へは挨拶を兼ねて北山理事が出向いてきたが、同理事の指示により自衛隊用地割譲打診のために、村内熊本事務所長の案内で、八月十二日に出向いた西部方面総監では、けんもほろろの返事で、全く取り付く島も無かった。

国有地は交運局を通じてだから、自衛隊のような手荒で素っ気ない返事では無いが、逆に痒いところへ手が届かず、県有地も応対は兎も角、国の登録保安確認事務所から南へ二・五キロ米の広川工業団地の分割取得を希望するほかは、実質的に殆ど相手にして貰えなかった。こうした中で、市は公的機関の設置が住民らに直接利害関係を有するためか、市の二つの公社に協力させ、市有地と登録保安確認事務所隣接地取得のための換地等、地主交渉の側面援助を約束してくれた。

久留米支所用地の候補地としては、自衛隊演習地や県の工業団地を含め、八箇所を当時の地図に記入しているが、このうち久留米市土地公社が提示した分は五カ所である。三か所はに公社に案内して貰い、残り二箇所は県ＬＭＶ協会専務らと現地を探査した。地形や立ち入り上の不都合な分を含め、いずれも国の登録保安確認事務所より隔絶した位置にあり、地元業界の同意を得ることは極めて困難を予想されるものばかりで、彼等が執着する登録保安確認事務所隣接地である植木畑の、地主への換地としても危ぶまれるものだった。

国の事務所から二〜三百米の自衛隊演習地は前記の如く全く絶望だ。同事務所から二・五キロ米南の国道三号線沿いの、広川工業団地は県側も買収を希望しているし、何よりも切り取り自由で立地条件は理想的だが、①久留米市域外であること、②地元業界特に整備業界が、筵旗を押し立て反対するとの態度で、折角十月十五日来福した本部の柳田施設課長との現地視察の際、統括所長との同意見、取得第一候補の合意も表に出せぬままとなった。統括事務所の直接土地探しに親身の協力をして呉れたのは、県ＬＭＶ協会だけだった。

一方地元業界、特に整備業界団体側が固執する、国の登録保安確認事務所庁舎背後の鶴好氏が所有する植木畑の用地買収交渉は、業界団体の担当として、三〜四回合同会議で具体的進め方を討議したようだが、所詮自分達の用地取得で無いこと、寄り合いで主役不明など取り組みに気が入っていない状態だ。

県ＬＭＶ協会の庄屋専務によれば、これが久留米流商取引の交渉だそうだ。つまり売買双方が全く手の内・条件等を示さず相手の腹を読むのだと。従って時間など全く問題外だ。こんな商人芸には、古来全国的に商売の秘術を極めるとされる美濃・大津商人達も尻尾を巻くとの伝説がある由だ。庄屋専務自身が料亭の宴会で、お酌の仲居さんが、久留米とは「もう来るめえ」と遠地からの商人達が逃げ出す地名だ、というのを聞いたらしい。

余談はさておき、このままでは年度内の土地取得、予算執行の目途はいつまでも付きそうに無い。たまりかねて九月下旬福岡市内にある、県の関係業界団体を再度歴訪して、地元久留米支部への強力な促進に働きかけを要請する一方、市からも仲介又は直接交渉の労を執って呉れるよう、本部理事長名の依頼状を提出した。又、日本不動産研究所へも土地価格の鑑定を依頼した。最もこれに先立ち、十月初めに本部側では既に県整備振興会情報をもとに坪十五万円での交渉を指示してきていた。

市による地主交渉は坪三万円以上の開きで価格の点で折り合わず、十月中には市の土地公社は手をを引いたが、整備業界やその代表の一人である、長尾氏らの交渉結果を総合すると、地主の鶴好氏側は坪十八万円、植木畑の換地、公有地拡大法の適用で三千平米までの免税など税制上の優遇措置の適用、息子の保安機構又は県整備振興会への採用等を要求だと判明した。

久留米支所用地として地元業界側が本命とする、国の登録保安確認事務所庁舎背後の植木畑の買収交渉は、誰が交渉の中心人物なのか判然とせぬまま、右のように保安機構本部が頼りにしていた市の公社も、価格の暗礁で手を引いたが、本部はこの経過中の九月下旬～十月上旬に、地元関係業界団体の連合体による交渉の実現に拘り続け、そんなやり方では効果は無いと渋る統括所長に圧力を掛け、県単位の数団体の上部組織を通じ、その現地下部機構より成る会議を、十月十六日に第一回会合した。

これには本部から柳田施設課長が出席して、保安確認場の設置方針説明と、協力を求める力の入れ方たが、統括所長の予測通り、十一月十九日の第二回、同月二十六日の第三回、十二月二日の第四回会議に於いて何らの成果も報告されず、と言うより全く交渉した形跡が無い。この筑後流交渉には大いに手を焼いたが、本部では統括所長の怠慢と決めつけていたようだ。その反面統括所長には推進・調整・又は直接交渉等何らの権限も与えず、主に県整備商工組合の特に村下専務へ裏で連絡を取り、統括所長はつんぼ桟敷だ。

本部は業界団体の連合体による交渉を漸く諦め出したか、県整備商工組合と県ＬＭＶ協会専務に、地主鶴好氏との交渉を依頼したようだが、これにも統括所長の立会を閉め出すという徹底した統括所長不信だ。両専務による地主交渉は十一月八日、同十一日（庄屋専務によるともっと多いが地主が捕まらぬ）に行われたようだが、その内容は不明である。

一方整備商工組合としてはかなり功を焦って抜け駆け交渉をしたと思われる。整備商工組合側としては国の登録保安確認事務所庁舎背後の植木畑だけに用地取得の対象が限定されているため、これを何としても入手したい。

地主の要求価格である坪十八万円と、保安機構側の価格・日本不動産鑑定価格坪十四～五万円の差を埋め合わせるのに、利用者・整備業者から特別出資金を拠出するか、予備保安確認代金で充当する腹を固め、地主と口裏を合わせた裏取引の合意を隠し、表面的には地主が保安機構側の価格条件で売買に合意したように見せかけ、折からの地方統括所長会議の後、久留米支所用地取得問題の協議のために滞京中の九州統括所長に、本部を通じ十二月七日夜、県整備商工組合と県ＬＭＶ協会両専務による地主交渉は、用地売買合意が成立したと連絡してきた。

翌日午前中に、本部へ帰福前の連絡に行ってこの報告を受けたのだが、県整備商工組合と県ＬＭＶ協会の両専務いずれにも連絡賀取れないまま昼の便で羽田を発ち、夕方県ＬＭＶ協会の庄屋専務に合って事の真相を確かめた。庄屋専務は県整備商工組合の裏取引の証拠を掴んでいた訳では無いが、どうも胡散（うさん）臭いので徹底的に調査しないと、税法その他で公的機関の取引に瑕疵がつき兼ねないと危惧していた。

　この助言を本部に通報すると共に、庄屋専務からも違法性のある取引の危険性を地主へ真剣に説明して貰った所、県整備商組の右のトリックが簡単に露見。本部はこの取引は無効と、十二月十三日両専務へ通告した。これで久留米支所用地問題は三度び振り出しに戻ったかに見えたが、広川工業団地のように既開発の所なら良いが、国土法他都市計画法の開発行為の許可手続きを考えると、許可無ければ売買自体が不能で年度内予算執行は覚束ない訳だ。

　ここからが、県整備商工組合のやり方に批判的だった、県ＬＭＶ協会庄屋専務の面目躍如たる業師振りとなる。彼は地主に違法取引の危険性を説くと共に、地主の求める価格差を、一定期間に埋め合わせるだけで無く、国の支所が他へ移転しない限り将来に亘って半永久的地主が収入源として確保できる方法、即ち関係業界団体が保安確認付帯、又は関連業務を行うために入居するＬＭＶ会館の用地を、地主が保留し会館建物を地主が建設して入居団体に賃貸する、と言う案で地主を口説き、売買を保安機構の条件で合意させた。

　地主としては用地売却の収入金は、会館建設という事業用途目的に使うので、税対策上有利なおまけ付きだ。尤も、入居団体へ地主が早期に埋め合わせできる条件での入居を、呑ませうるか否かは庄屋専務が説得責任を負うことになるのだが。地主に確実に会うため、夜討ち朝駆け同様に福岡と久留米を往復していた庄屋専務に口説かれて、深夜地主が仮契約書に押印するとき、傍にいたかっては地元で上津町小町と呼ばれる程美人だった夫人の目に、我が子を手放すような哀しみの泪が溜まっていた。

支所用地の正式な売買契約は、国土法や都市計画法の開発行為の許可が下りないと出来ないが、実質的な契約としての仮契約は早く取り決めて、相互に違約の余地を封じておくべきである。昭和六十二年の正月の松が取れた十六日、久留米支所の用地取得のための土地売買契約の条件・契約書内容について、本部・統括事務所の合同検討会が本部で行われた。

統括事務所からは、県ＬＭＶ協会庄屋専務の知恵を借りた仮契約書案と付属書類を携行した。これに対し定型的書式の本部案には驚いたことに肝心なことが多く欠落している。取得する土地の地番・地積・形状・寸法等の特定や引き渡しの期日、違約又は延引の場合のペナルティなどだ。

それだけではない。買い主が取得した土地を目的外に使用した場合は、現状修復義務を負い、旧地主は買い戻しの権利を保有するとの付帯条項迄明記されている。これらについてその理由や必要性を質したところ、本部の経理・施設担当理事や部長らは一様に虚を突かれた顔をしていた。官公庁の契約形式をそのまま取り入れたのだろうが、民間の一地主との契約には、もっと実務事項が必要ではないか。

支所用地の取得交渉は、地元業界、特に県ＬＭＶ協会専務の奮迅の努力により、前述のように一月二十三日夜仮契約調印に漕ぎ着け得たのだ。本契約の前提となる国土法や都市計画法による開発行為の許可申請は、売買の当事者それも主として取得者側で手続きせねばならない。

その事務手続きは取得者たる保安機構の、現地出先機関である統括事務所長の責任事項である。予算執行期限の年度内取得の必要上、慣れないこれらの申請事務を、造成工事を依頼する予定の原設計の土木担当者松前氏の助けを借りて進めた。

地主との共同申請となるため、申請内容を説明のうえ印を貰ったり本部と協議を重ねたりで、二月五日頃初提出の申請は、その後取り付け道の公道化か否か、会館囲繞地の問題、出入り道接続部の隅切り規格、下水水利権等の調整他何度か差し替えや補充を経て漸く受理され、開発行為の申請が三月十八日に、県・市の合同審査会が久留米市役所で行われた。これに先立ち前日の三月十七日付には、国土法による土地売買の申請が県の許可を受けたが、これは予定より一週間遅れだ。

ともあれ、これで合筆整理の上、正規の土地売買契約調印に、三月に十四・五日の両日、本部経理課長代理と、柳田施設課長が来福、三月三十一日に精算と登記を完了した。結果的に県整備振興会＝商工組合は、予算獲得に役員会議事録提供の功をとり、施設譲渡やその代替地取得などの実損や面倒を全て巧く逃げた訳だ。

（四）個人情報より先行・ＬＭＶ保安確認情報の取扱厳正化

昭和六十年の年末業務が繁忙期を迎えた十二月十四日、福岡市内に事務所を構える運送車両整備業者向けの新聞編集・発行者と称する築山某なる人物が統括所長へ面会に来た。年頭の挨拶文を依頼に来たのかと思ったが全く違っていた。その用件たるや運送車両確認情報について閲覧料が高すぎる。登録車は陸上交運支局で法定料金として一件二百円取られるので一割以下に下げて貰いたいと交渉している。

そうしないと整備業者に売る運送車両のユーザーサービス情報が、高価なものになって敬遠され採算に合わない。これでは定期点検普及促進に役立たないから、と言うのだ。参考に持参したユーザーリストには、ユーザーの氏名・住所・車両形式・登録番号・車台番号・初度登録年月・定期保安確認日付け等が一覧表として記載されている。

驚いた統括所長は①ユーザーリストなるものはプライバシーとの関係上公開されすべき性質のものでは無い。②登録車についての閲覧制度は、登録物件の権利得喪の確認手段として法定されているが、ＬＭＶについては届け出で制度のみで、民法上の所有権を公証するものでは無いから、閲覧制度を設けていない。③従って①の原則からＬＭＶについての保安確認情報の提供はお断りするし、若し管内で公開しているところがあれば厳禁する。④保安確認情報は、保安確認業務遂行上の必要から保管しているもので、それ以外の目的に利用することは違法性がある。⑤実際問題として保安確認情報の提供が、民事上の利害関係者の紛争に巻き込まれたら、当保安機構はその責任を負えない。⑥こうした事情は公器たる新聞編集業者なら十分理解できるはずだ、等を説明して理解を得ようとした。然し、このユーザーリストの編集販売のみを生業としている築山氏としては「そうですか、解りました。」などと言って引き下がれるわけが無い。

「統括所長には二度と面談しない。」

と捨て台詞して帰って行った。寒村は名古屋陸上輸送行政局登録保安部長時代に、福井県下でラブホテルから出る車を望遠撮影し、そのナンバーから登録資料を閲覧して恐喝する事件が連続発生した折、福井県警から閲覧制限できぬかとの問い合わせを受けたが、こうした刑事事件ですら閲覧とプライバシー保護は両立しないものを、LMVが好んで災禍を招くことは出来ない。これは保安機構本部でもほぼ統一した見解として運用してきている。

所が、この築山氏の申し出でに驚いて調べてみると、どうやら九州交運局では、福岡陸上輸送行政局時代のいつ頃どの登録保安部長の時代か、恐らく運送車両の定期点検整備運動が全国的重点政策として展開された頃だろうが、整備業者を通じてユーザーへの働きかけを奨励する手段として、保安確認情報の組織的公開・提供に便宜を与えるように通達していているらしい。

当初は整備振興会や共同・協業組合等公的機関を通じての運動普及手段を想定していた

だろうが、売れネタとして地域業界紙が飛びついたものと思われる。九州統括事務所に赴任して、九州が中央からいかにも遠く、独立国家といわないまでも、大いに独自性を持つ行政が罷り通っている現実に一再ならず驚いたが、本件など将にその典型的な事例だろう。

管内は、事務所・支所によって程度や方法に差はあるが、統括事務所と熊本事務所を除き概ね何らかの形で局の通達に準拠し、保安確認情報を地域業界紙に流すか、一般の請求者へ手数料を徴収して閲覧又は資料提供していた。地域業界紙への提供は、北九州支所、長崎、大分、宮崎の各事務所、一般への閲覧又は資料提供は、佐賀と鹿児島事務所だ。業界紙への提供の内、北九州支所と宮崎はそれぞれ支所長・所長より提供先へ事情を説明の上提供を中止させた。地方の有力業界紙で顔役的勢力を持つ長崎と大分は初度巡視等の際に、統括所長が直接訊ね、社主兼編集者に事情を説明して廃止の協力を取り付け得た。

一般或いは会員たる組合員の請求で閲覧させていた佐賀と鹿児島には、統括事務所同様に、閲覧請求理由・身分証明及び、民事トラブルの際の閲覧者責任の誓約を出させた上、閲覧が必要不可欠と認められる場合に限り応ずることとさせた。特に鹿児島事務所ではLMV協会用原簿書架がオープンラックになっていて出入り自由だったが、事務受付カウンターを書架の前に並べ職員を貼り付けるように、風間専務に改善させた。

鹿児島事務所の他に、宮崎・大分事務所も同様の業界団体用原簿を有していたが、保安機構への申請手続きの過程で、事務的に作成する慣行となっていたようだ。宮崎を含む大分や長崎の地元業界紙の場合、ユーザーリスト以外にも糧道を有していたのか、非常な難色を示したが、統括所長の説得と要請を大義名分として受け入れた。北九州は廃刊したらしいが、簗山氏は死活問題として頑強に復活運動を展開した。昭和六十一年四月十八日に、簗山氏は保安機構の九州管内の事務所・支所の中には、統括所長の方針に反したところが在るので、これらを暴露すると予告してきた。

既に二月中旬の管内所長会議で統括所長の方針を徹底し、即刻廃止させていたはずだが、念のため予告の翌日菅内管内各事務所・支所・分室へ実態の報告を求め、先の方針徹底を確認した。四月二十三日大手の一般紙（毎日）より問い合わせ電話があったが、翌朝刊に「九州交運局管内で保安確認情報漏洩」との大見出しが掲載された。

七月の管内所長会議での周知徹底は勿論、その前の全国統括所長会議にも報告して、九州統括事務所の方針徹底を申し合わせた。簗山氏は登録車の分も断られて、その後九州交運局を相手に行政訴訟を起こしたようだ。各種名簿等の個人情報の取扱・管理問題が、国内で厳しくなるのはこの数年後である。

ＬＭＶの届け出制度自体は地方税財源確保や、国勢調査同様の機能などから必要だが、前者には届け出と同時の独自の処理機構がある。ＬＭＶ保安機構発足時に、既存の原簿を共用したところでは保有台数は一致するが、従来通り独自の原簿作りを続ける所では、その人件費の他に、保安機構の原簿台数とに乖離が出来るのは仕方が無い訳だ。後年これらの原簿は国と同様にオンライン化されるのだが。

（五）寝ていた宿題を起こした、北九州支所の自前化・拡張の面倒な問題

九州統括事務所長としての寒村が北九州支所を初めて視察したのは、昭和六十年十月二十五日の初度巡視の時である。初度巡視は大抵の場合、そこの事務所長の案内でその事務所又は支所の職員への挨拶、管内の業務情況、施設情況、問題点などの視察、説明聴取の他に、監督官庁の陸上輸送行政事務所又は支所（組織改正後は交運支局及び運送車両登録保安確認事務所と改称）及び関連の地元各業界団体等への表敬訪問・挨拶回りを兼ねたものだが、この日の行程も例外では無い。只、北九州の場合、登録保安確認事務所及び関係業界団体の所在する陸運団地へは、道路距離にして十四キロ米も離れており、表敬訪問できなかった。

この時の印象としては①用地の狭隘さと施設の老朽性を、早急に何とかせねばならないと強く感じたほかに、②この施設が土地を含めて（株）北九州ＬＭＶ会館からの借り上げであり、勝手に自前で施設の修理や更新をし難いこと、③更に同ＬＭＶ会館の社長ら三役である誉田Ｓ車販売社長、関Ｄ車販売社長と林Ｍ車販売社長より、ＬＭＶ保安機構が北九州支所を設置する場合は、現会館を買収して支所として利用する旨の、当時の保安機構

理事長が北九州ＬＭＶ会館社長に宛てた念書の約束が未履行であり、早急な履行を要求された事、等である。

　これらはいずれも基本的な重要事項で、統括事務所として軽々に手出し出来るものでは無いが、①は現実の問題として業務に直接支障するし、利用者にも著しく不便を与えているため、同支所に拘わる諸問題の内、最優先事項として位置づけ、隣接地買収利用の可能性等を会館三役へ打診、予算要求態勢について小賀嗣夫支所長と同年十二月中旬協議した。

　会館施設の更新・拡充と、保安機構への施設譲渡は、北九州ＬＭＶ会館としても重大な問題であり、昭和六十年六月七日の会館役員会・同総会でも討議して貰ったが、結論を得られなかったと誉田会館社長から連絡を受けた。

　北九州支所の施設自前化即ち現会館買い上げの念書履行と、施設拡充更新は長年の懸案として、更には昨夏発生の保安確認協力費廃止問題と共に、早急に解決を要する問題であるが、これらの動きが喧（やかま）しくなるのは昭和六十二年末頃からである。

　昭和六十一年度末までの主な動きとしては、①六十一年四月一日付小賀嗣夫から江東誠への支所長の交代、②筑豊対策として①と同日付で出張保安確認の統括・支所合同実施を統括事務所専管化するための北九州支所職員の統括事務所借り上げ、③六十一年末会館要求による北九州ＬＭＶ会館施設借り上げ料改訂の三点だった。

　筑豊と久留米が競って大紛糾している最中に、北九州支所と同ＬＭＶ会館問題が静かで、三つ巴の厄介な問題に発展しなかったのは幸いだった。

（六）お土産付の熊本事務所の移転拡充実現

熊本事務所は昭和六十年度時点で保有台数二十万台を疾うに超えており、業界団体である熊本県運送車両販売店協会と、熊本県自家用運送車両協会の用地の一部千二百平米を割譲して貰った敷地内で、保有台数の約半数を捌くには施設が狭隘・非能率すぎた。それ以外は民間の指定保安確認場で処理していたのだが、このため九州管内では昭和五十七年度の鹿児島事務所の移転拡充に次いで、二番目の移転拡充をこの年度に行うことになっていた。移転は現在地から百数十米先の交運支局や関係業界団体施設のある陸運団地の一角を、一部財務局の合同宿舎を撤去した用地を含めて約三千五百平米の用地である。

熊本事務所長の村内孝夫氏は、九州交運局（旧福岡陸上輸送行政局）で大楠早苗氏（この時点では福岡県運送車両販売店協会専務理事）の後任として登録保安部長に就任すべき人材でありながら、保安機構熊本事務所長のポストが空くや、何の未練も無くさっさと退官してこのポストに就いたらしいが、陸上輸送保安行政に携わっていた時期に、国の保安確認場施設整備、保安確認業務運営等の実績から、このような事務所、保安確認場施設の移転拡充事業には通暁していたようだ。

寒村が九州統括事務所に赴任した時点では、造成工事も概ね終わり、建築許可も下りて建築工事の準備に入る頃だった。移転工事の進捗状況を初めて視察したのは、昭和六十年の年末業務祭繁忙期の激励を兼ねた、管内巡視で熊本へは初度巡視の時だった。降雨のため未舗装の構内はぬかるんでいてゴム長を履いての視察、ＬＭＶ会館側も同時施工中で、資材置き場にうずたかく積まれた資材とクレーン車等工事用車両の間を縫った視察だった。工事進捗状況はその後も一月下旬、二月下旬にそれぞれ、鹿児島事務所へ兼務している支出案件等の決済所長専決事務処理へ、往復の途中立寄って視察した。途中までは予定より若干早く、最終的にはほぼ予定通り竣工できた。

工事の進捗につれて竣工移転開業式の準備が忙しくなってきたが、財務局用地割譲の見返りとして送り込まれた、財務局退官者の石切事務課長は、極めて有能な事務能力を持ち、将に貴重なお土産だった。彼は後述する事情で昭和六十一年年明けと共に、兼務として単身赴任で鹿児島に身を置きながらも、この移転工事竣工の式典・祝賀会の事務的準備を遺漏無く進めてくれた。勿論地元関係団体や陸上輸送行政局、陸上交運事務所との折衝は、所長の村内氏が責任を持って調整に当たり、統括所長は本部などとの連絡と協議・調整に当たった。

かくて昭和六十一年三月十八日に本部より角田理事長を同道して迎え、県整備振興会所有の熊本県運送車両会館で盛大な式典、祝賀会を開催し、新鋭設備を年度末繁忙業務の処理に威力を発揮させた。

（七）遣り繰りつかずで鹿児島事務所長兼務、その他の人事問題

組織の大小に関係なく組織の長たる者にとって、人事問題は最重要事項の一つである。その地位に伴う権力としての意識等が大半の俗物にはこれが最大なのだが、そんなことよりも適材適所配置や組織内の年功序列的な、不文律の人間感覚のバランスなどを巧く取ることが、業務運営や結果としての業務成績の向上、職場人間関係の改善に不可欠だからである。それ故に職場の長たる者は在任中常にこの問題に腐心する。

それは兎も角、寒村が現職出向の身で、九州統括所長を務めた一年半、つまり昭和六十年十月～同六十二年三月末の間の、管内人事問題は大別して、①昭和六十一年一月～同年三月の寒村自身の鹿児島事務所長兼務、②地元陸上輸送行政局、との交流人事問題、③プロパー職員の処遇、④筑豊対策を主とする増員・管内定員調整等である。

先ず寒村自身の問題として統括所長の身分の侭三ヶ月間だが、鹿児島事務所長を兼務することになったことだ。この話は昭和六十年十一月十三日、旧陸上輸送行政局で当時九州交運局の陸関係職員の人事を司っていた、鉄道部部長から局に呼ばれ要請を受けた。九州交運局では総務部長が旧海運局出身者の場合は、その期間は旧陸上輸送行政局関係分は鉄

道部長が所管したためだ。

この要請は、当時保安機構の鹿児島所長を務めていた東城氏を、それまで半年間も空席を続ける（社）鹿児島県バス協会専務に就任のため、引き抜かざるを得ないが、東條氏の後任に座るべき人材を、現在交運局では持ち合わせないことからの、切羽詰まった要請打診だ。

プロパー職員の最高位がまだ係長止まりで、而も統括事務所に次ぐ十人以上を抱える事務所に課長等の現地責任者不在では、業務の運営・調整・管理上不都合あり過ぎるので、従来は所長が兼務していた課長を置く必要があり、その選定も要する。課長には①交運局から出向、②熊本の石切課長が兼務する。当時統括事務所以外には各事務所・支所は課長不在で所長・支所長が兼務していた。③国鉄の余剰管理職貰い受け、④熊本事務所の田次・古市君を課長代理に昇格して充てる、等の案が出た。①は局側が不都合、③は即戦力としてどうか、④は管理責任付与には未熟との村内熊本所長意見等で、結局石切課長が兼務として単身赴任となった。石切氏も保安機構に課長1年未満で而も熊本事務所移転竣工式・祝賀会等の準備がある。然し現地を管理者不在の侭には出来ないので、村内所長に無理に頼み込んだ。寒村の鹿児島所長兼務は、石切課長の鹿児島課長兼務で大いに助かった。一～三月の毎月末所長でないと処理できない支出案件の決済を中心の業務処理に専念すればよい。帳簿類はきちんと整理されている。特に年度替わりの大庭岩男氏が局から出向した所長交代時の引き継ぎ書類等も、明細を揃えて整理しており実に見事だ。几帳面で事務能力抜群だ。

当局との人事交流の問題では、当時プロパー職員の先頭だった昭和十年生の安部貞夫・昭和十二年生の中畑広行君らが、課長代理成り立て程度で、管理職は殆ど全員交運局のOBか現職出向に頼らざるを得ず、この面での局側との協議・交渉の駆け引きは、プロパー職員の処遇・昇進の絡みもあって実に微妙だった。その中でも昭和六十一年度初めの移動の交流人事は、着任半年の自分には局関連の人材事情が殆どわからず苦労したところだった。特に最も重大な問題として、統括事務所の幅事務課長・原田保安確認課長が定年や任期満了で交代することであった。

この二つのポストは、当統括事務所からの希望よりも当局側の事情でほぼ一方的に決められるが、昭和一桁生まれの人達が五十三～六歳で退官する時期で、卒業該当者が極度に少なく、保安機構に回して貰える人材があれば良いという有様だ。卒業・退官者に拘らずに現職出向者を充てれば良いのだが、たまたま福岡出身者で宮崎支局長のポストに成り上がれた大川譲二氏が事務課長に、保安確認課長には遠隔通勤を嫌う小賀嗣夫北九州支所長が、それぞれ当局と自分の強引な売り込みで割り込んできた。寒村が当局側の人材を殆ど知らなかった悲劇である。

この二人は統括所長の補佐どころか、所長が両課長の業務を実質兼務せねばならず、且つ両人の言動・行動監視まで必要だとあっては、憤りよりも絶望を感じる有様だ。遣いをさせれば子供の遣いなら良い方で、尻ぬぐいせねばならない。放り出しも出来ず全く酷い状態だ。特に昭和六十一年度当初は筑豊騒動に悩まされたが、その沈静化と共に久留米支所用地取得問題が台頭して、これまた連日手を焼いているのに、何ともしようのない二人だった。

前任の幅事務・原田保安確認両課長の頃は、二人に相談さえすれば事が足りたが、大川・小賀両課長は相談相手にならないだけで無く、噛んで含めるように説明しても理解できないか、他人事のような反応かだ。意思表示や意見陳述はできないし、依頼事は子供の遣いより悪く、先方からは赤子の遣いかと言われ、無視か、酷い嫌がらせを貰ってくるかだ。勿論大川課長は大抵会議に遅れてきて言い訳した上、話の内容を聞いてないふりをする。意見など無い。本部の吉田理事に指示されてか所長の言動をメモもして報告しているようだ。

小賀課長に到っては、保安確認に関わる問題で、筑豊ＬＭＶ会館の社長へ説明の上理解と協力を依頼しに遣ったところ、「自分はこの役目は苦手だが、所長からの指示で来た」と臆面も無く社長に言い、莫迦扱いされて断られたと復命するに到っては、全く有害無益な存在だ。会館社長から電話あり、「あんな前置きを聞いては、統括所長には悪いが、断って追い返して遣った。」と。

原田前課長なら自分の職掌として、自分で判断して説明に出かけ了解を取ってきただろうにと、腹の立つことと夥しい。幅課長なら本部の猛者課長らと互角に渡り合うだろうものを、おずおずと物乞い的な要請をして一喝を食い、一蹴されて大きな図体にも似合わず縮み上がるようでは何ともならぬ。

こんな愚痴めいたことは本人達の名誉のためにも書き残したくないが、こうでもしなければ、筑豊や久留米の業界に絡み付かれ、内では足を引っ張られて身動きできなかった当時の状況の一端を、具体的に理解して貰い難いと思われるので。

両課長がこのような有様では、九州管内はもとより、統括事務所の業務運営への支障が深刻なので、重要事案の調査・報告・検討の他、定常的な業務計画の立案、検討等は、職員代表としてプロパーの課長代理を容れた定例・臨時幹部会で行うこととし、必要に応じて、統括事務所職員全員でミーティングを行った。

この二人には到底我慢ならず、昭和六十二年春に定年退職予定の村内熊本所長の後任へ転出を強く説得したが、これまた頑強に抵抗するばかりでほとほと困り果てた。この二人は当局でも使いようが無く、保安機構へ押し付けていたようだ。

時点を再度昭和六十一年春の年度替わり定期異動に戻すと、地方事務所長級では、小賀嗣夫北九州支所長後任に江東誠大分交運支局事業課長、沢井紀之大分所長後任に衛堂大分交運支局事業課長補佐、大久保宮次宮崎所長の当局復帰後任に石切熊本兼鹿児島事務課長を、鹿児島所長には大庭岩男鹿児島交運支局事業課長を充てることとなった。

　このうち異色は石切夏美宮崎所長で、このポストには大島登録保安確認事務所長兼登録官の原野某氏が出身地に帰りたいとの意向だったようだが、原田保安確認課長の人物評で警戒して、交運局の中鉄道・佐藤登録保安の両部長が国側の移動案での人数過不足にもたついている間に、さっさと、保安機構本部の意向と称して石切氏を嵌め込み所長に昇格させた。この抜擢はまったく正解だった。期待以上の働きをしてくれていたし、熊本の財務局を事務所移転工事竣工のお礼に訪問したとき、財務局からは、ＯＢの石切氏に過大の処遇をしてくれたと感謝されたものだ。


　以上は主として当局との交流人事の関係だが、保安機構採用の生え抜きであるプロパー職員の人事についても、思い切った処遇及び活性化を図ることとした。その方針の具体的骨子は、①年長者から出来るだけ早く管理職に登用する、各事務所の課長ポストは大半が所長兼務で空席であり、これを活用する。②取り敢えずの目途に同一ポストが五年以上の長い者から順に動いて貰うの二点である。

　九州管内は離島分室が二カ所在り、二年毎の勤務交代している関係から、二年ごとに最小限四人は動いて貰うことになるが、昇進とリンクしている異動ならともかく、一般職員の場合得るものが無いだけで無く、引き越し経費や労力・家庭問題等から、口説かれても応じない者が多い。そのため特定の人達だけが移動要員となるのは甚だ公平性を欠ぐ。このような問題・人事異動の原則などは会議や研修で折に触れ、常々職員達に説明して、理解と覚悟を求めておく必要がある。

プロパー職員では、長崎事務所の課長だった中畑広行君を佐賀事務所長に、安部貞夫君を佐世保の支所長に昇進させたのもこの時（昭和六十一年春）だったと思うし、これに続いて田次・古市君その他を毎年逐次事務所課長に昇進させていった。全国的には早すぎる感もあったが、関東統括事務所と横並びで。その立場に置けば職責を自覚するのが普通だ。

先述の統括事務所の二人の課長は、昭和六十二年春の定期異動の際に熊本事務所の当局の出向者である里村啓治と大川譲治のいずれかを熊本事務所長に引き上げ又は配置換えの予定でいたが、いずれも頑強に断るので統括事務所の小賀嗣夫保安確認課長を充て、同年秋彼が熊本県標板協会に転出の際に当局から出向の石長氏を充てたが、おかげで大川氏とは彼の定年退職まで四年も付き合う羽目となる。小賀嗣夫保安確認課長は、村内氏が熊本所長を定年退職後に、その後任に就任させていたが、熊本県標板協会専務の死亡で空席となった後釜にと、村内氏と共に口説いて定年まで一年残して就けたが、これは彼にとって将に棚ぼた的幸運だったらしく、平成八年の現在まで十年近くもそのポストに居座って気楽にやっている。

人事問題の変形的なものとして増員問題がある。既述のように昭和六十二年十月の所謂民間法人化前迄の頃は増員も定員削減も、国の一般会計並みの基準・方法で査定されていたため、定員削減割り当て分をカバーする増員努力だけで精一杯で、実質増員など非常に困難であった。なぜなら前年の業務量と定員を基準値とするので、いかに昭和五十年代後半以降数年間のＬＭＶ需要の急成長に支えられても、一事務所当たり平均数人しかいない保安機構の一事務所の年間業務量の伸びが、一人分の業務量増として計算できる例は極く限定されるからだ。

このため国の運送車両登録保安特別会計などでは隣接の支局や登録保安確認事務所の業務量も、定員削減で埋め合わせ増員する予定の支局に集中させて、業務量増が定員増になるよう操作しているが、支局当たりの平均定員数が、保安機構の三～四倍もあるので、増員査定へ有効に反映できるが、保安機構の場合は非常にやり難い。

筑豊問題で大揉めに揉め思うさま叩かれっ放しの態だったが、それで泣き寝入りするようでは、本省課長から現役出向している意味が無い。筑豊の業界が大暴れに暴れる中、その対策のために何度も現地に出張してきた業務担当の吉田理事が、地元交運局へ表敬の際登録保安部長の梅雨健二氏から、息子を保安機構に採用して貰えまいかと打診され、難しいが検討してみましょうと期待を持たせるような返事をしたらしい。公的地位にある者の打診としてはどうかと思われるが、吉田理事としては手を焼く筑豊対策に、地元交運局の力添えを期待したのだろう。

そのため何食わぬ顔で、増員の極度に困難な中でどの様な目途があるのか理事に尋ねてみた。すると慥かに増員は困難だが、その実現までの繋ぎとして、第一種賃金職員としておく方法があるとのことだ。いずれも保安機構の内規であるが、通常の二種、三種の賃金職員即ち期間・時間限定付き、賃金以外の諸手当・社会保障等なしと異なり、将来増員・欠員など出たときは当保安機構の正規職員へ採用する。就業条件は正規職員と同じ、賃金以外は社会保障も正規職員に同じである。勿論内規上の規定であって現実に該当者は無いが、可能性としても面白い。

そこでこの理事の約束を半ば公約として、本部の人事・経理・業務の各担当課長・部長・理事らに文書で連絡の他、上京の都度実現督促の協議を重ねた。一方、局の梅雨部長も私的問題ながら既に息子の次男・隆二君に勤務先を辞めさせて待機中だと言う性急な催促だ。増額され若干余裕が出来たと言っても、当時まだ甚だ貴重だった賃金枠の中での遣り繰りを、業務二課長らとの激しい応酬の中で、結局年度内の期間を縮めて採用となり、当初九月からの予定が十一月一日からの採用で決着した。

一方右の問題と前後して、第二次行政改革中最大の懸案であった国有鉄道の分割民営化は、ＬＭＶ保安機構等の政府出資特殊法人の民間法人化とほぼ同時期に行われるわけだが、これに先立ち余剰人員の大幅削減・配置転換を進めており、国や県・市等の行政機関、政府出資機関・特殊法人等へも政策的割り当てで引き取って貰っていた。保安機構へも打診されたとの情報を聞くや、筑豊対策・筑豊騒動の因となった理事長念書の履行要員として、九州統括への最優先割り当てを求め、国鉄九州支社で候補二十五人の中より厳選されて面接に来た二人の内の一人西野芳信君を採用した。この採用は昭和六十一年度初めの貴重な増員である原田課長の甥竹下鉄也君と合わせ、極めて貴重な増員であった。

（八） その他目白押しの事務所等の更新拡充事案

ＬＭＶ保安機構の支所は昭和五十年代に入って、自前施設のものが少し宛順次整備されたが、この間特に新規格車の出回りで、ＬＭＶ需要が急激に伸び、昭和五十五年度以降数年間は二桁も伸びて、保有台数は昭和五十年の二〜二・五倍にもなり、拡大サイズのＬＭＶでどこの事務所も、保安確認来場車を構内で捌くのに苦労していた。

九州管内では移転・更新・拡張の済んだ鹿児島事務所、同じく工事中の熊本事務所以外の事務所は皆創業時の状態だった。その中で特に移転拡張が昭和六十年代当初、周辺に未開発の空間・農地が豊富で物理的に容易な佐賀事務所は、同県ＬＭＶ協会の植村専務と同県整備振興会の貴田専務が拡張・更新に熱心で、事務的推進役の両専務が会長・副会長を焚き付けて、統括事務所や保安機構本部へ共同陳情を繰り返していた。然し、元々全国での移転・拡張計画中の順位が低い上に、交運支局隣接の農地が開発事業で次々に消えてゆき、県会議員を動かしてでも勢い込んでいた家畜検査場の移転も、四億円近い移転補償の事務的見積もりを示されるに及んで、急速に運動が凋み、現用地の立体的利用を、と言うように変わってゆくことになる。

長崎事務所は、交運支局そのものが狭隘化し、取り付けの出入り道も大型車の保安確認に極めて不便なため、国と関係業界団体が現在地より約四キロ米北へ移転地を選定して、支局先行の形で造成工事に掛かったところだった。保安機構は関係業界団体と同時移転を予定し、その協議が始まったばかりで、ここは高野国輝所長が孤軍奮闘中だった。長崎事務所の移転拡張は、北九州支所自前化の後にと腹づもりしていたが、国の交運支局に引きずられ、久留米支所実現を俟って取りかかることとなった。

更に大分事務所の移転拡張や、鹿児島事務所大島分室の移転独立化などもあるが、これらの本格的取り組みは後年のこととなる。

以上が寒村が現職出向で、ＬＭＶ保安機構九州統括事務所長を終る頃の管内の業務、施設、陣容、地元交運局・業界との関係などの情況であった。

（九）職員達との苦楽の分け合いなど

我が保安機構は職場・身分の安定しているせいか、プロパー職員には殆ど途中退職者が無く、従って長年の内には大抵お互いを熟知できる。そんな中で当局からの出向者又は当局ＯＢの管理職は平均的に在職期間が短いので、自ら努力してプロパー職員との融和を図らないとしっくりいかなくなる恐れがある。リクレーションなどはそうした意味で非常に有用だ。

寒村が九州統括に赴任して最初の統括事務所職員達との懇親は、昭和六十年末の忘年会だったようだ。赴任二ヶ月半を経ているが、筑豊出張の増回等でそれまで余裕がなかったのだ。

管内の事務所・支所・分室等の職員達とは、統括事務所での研修や会議の都度打ち上げの粗餐会の後繰り出したものだ。勿論初度巡視や繁忙期激励巡視の際は、当該事務所職員達との懇親がつきものだ。こうした機会に平素知り難い地方事務所の職員達の人物や趣味・特質などを垣間見れるわけだ。懇親の度にホスト側の出費も嵩むので、統括事務所から繰り出しのときは大抵万札は拠出し、タクシー券も使わせた。地方出張ではそうも行かないが、初度巡視や繁忙期激励巡視には酒瓶を両手に提げていった。これは後年のことだが、二十歳代半ばで結婚の風習が強い当地で、纏めて採用した若手など、月に二〜三組の結婚式や親・兄弟の葬儀などがあると、慶弔費などで十数万の出費になることがある。管理職手当はそのためのものだと割り切らざるを得ない。

職員達との数多いリクレーションには忘れ難い思い出も多い。昭和六十一年早春三月初め頃統括事務所、北九州支所、佐賀事務所合同の慰安旅行で、山口湯田温泉に行った時、何とも凄い厚化粧した胴間声のいかつい芸者にお酌されて辟易したが、後で仲居さん達が「あのひと余程あの格好でのお座敷が好きなようねえ。おない年の息子と一緒にねえ」皆でどっと吹き出し「なるほどなあ！」。後日NHKのローカル版が紹介した所では、余程数奇者らしくそのため国鉄をわざわざ定年前に退職して、湯田温泉旅館街を回っている、地元では評判の人だったらしい。

旅行等外への持ち出しだけで無く、統括事務所構内を利用した野外バーベキュー大会や、近くのボーリング場での大会なども何回か、隣接のLMV会館入居の団体職員達と合同で実施した。この場合女性達が大勢参加するので盛り上がりが大きい。小柄だが若手で一番元気の良い鶴野義男君が、独身で幹事をしていた頃など大いに活発だった。昭和六十一年八月末日の暑気払いバーベキュー大会は、隣が広大なコンテナ列車の操車場兼積み卸し場なので誰にも遠慮は要らず、カラオケセットを用意するなど鳴り物入りの賑やかさだった。この宴会に大島分室より進呈の二・五升（益々繁盛）入りの三十五度黒糖酒を一気呑みで回し飲みした所、みんな足を取られ、香椎への二次会繰り出しどころか、休憩室にごろ寝して朝となった。幸い誰も急性アル中など起こらず、風邪も引かなかったが、この種の一気飲みは以後厳禁した。ボーリング大会後の香椎「風来坊」での、カラオケ酒宴も毎回大変な賑わいで楽しみだった。こうした合同レクレーションや宴会は、風紀上の問題懸念が無い訳では無いので、所長次第では全くやらない場合もあるが、独身者・単身者を含め皆大人としての自己責任行動を信頼していたし、そのための問題など全く聞いていていない。

例年秋口には佐賀県の古湯温泉で、佐賀・長崎・福岡三県の事務所・支所対抗の親善ソフトボール大会が楽しみだった。定宿の杉野屋旅館は高台にあり、津蟹を初め、川魚料理が美味で楽しみだった。毎年二月中旬の管内所長会議後によく利用した神湊西海岸の「はま荘」は古い懐かしさを思わせる旅館。プロパー職員トップの安部貞夫君その他芸達者な連中が、備え付けの小道具を借りて巧みに演じたものだ。


職員達の生活や特に家庭問題は業務外のことなので、職場の長がどの程度立ち入るべきか甚だ難しいところだがある程度は常に把握して、干渉にならぬ程度の指導や助言を与えた方が、業務への支障を未然に防ぎ、健全な家庭を守ってやるためにも必要だろう。本人から相談を受ければ尚更だ。

昭和六十一年の秋風も冷たくなった十一月十三~四日の両夕方、当時統括事務所勤めだった溜池一郎君が名島の所長宿舎に訪ねてきて、細君が小学校と幼稚園の子供二人を置いて出奔しそうだと相談に来た。大島分室に勤務の頃、地元の有志による喫茶懇親会的な会合で知り合った男性が、職を放り出して出てきたらしい。所長の寒村にも特段有効な手立ては無いが、説得してみるから細君を連れてくるように言っておいたが、翌日は出奔したと言ってしょんぼり報告にきた。

隣接のＬＭＶ会館に庄屋専務を訪ね、同会館の事務長で警察署長を退官した武藤氏を交え、密室の会議室で対策を協議したが、脅迫などの事実が無いので刑事事件にも出来ず、決め手の無いままでいたら数日後に細君が帰ってきた。これで落ち着いたものと思っていたら、暮れの十二月十五日に又出奔して上京したらしいと言う。小さな子供達を抱えては業務への支障が著しい。困惑しているうちに二三日して帰ってきた。今回の出奔は、どうやら細君が関係裁ち切りに意を決して上京し、男性の雇い主に訴えてケリを付けて来たらしい。その後は全く尾を引く形跡がなかった。溜池君ほどの美男子の亭主の方が、細君には安心だったようだ。

次の三件は後年で退官再任後の昭和六十二年秋から暮れのことだが、統括事務所の元気な独身者鹿児島県出身の鶴野義男君が、本人同士堅く言い交わした仲にも拘わらず、実家両親の猛反対で結婚できぬ悲運となった。相手の娘さんが異教徒だとの理由で。信仰は我が国では憲法を持ち出すまでも無く個人の自由だが、保守性の強い土地柄には通用しないようだ。

賃金採用期間を含めて一年そこそこの梅雨隆二君が、友人の結婚式披露宴で見初めた女性松前友子嬢と急進展し、父親である地元交運局部長梅雨健二氏からの依頼で十月十七日に結婚式・披露宴の媒酌人を勤めた。寒村の人生で初めての経験だが、面映ゆくも晴れがましい役向きだ。この月は前後三回もの結婚披露宴出席だが、主賓側のスピーチよりも遥かに気分が良い。但し、残念ながらこの二人は翌年無理に上京した後離婚したようだ。

管内全職員合同リクレーションなる催しを、隔年県単位の事務所持ち回りで行っているが、寒村が統括所長赴任の年は、既に前任者在任中に済ませていたらしく、昭和六十二年晩秋の十一月二十二～二十三日に別府で行ったのが寒村には初めてだ。後年この会合には保安機構ＯＢ会の山系会にも参加して貰い、合同で行うことにしたが、百名前後の和室宴会となると、場所の確保だけでも半年以上前に予約が必要だ。

第三章　遂に来た退官予告・再就職と前職場への再配置

（一）　退官と事後処遇の予告受け

久留米支所用地取得下準備の目途が微妙な段階となってきた昭和六十一年十一月の初旬、この問題や筑豊騒動のその後の報告、協議等で本部連絡に上京した際、いつもの例に倣って本省へ挨拶に伺った。十一月四日のこの時に、本省の兵庫部長から次のように予告があった。即ち

「来春、昭和六十二年の年度替わりに君には退官して貰うが、引き続いてＬＭＶ保安機構に採用して貰い、九州統括事務所長を当分の間勤めて貰うつもりだ。」と。

当時は国家公務員退職について、特に一般行政職の場合定年退職等の規定は無く、慣行的な勧奨によるのが一般的だった。省庁によって差があるが、本省採用の場合五十歳前後、地方採用では五十五歳前後が通例で、後者は旧国家公務員の年金支給開始時期が目安だったものと思われる。退官は身分及び生活基盤の激変を伴わぬよう、特に年金受給開始前の場合再就職を出来るだけ斡旋する。本省採用者の場合、転勤辞令などと同じく殆ど一片の辞令・通知のもとに退官するのが慣わしであり、既に五十才を四年も過ぎた寒村には特段

の異論も無かったが、将来問題を含めて重大な人生の転機であるので、兵庫部長と次の質疑応答を交わした。

「福岡へは往きっ放しで、定年まで勤めるのでしょうか。本省采配で途中呼び戻しされる場合は処遇はどうなりますか？」

「それはＬＭＶ保安機構の決めることだ。成績次第では、役員として呼び戻されることもあるだろう。」（注：あり得ぬ人事・役員は地方局長以上経験者の指定ポスト）

「現在ポストに再任は、仕事の継続上遣り易く嬉しいですが、再任理由は何ですか。」「筑豊や久留米が大荒れの連続だ。本部の打つ手は見当違いばかりだし、地元局にもまともに取り組める人材が見当たらぬ。ご苦労だがもう少し頑張って、目途をつけて貰いたいのだ。」

右のやり取りで寒村の解釈と決意は次に要約される。但し、これは後年自縄自縛を招くことになるのだが。即ち、
①本省部長の信頼と期待に応えうるよう何としても頑張り抜こう。兵庫部長はかって福岡陸上輸送行政局登録保安部長を務めた経験から、同年配の地元局育ちの局幹部達を熟知している。その上での判断と決定だ。②九州統括在任一年間思うさま大いに辛い経験の連続だったし、それらが決着の目途を得ていない現在、尻尾を巻いて逃げ出した、と言われたくない。何としてもやり抜くだけだ。
こんな過剰・悲壮な使命感を覚悟として。

こんな悲壮な使命感よりも、後年の長い余生からはもっと実利を取れるよう、例えば退官時期を少しでも繰り上げるなり、もう半年遅らせるなりして貰うべきだった。昭和六十一年度中なら年金はほぼ二倍だし、半年後なら勤続三十年で一割以上多かったはずだ。何しろ改正国家公務員年金法施行初日該当なんだから、課税控除後の年間所得はまるで生活保護者並みだ！　因みに地元の陸運ＯＢ会で知ったのだが、この改正法適用の不利を避けるために、国の地方出先機関では、どこでも数年先までの卒業予定者達を、改正法施行前に一旦卒業させ、再雇用の形を取ったらしい。

（二）　人生の転機だったか退官直後の瞬間的選択肢

退官・再就職、前ポストへの再任等、一連の人生の大きな節目の行事は、予定通り何の問題も無く通過して、退官前からの懸案であった久留米支所用地取得に伴う諸手続・協議・調整等に、県や久留米市の担当部局へは都市計画課開発係、農業委員会、司法書士へは登記関係、地主へは共同申請手続き、負担協定等、設計事務所へは開発申請許可の促進協議をなどで訪ねて、連日現地へ往復を繰り返す四月中旬の多忙な時期の最中であった。四月十六日（木）も早朝からバス・特急電車等を乗り継いで久留米に往復、これらの用件を処理したが、午後統括事務所へ戻ると本省の兵庫部長に連絡されたしとの伝言。早速電話を

入れたところ、

「藪から棒で済まないが、並行輸入組合理事長から君の身請け話が来ている。急な話だが至急返事を欲しい。」とのことだ。

藪から棒とは将にこのことだ。退官前に聞いておればじっくり検討できただろうに、と思いながらも、本部の吉田理事、家族、家内の弟、それに庄屋専務達にも緊急に相談した。兎に角再任直後のことで、目下の多忙な案件取組中に大いに困惑したが、応諾・辞退はそれぞれ次のように整理できる。即ち、

応諾すべきとする理由は、①組織の人間は組織の都合が優先する。②不完全乍らも筑豊・久留米共に当面の懸案は一段落した。③家族の所へ帰って首都圏で一緒に生活できる、給与は大幅ダウンしても二重生活の無駄が無く経済面も楽になる。④退官を機に終の棲家たる住居を手当てせねばならないが、かねて維持・管理に手を焼いてきた千葉県大網の土地が利用できる。等々であり、

今回は取り敢えず辞退すべきとする理由は、①寒村所長が今逃げ出したら地元業界との関係は元の木阿弥だよ、所長の退職後の面倒位は地元が責任を持つ（庄屋専務）②漸く地元業界の事情がわかってきたし、彼等とも信頼関係が芽生えて来たときなのに無責任に、或いは懲りて尻尾を巻いて逃げ出した、と見られるのは何としても癪だし心残りだ。③これまでの経緯・経験から見て、自分以外にまともにやれる者が当分居ないとの寒村の自負

心。④折角手がけた事案だ、せめて久留米支所の完成・開業までは自分の時に仕上げたいと思う願望等々である。

結論として、「今回は折角のご配慮ですが、当面の厄介な重要課題を仕上げるまで、暫く見送らせて頂きたい」、と返事した。

これに対して、、本省の兵庫部長からは特段の苦言も無く、寧ろ「やり難い土地柄だが、今まで通り確りやってくれ。」と、逆に期待を込めて激励される始末だった。本部の吉田理事は、寒村の先行きをかなり心配していたが。

後年、退官から十年近く経った今日の反省として追記するなら、①自負や自信過剰・自惚れなどは災いの因②組織在職中の業績は組織のおかげ、組織在っての業績。③個人の力など知れたもの（特に組織離脱者は）、と纏め得ようか。打診を受けた時点での応諾理由に従っておれば、後年かなり長く安泰で居り得たかも知れない。

（三）　官舎引き払いと都落ち・家族との別居

退官に伴い官舎を引き払うことになるが、取り敢えず落着き先が決まるまでの間、暫定措置として退去猶予を願い出て認められた。半年間は現職者と同額、それ以降は三倍家賃で最大一年間の猶予だったように思う。引き払いの時期としては、旧盆前後の八月中旬を予定して、福岡での保安機構宿舎の借り換えと、大學・短大に在学中の娘達のアパート探しに取り掛かった。結婚二十年、子供達も成人を迎えれば、この間幾度かの官舎引き越しの際、若干整理した位では家財・家具類等の増え方が著しく、子供達の分を別にしても、単身赴任用の名島の保安機構借上げ宿舎である、佐奈田産婦人科マンション三F二DKでは、到底荷物を収容しきれない。

年明け頃から日曜・祝祭日等を利用して公団賃貸住宅や、民間アパート、公団・県や市の公社の分譲マンション等を見て回った。その結果香椎浜の公団分譲マンション（三LDK）を、吉塚の不動産屋を仲介にして借り受けることとし、契約の上四月二十七日から二十九日に掛けて、名島の宿舎から引き越しをした。

一方、娘達のアパート探しは退官辞令受領の四月上旬、久留米支所用地、長崎事務所移転用地問題で本部協議の五月初めの連休時、全国保安機構統括事務所長会議の七月上旬等での上京時に物件を訪ね歩いた。その結果、七月四日に池袋のアパマン館の仲介で、東武東上線志木駅からバスで十～十数分の新座市内の民間アパートで歯科医経営のリーベンハイム（二DK）を借りる契約をした。家賃は共益費等を除き六・六万円で、香椎浜の分七万四千円の内自己負担分三・四万円と合わせ、共益費等を除く宿舎費だけで丁度十万円だった。

東京新宿高田の馬場の官舎引き払いは、かねての予定通り旧盆前の八月中旬とすべく、八月七日の夕方上京し荷作りを始めた、一部は既に福岡へ送っており不急品から順に家内は荷造りしていたようだが、新宿の官舎は昭和五十五年六月中旬より七年余と最も長かったのと、中高年齢に達したせいか、久々の引き越し作業は何となく億劫できつく感じた。長い官舎生活との決別もどこかに一抹の哀惜を残す思いだった。この日は娘達のアパートへ引き越すので、道案内を兼ねてトラックに同乗したが、とに角何とか寝場所を確保せねばならぬ。大半は既に福岡の保安機構借り上げ宿舎や、まだ岳父健在の家内の実家へ荷物を送ったのだが、子供達の分だけでも足の踏み場も無い。更に炊飯・調理具など若干の新調達を要し、又、時折上京滞在する時のための下着や生活用品を置いておくと、六畳二間の二DKは親子四人の寝る場所があるはずも無いが、どうにか一夜を過ごし、二三日掛けて荷物の収納を急いだ。

引き越しの後片付けや、市役所への手続きなどのために家内を残し、娘達と一緒に月末頃家内は実家へ帰省。寒村は旧盆中の十六日夕方帰福、翌日より出勤して不在中の定常案件や、久留米他管内の重要案件の処理に当たっている。

(四) 再就職・再任後の当面の懸案＝久留米支所開設準備

久留米支所用地は国土法・都市計画法・農地法等、法定上の制約クリアーの目途を得て、三月下旬には正式に売買契約を締結、代金精算と登記を完了した。支所の用地造成はＬＭＶ会館と共同工事として行い、面積に応じて費用分担することで、ＬＭＶ会館オーナーたる地主と合意が出来ていたが、協定は五月三日に文書で取り交わした。県による開発許可を促進して貰うため四月十三日に再陳情し、四月十八日の申請者への聴聞を兼ねた県・市合同審査会で正式許可決定となった。これに先立ち農業委員会への農地転用を四月九日に申請し、四月十七日の許可を得た。

この間実際の造成工事、次いで上物建設工事についての設計と工事監理・監督を、お手盛り、手抜き等の防止のため、工事施行請負業者より分離して行わせる統括所長方針を本部と協議し了解を得て、それぞれの適任候補業者を推薦にて貰うため、九州地方建設局への技術援助を要請した。この方式は、地元業者や関係団或は利害関係者・利権者等の思惑・暗躍排除と、自らの公正・潔白を守る方法として、国の工事規模に比べれば知れたものだが、以後ＬＭＶ保安機構の用地造成や施設等の大規模工事に標準的手順として採用されることになった。

九州地方建設局営繕部では、地元業者代表の参加など市の要望も取り入れるなど、国の保安確認付帯施設は全部地建に直轄委任している交運局からの口添えもあって、極めて好意的に取り扱ってくれ、その結果各十前後の推薦業者によって、設計監理は五月二十八日に、工事施工は九月二十一日にそれぞれ、九州統括事務所で本部による入札が行われ、前者は地元の原設計が、後者は全国ネットを持つ近鉄系の大日本土木が落札した。

造成工事のための地質調査を五月九日に、会館入居関係団体による協議会を五月二十九日・六月二十日に、自衛隊との用地境界協議を六月二日、六月十六日にそれぞれ行った。自衛隊との用地境界は、六～七米もの高い掘削跡の崩壊が六月八日の豪雨で現に発生するなど、買収予定外の隣接部分を含めた擁壁対策の必要性を本部と地主へ協議したが、これは翌年六月二日の豪雨時に危惧が現実となって、石篭による応急対策を施した。

久留米支所の利水問題は、常用の上水や消火用の非常設備を含めて大いに困却・紛糾した。上水道は登録保安確認所や陸運会館への配管を利用したいのだが、これらはいずれも幹線用本管が国道三号線の東側路肩を通っているので、遙か南方市境界端付近のからのものが、多くの施設や民家に給水した端部となっていて、当支所とＬＭＶ会館の所要水量を賄うには、減圧著しくて水圧が規定を保てぬとの水道局の見解なのだ。開発許可申請における出入り道の接続取り付け案の時と同様、北側の市営のゴミ焼却場や老人ホーム等からの利用は不可とするし、井戸水利用案も検討したが決め手とならず、あげくは市水道局の担当者が身内を保安機構へ採用打診するなどで、遂に堪忍袋の緒が切れ
「久留米市は開発許可を与えた土地になぜ給水しないのか。給水義務を何と心得てるのか」と噛み付いた。この剣幕には驚いたらしいが、意地になってご勝手にの態度だ。

これを心配した庄屋専務がどう裏工作をしたのか、多分後に市長となる当時の谷本助役

辺りに政治家を通して働きかけたのだろう。国道下を貫通工法で本管分岐させることになり、水槽か消火栓かの防火設備問題を含めて急転解決した。

ちなみに水道配管に関する市側との一連の協議は七月十日、十三日、十七日・二十日、二十二日であり、工事は八月三日〜十日、末端接続完了八月二十四日である。国道から国の登録保安確認事務所入口への取り付け市道百十米余の路側花壇下を利用しての水道管工事だが、これは当久留米支所とＬＭＶ会館、及び鶴好氏宅用の三箇所利用だけだから呆れる。巨額の工事費は市の負担、利用者側は端末の接続工事費だけだから、なんだか狐につままれた思いだった。

面倒を予想された処理済み水の河川放流による下水の水利は、地主の鶴好氏が、直近の水利組合長に巧く話を付け、承諾書を貰って開発申請に許可条件として添付提出していた。

（五）　順調に進むはずの長崎事務所の移転問題

長崎交運支局の移転用地造成工事が昭和六十二年度に予定されており、これに付帯して移転予定の業界団体と、保安機構長崎事務所の用地割案の検討協議会が四月二十五日に地元で初会合し、高野所長から五月九日に保安機構分の修正クレーム申し入れ、第二回会合が五月十二日に開かれたが、六月二十五日に高野所長がアルコール性肝硬変で入院し、療養期間が長期化する見通しで暫時休会となった。いずれ本件は後章で詳述する予定である。

（六）ごねられて熊本事務所職員の埋め戻し

筑豊出張保安確認の支所並み機能化で連日出張となり、久留米の週三回出張のため、統括事務所の要員の遣り繰りに困り、北九州支所の職員一名を借り筑豊出張を統括事務所専管化した他、熊本事務所へも久留米支所開設まで、定年退職前の村内所長の了解で一名借り上げていたが、小賀嗣夫氏が同所長に就任して本部にまで騒ぎ立てたため、国鉄から受け入れの西野良信君を、五月十一日熊本へ回して埋め戻した。

第四章　居座り懸念か統括所長のポストを巡る軋轢と苦悩

（一）不動産の暴騰で予定外の急な自宅購入＝軋轢の引き金に

世に言う「バブル経済」、即ち昭和末期から平成初頭に掛けての異常な狂乱景気は、国を挙げた総狂気の悪夢であり歴史的な愚行の事実である。

バブル経済現象の中でも最たるものは、土地や建物を主とする不動産関係である。敗戦直後の海外からの大量の引き上げや、ベビーブームのような爆発的な人口増加は影を潜め、出生人口の著減が問題化してきたにも拘わらず、狭い国土にマイホームを求める人達が犇めき合って、土地だけは永久に値上がりするとの神話的なものが、日本人の意識に定着したようだ。

然し生き物である経済の動向が、その条件によって神話などあり得ない現実を突きつけられたとき、バブル経済はあっけなく崩壊し、誰もが憑き物の落ちた寝ぼけ顔で夢から覚める。否、その後が大変だ。目下の現実は巨額の負債に身動きならぬ深刻な事態なのだ。、このとんでもないバブル経済現象が、寒村の生活に、人生にどのような影響をもたらしたかが問題だ。

（二）　狂乱地価騒動地方へ第一波の恐怖

住宅産業におけるバブル経済現象として、寒村達が身近に見聞し経験したものは、本省の機構改革でＬＭＶ保安機構へ出向する前後の、昭和五十年代末頃から、東京ではかなり顕著な土地・建物等不動産の値上がりが、身近に認識され初めたことだ。これは中曽根内閣の民間能力の活用・民活方針が、裏面で大きな影響を与えたことはほぼ間違いない。

例えば新宿百人町の鉄筋五階建て山手線沿いの、国家公務員宿舎六棟が払い下げられ、三十階建三棟の民間高層マンションに化けたのだが、高田の馬場の官舎で、寒村と同階の二軒隣の知人は、この建築前の抽選で数十倍の競争率を物にして、六千万円で購入契約し、約二年後の竣工入居時には既に一億数千万円の値が付いていたという。ＬＭＶ保安機構へ出向当初の頃に総務担当だった大林理事は、環状六号線・明治通り沿いの、富山住宅西外れの中古マンション二ＤＫを千三百万円で買い、二年過ぎに四千万円の値が付いたと言っていた。

東京・大阪の二極を中心とする首都圏・近畿圏の土地・建物の狂乱地価・バブルの象徴たる異常高騰は昭和六十年代初頭をピークとしてほぼ飽和状態に達していたようだ。そこでこれら大都市圏で妙味の少なくなった過剰資本が、堰を切ったように地方都市へ　乱流入して行くようになった。

これが福岡では昭和六十二年の夏・八月である。それは津波のような勢いで殆ど一瞬の出来事に思えるほど衝撃的だった。即ち、寒村が福岡に最初に赴任した昭和六十年秋から退官再就職の前後、つまり昭和六十二年晩春頃までは首都圏・関西圏の狂乱地価など全く他所事で無関係のように、福岡市内や近郊の不動産物件は殆ど値動きが無く、戸建ても集合住宅も、なかなか売れず、築後三〜五年物の売り込みに百〜二百万円分の値引きか、同額相当分の装備品を無償提供するとの裏話がつきものだった。

現に寒村の場合、退官と福岡再配置の再就職が内定していた関係上、いずれ首都圏に帰るにしても、その時は千葉県大網の土地に自宅建設する予定だったが、それまでの間、退官に伴う大量の家財具等を含めて収容できる、官舎の引き払い先を決めねばならぬので、賃貸物件を探して回るついでに、参考として戸建てや、特に分譲の集合住宅・コンドミニアム又はマンションを幾つか見たし、香椎浜に賃貸マンションを借りて入居後も、その直後と、新宿の官舎引き払い直前、つまり昭和六十二年四月〜七月末の間に、二〜三度香椎浜周辺の公団・県・市の分譲マンションを家内と見て回った。

そのときはいずれも三ＬＤＫが千七百万円前後、四ＬＤＫが二千万円前後で、それぞれ二百万円前後の値引き又は同額相当の備品類の提供と言う裏条件付きだった。而もそのような好条件の空き家が、築三〜五年のマンション棟の三戸に一戸はモデルルームとして常時公開されていた。

福岡市内でのそうした住宅市場の状況が一変したのは昭和六十二年八月である。旧盆の八月十五日前後は地方都市の場合官公署も民間も事実上休業状態となるので、この時期を利用して、数年間家族が過ごした最後の官舎を引き払いに上京した。その引き越しの後始末も片付き、漸く落ち着いた九月の初めに、家内と気晴らしに何気なく再び香椎浜周辺の分譲マンションを見に行って驚いた。三戸に一戸は玄関脇に建ててあった「売り出し中モデルハウス」の幟小旗が全くなく、どの家が空き家で売り物なのか判らない。分譲マンションの現地事務所で尋ねたところ

「八月中に殆ど売れました。残りは一～二戸のみですが、予約保留中なのでお見せできません。一と月間に各棟で三分の一以上も在った空き家が売れてしまうなんて、私共も狐につままれたようです。」との返事だ。

こうした社会経済現象には当初我々も驚きの目で見ていたが、まもなく他人事では無い自分達にも関係する、深刻な事態だと認識せざるをえなくなった。それは退官退職金の急速な減少が第一の原因だ。額面上二千六百余万円だが、大網の土地買い増しの共済借入金等の返済四百万円を差し引いた、手取り二千二百余万円の内二千万円を将来の自宅建築資金等とし、残余の二百余万円を当座の諸資金に充てることとしていた。所が日大在学中の長女の学資の他に、この春新たに次女が短大に進学し、その入学関連費と夏休み三週間の米国短期留学費、転居引き越し費用の支給されない官舎引き払い等々で、当座資金二百余

万円は八月までに跡形も無く消えたしまった。

千葉県下大網には早くから土地だけは所有しているが、いつ首都圏に呼び戻して貰えるのか、そしてそれを機会にかねて予定の自宅を建てるわけだが、その時点で果たして我が家の財政事情はどうなっているか、少なくとも退職金の方は、この四~五ケ月間の急速な減少から別枠分を手付かずで保持し続けて居れるかどうか、我が夫婦の心細さは日ごとに深刻さを増すばかりだ。特に首都圏に帰る場合は当然現在のLMV保安機構より、別の団体又は企業に転職するわけだから、国家公務員と同待遇の現在の特殊法人の給与水準から三~四割ダウンは不可避だ。

ともあれいずれどこかの地に早晩マイホームを持たねばならぬ訳だ。今夏八月の福岡での狂乱地価の大津波第一波を被った恐怖は、それ以降月日を経るに従って猛烈な速度で土地・不動産の高騰化が進行する状況を目の辺りにするに付け、拱手傍観して居れない焦りを生じざるを得なかった。自分の職歴上の本籍が本省である以上、退官後に繰り返される再就職は当然本省の世話に頼るわけで、その場合の勤務地は当然首都圏となる。従ってその場合の住居も当然首都圏となるわけで、それ故に早くから無理をして、大網の不便なところに土地を持ってきたのだ。

只、昨今の急激な地方都市の地価の狂乱現象から、マイホーム取得問題は一刻を争う深刻な緊急問題化している。この場合夫婦の協議結果は、別枠扱いにした分の退職金を頭金に充てることで早急に現住地の福岡市周辺にマイホームを取得することとし、将来の首都圏再就職の場合は、まだ首都圏に在学中の娘達の意向にもよるが、最悪の場合は単身赴任で対処することにしよう、となった。何しろ昭和六十一年の国家公務員年金法改正該当者の第一号なのだ、一日違いの退官で標準月額報酬による年金は、前日以前の退官者が退官時給与で年金算定とするのに対し、ほぼ六割減なのだ。ローン支払いも生活を大きく圧迫しかねない。

マイホーム取得についての基本的な方針が固まると一刻もぐずぐずして居れない。何しろ福岡市と周辺の不動産物件は日々高騰化が顕著になってきたし、住宅ローンの金利も高率改定の動きだ。目一杯い借りるつもりの住宅金融公庫も年内契約分は現行四・二％だが、次回以降は高率改定の予定だ。かくて急遽市内や周辺の物件実地検分を、九月末～十一月初めに掛けて数カ所に出掛けていった。

即ち香椎浜のマンションは空室なし、都市高速道沿い高層マンション南側隣接の公園を転用した市の分譲戸建て、みどりケ丘、古賀市の公団千鳥パークタウン、同市内の花見の都市計画の換地余剰地である県の分譲住宅戸建て、その他である。これらの内、取り付け道等の周辺施設は工事中で未完ながらも、東区みどりが丘の開発造成団地が、環境・価格等で尤も有利であった。

敷地面積七十坪弱、建ぺい率五十％で価格は総額二千七百万円、土地・建物ほぼ同額の条件だ。これだと余り無理なく取得できる。勿論公庫の借り入れは限度額一杯の千百万円とし、その返済は一応六十五才までは働くものとして、それまでの十年間で返済する計画だ。月々のローン返済額は総返済額が若干有利な元利低減方式を採るとしても月平均約十一万円だ。実際には夏冬のボーナス期にかなり纏めて返済するので、通常月は数万円の返済だが、これらの返済計画は、本書冒頭の序章に既述したように、ＬＭＶ保安機構退職後の交運省による再就職斡旋締め出しのために大いに齟齬を来すことになる。然しそうした将来の不測の事態は、この時点では予測不能だ。

ともあれ購入条件が確定し、返済条件の見通しが付けば一刻も早く取得の手続きが必要だ。何しろ不動産物件は日を追って高騰を続けているし、年内には公庫金利も上昇改訂の予定だ。かくて十月十八日に抽籤予定の購入申し込みをし、十一月初めの抽選は和風建築が敬遠されてか無抽籤で十一月四日には購入契約、同月六日には、借入金以外の自己資金分で、契約時・中間・引き渡し時の三～四回分割の最初の頭金納入だ。物件引き渡しは早ければ年内にも可能なので、短期間に千数百万円を納入しなければならない無い。娘達などの非常用を若干残して殆ど全額つぎ込みとなった。

引き渡しは昭和六十三年一月中旬頃だったと思うが、寒い時期を避けて春分の日の三月二十一日に引き越し・入居した。統括事務所職員十五人には五月十二日に、親族中我が夫婦の兄弟夫婦への家見世は、五月十五日にそれぞれ自宅で行った。

（三）　自宅取得に疑惑の地元局・翻意を強要する本部

寒村の場合現在の福岡でのマイホーム取得の経緯は、以上に述べたとおりである。然しながらこのマイホーム取得は殆ど夢想だにしなかった強い警戒・疑惑の目で地元局の見るところとなり、当局の意向を常に気にする本部役員達の困惑・そして翻意を強要する圧力となって跳ね返ってきた。

最初に直接強い懸念を示し、福岡での寒村のマイホーム購入契約の撤回を勧告、と言うより強要に近い表現で迫ったのは宇田理事である。宇田理事は寒村が本省時代に、課長や部長として、又名古屋交運局登録保安部長時代は局長としての直接上司であったりしたが、筑豊や久留米その他で業務・施設等の面で甚だ困難な問題の多い九州については、前任者の吉田理事同様九州の出身（九大卒・大分県）と言う立場からも、特段に九州対策に意を用いていたようだ。

現地対策では本省の兵庫前部長が、適任者として信頼し、退官後も敢えて再任されるに相応しい実績を上げている、寒村への評価は適正にしていたはずだ。然し中央からの派遣者が現任地に自宅を取得するとなると、ポストを巡る地元局等の警戒の目から、後輩の部下に注意を与える、と言うよりもそうした痕跡そのものを払拭させる必要性を強く感じたのであろう。

　次年度の管内施設整備計画や異動案等を持って本部折衝のため昭和六十二年十二月八日～十日上京したとき、宇田理事から強い調子で懸念の表明と契約取り消しを勧告された。即ち、①中央要員たる者は無闇に任地で、特に地元局とトラブルを起こしてはならぬ　②中央復帰の処遇に支障する　③業務上の難事業は組織が対処するので、直接の責任者が一人で背負い込まずとも良い。余人を以て代え難いなどあり得ない、等がその懸念の表明と勧告の理由である。

　これに対し寒村としては、①急遽マイホーム取得に走らざるを得なかった地方都市での狂乱地価騒動と我が家の財務事情、②契約解除は民法上の倍返し等で不可能、③地元局と敢えて事を構えるつもりなど毛頭無い。命令一つで転勤は当然。④転勤・転職等が確定するまでの間、目下抱えている懸案事項を少しでも解決の目途を付けられるよう頑張りたいので、その時期が判ったら出来るだけ早く知らせて欲しい。⑤子供達が首都圏にいて在学中なので、子供達と一緒に生活することになろうが、家内とは別居にならざるを得まい。等を返答した。

　当局側から最初に懸念を表明されたのは、昭和六十二年十二月十一日本省清末達郎部長からで、ポスト明け渡しは可能かとの問いで、いつでも結構ですが、具体的にどこでどんな条件ですかとの逆問に、まだそこまでは具体化してないとのことだった。

地元の当局側から最初に懸念表明されたのは当時の九州交運局長だった大池公高氏である。前任者の金山哲氏は同期入省者として、事務官と技官、新卒と浪人の違いはあるが、入省当時運送車両局配置の他の事務官三人らと麻雀や遠出のドライブなどで大いに遊び回った仲だし、小池氏は一期後輩ながら同じ局配置で、業務や会合等でもよく面識のある旧知の人である。

九州統括事務所では、以前から年一度年末か年度末の若干前に局長、部長達局幹部との懇親の席を設けていた。この回即ち昭和六十三年二月二十四日夕方の設営では、大池局長は会席は良いから二次会へ呼んでくれとのことで、懇親会終了後に、ご本人とは会えたものの、局の部課長や更にはホスト役たる統括事務所の両課長らも、寒村と大池局長の二人を残して別行動を取った。中州歓楽街に殆ど不案内の寒村は、結局支払負担の立場で大池局長の馴染みの店に入った。ここではカラオケなど何曲か付き合ったが、その雑談の合間に、大池局長が「余り居座らんで呉れよ」と発言した。寒村としても

「ご承知のように地元では面倒な問題は多いですが、中央からの転勤・転職辞令が来るまでの間少しでも良い目途をつけれるよう頑張りたい。中央への引き戻しには好条件を得られるよう局長にもご尽力をお願いしますよ。」

と答えたが、本心そうした気持ちだった。

（四）本省・地元局・本部からの圧力の強化

ＬＭＶ保安機構九州統括事務所長ポストの明け渡しの圧力が、急激且つ辛辣になってきたのは、九州交運局長が大池氏から迎山氏に替わった昭和六十三年六月末以後である。迎山氏の任期一年の前半は兎も角、後半の平成元年になって険悪な状態を迎えた。前半即ち昭和六十三年度の前半は、地元局側よりも寧ろ中央の本省や本部側が先行し、後半即ち平成元年の前半迄が地元局側の強硬態度であった。

即ち、マイホーム取得に当たって最初に強い懸念と注意を与えた宇田理事が、半年後の昭和六十三年五月下旬の二十六～二十七日、出身の大分から福岡へ回ってきたときに随行して訪ねたところ、理事はポスト明け渡しの時期については未定だと言っていた。その後同年七月上旬の八日に、全国統括所長会議で本省に挨拶に出向いた所、清末達郎部長から「九州統括所長のポストは来春明け渡して貰う。その後は給料等の待遇・手当てが約三～四割落ちるが、車体整備工業協同組合連合会へ専務理事として移って貰う予定だ。かなり先のことだがそのつもりでいて欲しい。」と言われた。これに対し「基本的には勿論お受けするだけです。家内にも相談して、転職後の生活なども検討したいので暫く時間を下さい。」と答え、同年八月下旬の二十七日に本省に清末部長を訪ねて「先日のお話はお受けします。只、家内を福岡に残して単身赴任することになるので、出来れば将来福岡に帰れるようにお願いします。」と正式に回答した。これに対し部長は

「そのような腰掛け的な話は、相手の車体整備工業協同組合連合会に対して失礼なのでとても持ち出せない。この話は無かったことにしたい。」とその場で決められた。将来問題はこの場合完全に禁句だった訳だし、無用な一言だった。

この清末部長の決定が、それ以降の本部や、地元交運局、そして職歴上の本籍として本省系ＯＢの再就職斡旋等、ＯＢの生活基盤に決定権を有する肝心の本省の、寒村に対する処遇の方策に、深刻な尾を引くことになるとは、その時点で強い認識を持たなかったし、それ以降の寒村の対応が適切であったか否かについても、若干の疑問なしとしえ無い。少なくともこれを執筆中の現時点では、当局とは完全に縁切れ状態だし、年金以外に確たる生活基盤が無いのだから。然し、渦中にある身にはそうした将来の見通しは困難だ。

この年も真夏の暑さが少し陰り始めた九月上旬の、昭和六十三年九月五～七日に、管内の主任職員研修で来福の本部福原総務部長が交運局へ表敬訪問の際、寒村統括所長の地元での再就職斡旋を交運局へ依頼しておいた旨を、空港での見送りの際に一言漏らして帰京した。

本部福原総務部長の来福時は、寒村は全九州離島輸送車両連盟の会議で奄美大島へ局長らと出張しており、事前にこうした本部側の動きを何も知らされていなかったので、驚くよりも怒りを一瞬感じたが、福原部長と交運局に同行した大川管理課長は熊本へ出張不在で、局での情況の探りようが無かった。同席したとしても彼の性格からは不得要領な答えしか返ってこなかっただろう。

本部福原総務部長の地元交運局への申し入れは、理事長以下本部役員達の協議と結論に基づくものであって、仮にも人事担当の一部長の一存によることはあり得ないが、その申し入れ事実の寒村本人への伝達の仕方が余りにも一方的で、質問できぬように、逃げるような言い残し方だったのがカチンときた。寒村本人への余計な説明は禁じられていたのだろうが、寒村にとっては極めて重要な事だ。本部ではこういう動きになっているので腹に収めておいてくれ、との説明位なぜ出来なかったのか。

然し、本部側のこうした動きは、その後直接的に寒村への伝達を含めて、地元局への正式な要請となっていった。当時本部の総務担当理事だった須藤弘樹氏が昭和六十三年十二月一～二日に亘り、福岡・久留米・熊本へ出張してきた際、交運局表敬や、局幹部との懇親の場に寒村が同席している手前もあってか、直接的に突っ込んだ話や要請とはならなかったが、久留米から熊本へ案内する車中では、寒村の方から積極的に自分の立場や意見・希望等を須藤理事に伝えておいた。須藤氏は寒村と同期入省の事務官だが、最初海上保安庁へ配属されたせいか、保安官的な節度を持つ親しみのある人物だ。

そうした心やすさもあって、かなり詳しく具体的に㈠九州統括事務所の抱える問題点の内、①筑豊騒動の原因・対策等の経緯、及び今後の見通しと対策上の問題点、②筑後(久留米)問題の特異性　③その他管内での懸案と対策上の問題点　㈡寒村のマイホーム取得に係わ

る経緯　㈢寒村の統括所長卒業とその後の問題等について詳しく具体的に説明した。

特に九州統括事務所の抱える問題、就中筑豊問題については、その特殊な土地柄と問題処理の困難さを、地元局側の実績・現状・援助等を説明し、将来の予測について寒村としての見方、評価等を率直に述べ、寒村の現ポストが後継希望者に変わった場合、問題が忽ち再燃にて、交運局も本部も再び手を焼きかねないことを暗に伝えた。それらがどの程度通じ、理解されたかは疑問だが。

十二月八日の全国統括所長会議への前後、局の鉄道部長と登録保安部長へ個別に統括所長ポスト問題をめぐって協議、本部でも同問題を理事達と協議した。基本原則即ちポスト返還は組織上の問題として処理されるのは当然だが、現任者にとってはその後の具体的条件提示が無くては困る。福岡に適当な空きポストが見当たらないだけに不安だ。それ以上に筑豊問題の再燃等を懸念する気持ちが強いこと（県ＬＭＶ協会専務の警告）を表明せざるを得なかった。

昭和六十四年の年が明けると地元交運局長からの直接ポスト返還要求となった。三月十五日迎山局長からの直接の呼び出しで出向いたとき、白紙委任でポスト返還を要求された。見返りとしての処遇の具体的提示は全く無かった。迷惑至極な居座り者への処遇など論外だ、なのか。

これに対し、原則としてはお返しするだけだが、管内には難問題が多すぎる。就中昭和五十年代末からの筑豊騒動は、当初直接交運局に矛先が向いていて、本省・本部を巻き込む大層厄介な事態となったが、寒村が着任して以来必死に沈静化に努めており、間違っても交運局に再び迷惑の掛からぬように押さえて居るが、地元としては問題の火が消え、問題が根本的に解決したとしていない旨明言しているので、余程力のある者を後任にお願いしたい、と答えておいた。

局長から見れば余計なことだとしか映らなかっただろう。

この迎山局長の、九州統括所長のポスト返還直接要求に先立ち、二月八日に陸上輸送保安部の実質最右翼課長で予算・人事等を統括する本省の堀出保安企画課長より、局と統括管内の人事交流案について罵倒に近い激しいクレームの電話があった。交流人事案が、当局側の出向者も保安機構プロパー職員の昇任も若すぎるというもので、特に前者については支局課長補佐官から保安機構所長への出向などは、プロパー職員との年齢差が大きすぎ、プロパー職員の勤労意欲に支障すると言うのだ。

かって寒村が交運省の係長だった頃、ＯＴＣＡ（海外技術協力事業団）のコロンボ計画による中近東・東南アジアの研修生を引率していた、同事業団のベテラン職員が、外務省や各省の若手職員が出向してきて課長など我々の上席につくので、やりにくくて仕方が無い、と嘆いていたのを思い出す。統括所長の寒村側では本省課長のクレームを巧く利用したが、僅か前年頃交運局の中・梅雨両部長が念書を一札取られているらしく、局はてんやわんやの状態らしい。

迎山局長からの二度目の呼び出しは、四月二十六日であった。折から各業界団体の総会シーズンであり、役員人事等が議せられる時期ではあったが、前述したように、少なくとも在福の業界団体に常勤役員の空きポストは見当たらないようだから、具体的な再就職先案を用意してと言うよりも、あくまで彼の残り少ない在任期間中に保安機構統括所長ポストの局への明け渡しの目途を付けておきたかったのだろう。

迎山局長の話（要求）は前回通りと言うよりも更に厳しい調子であったが、寒村としては出来るだけ穏やかに、①具体的な転出先やその時期、処遇等の条件の提示が無いままでは検討のしようもないし、当面の生活が不安であること、②それらがはっきりするまでは、懸案山積の状態を少しでも解決の目途を得る努力を続けたいと答えた。

これに対する迎山局長の怒りは凄ざまじく、

「そのような白紙委任せぬ態度なら、現九州統括所長の福岡での交運局による再就職先の斡旋依頼である、保安機構本部からの要請は断然断る。」との宣言だった。権力の座にある者の面子に拘る態度は解るが、相手への当面の生活保障配慮や、配下の対業界指導調整力の実情をどの程度把握しているのだろうか。管内の数多い業界団体等に、空きポスト一つを作らせるくらい何でも無いはずなのに？　尤も何の見返りもあり得ないし、地元局が最も大事にしているポストに居座ってる者に、対価提供なんてとんでもない！　のだろう。

　その後本省の清水部長から六月一日に、現ポストに固執せず、来春の移動は局に任せよとの忠告電話を受けたが、勿論そのつもりでおります、と答えたものの、もう一歩踏み込んで、中央への復帰斡旋を要請しておけば良かったと悔やまれる。尤も昨年夏同部長から提示の今春の異動予定案の縺れが、今日の事態となっているので一蹴されただろうけれど。ともあれ地元局側は、保安機構本部が依頼している寒村の具体的な転出・再就職先を、一切提示して呉れないのだ。

（五）　当局と本部の幹部交代と圧力の沙汰止み

　このような事態の侭で、早くもこの年の平成元年六月下旬・二十七日には本省部長が清末氏から松川氏へ、九州交運局長は迎山氏から和田氏へ、本部理事は総務担当が須藤氏から大柳氏へ、業務担当が宇田氏から兵庫氏へと替わった。この異動を機会に寒村に対する直接的なポスト明け渡しや転出・再就職問題は全く止んでしまい、僅かに会議や業務連絡等で、その都度挨拶に行っている本省で、部長が時折、将来どうするつもりなのか、と訊ねる程度であり、勿論平成二年春以降の年度代わり異動では、定年退職の時まで本省・地元局・本部いずれからも、これに関する話は出ず仕舞いだった。迎山氏が離任の事務引き継ぎで余程きつく申し継ぎ事項として指定していたのだろう。

こうした状態が続く中で、寒村としては定年退職後の進路を自分で決めざるを得なくなっていたわけだ。大學の同級生である地元交運局登録保安部長の若森君との関係は、宮崎大学経済学部に六年も在籍しながら、卒業や就職の見通しが全く付かなくて困っている息子を九州統括事務所に採用することで、統括所長ポストへの執着は放棄し、角田理事長へも報告し了解を得たと言っていた。個人的問題と組織の問題とは全く異なるのだが。

ＬＭＶ保安機構の一般職員の採用は、機構発足当初は兎も角、その後十余年間は定員削減の強化などで、殆ど新規採用を見ていないが、たまの新規採用や、昭和六十二年十月一日のＬＭＶ保安機構の民間法人化以降二～三年間に行われた、全国で約二割もの久々の大増員の際の新規採用者は、国鉄からの受け入れの転職者等極く一部を除き、ほぼ例外なく縁故採用である。後年、平成十年代頃から本部一括採用・地方配置となったようだが。

本省の部長・堀出氏と地元交運局長・中橋氏による寒村に対する制裁措置は、慥か平成四年秋頃の全国バス協技術委員会に出席のため、堀出部長が来福時に両者の引き継ぎ文書として、覚書が交わされたようである。その結果は序章冒頭に書き、この章でも書いたとおりである。

この地元交運局長室への挨拶参上時の、序章冒頭に記述した堀出本省部長の罵声に驚い

た交運局の梅雨部長が
「何とも凄まじい罵言ですな。」
と囁いたので
「なあに、立場の違いだよ、どうせ儂らの立場なんか彼には判りっこないよ。あんたが儂をここに案内した役目は終わった。長居は無用だ。さあ帰ろう。」
と寒村は応え、本省部長へは挨拶もせず、梅雨部長を促して出て行った。

第五章　待望久しい久留米支所の開設

（一）　支所の開設が急がれる事情

久留米支所の開設は既定の事実として、その実現に必要な事前の作業を進めてきているわけだが、その早期開設を必要とする事情を再整理すれば、内部事情としては業務量が支所開設基準を超えており、処理施設の狭隘・老朽化もさることながら、出張保安確認要員の確保の困難性と、ローテーションの窮迫化が第一の要因である。これは特に筑豊対策として昭和六十一年春～夏からの、支所機能並みの出張保安確認の実施によって全く猶予ならなくなっていた。第二の要因は根源的な問題として、管内の他の借り上げ保安確認施設に共通する事柄で、表（公）に出せない保安確認協力費徴収の排除・廃止の問題がある。更に第三の要因としては、地元業界のエゴ的な要求がある。これは筑豊対策の強化に対する遅れなど、僻み的な立場からの逆差別解消要求である。

第一の要因については第二章（二）で詳述したところであり、第二の要因については久留米の支所化では余りと言うより殆ど問題にしていないが、後述する北九州支所、佐世保支所の自前化、筑豊の支所化ではそれぞれ極めて重大な問題として推進、及び予算要求の前面理由に掲げることになる。もっと基本的には、違法性の排除と地元利用者への負担の軽減と言うことが、大きな共通する旗印である。

いずれにしても構想・計画を具体化して、組織・機関決定に持ち込むまでに、自他内外共に思惑や利害、基準満足度、順位、客観情勢等が一致すれば、割にすんなりと決まるはずだが、仮に利害不一致となるとその調整だけでも大変だ。赴任三ヶ月未満の昭和六十年十二月十八日、福岡県運送車両整備商工組合役員会での激論の応酬などは、その最も典型的な例である。

（二）　もたつく用地取得等支所化準備作業の経緯

方針が決まり、その実施に必要な予算が措置されれば、物事は独りでに実現してゆくと言うほどお目出度くは無い。肝心の第一希望地である植木畑の取得交渉が全く進捗しない。進捗状況すら掴めぬ状態で時間ばかりが経過し、年度事業のタイムリミットさえ危ぶまれる状態だ。

そうした事情など全くお構いなしの、何をやってるのか判らぬ商談の駆け引きが久留米商法の神髄らしいが、取得側の当事者でありながら、、直接どころか間接的な関与すら、本部と地元業界から強く牽制されている立場では苛立つばかりだ。勿論この間寒村としては、その分担業務である予備候補地の選定について、市の二つの開発公社の協力を得ながら、数カ所の候補地を具体的に調査して回ったし、県側が希望している広川の工業団地などは最適の条件との結論に達しながら、筵旗を押し立てても反対すると息巻く地元業界のエゴに阻まれて、当方の結論は公に出来ず仕舞いだ。

これらの作業途中で本部の担当理事の交代などがあって、その指示内容などの意味不明さが度重なり混乱し混迷するばかりだが、出先機関への不信さは徹底しており、度しがたいばかりだ。こうした情況では物事が進行するわけが無い。地元業界代表による第一候補地の取得交渉は、交渉したのかどうかさえ怪しく、何らの成果も得られず、本部方針で市の開発公社が肩代わりしたが、価格の点で折り合わず、市は手を引いた。（以下、第二章（三）の後半参照）

かくて第一候補地の用地取得交渉は地元代表や市公社の手を離れ、県単位の業界団体である運送車両整備商工組合とＬＭＶ協会の両専務の手に委ねられたが、功を焦る運送車両整備商工組合側の、地主との密約、即ち地主側の要求価格と鑑定地価の差を裏金で補填する方法で、一旦は成立を本部へ報告されたものの、忽ち密約がばれて本部不承認となった。この後はこうした難事案交渉に、知謀と説得を極意とするＬＭＶ庄屋専務の出番となるわけだが、夜討ち朝駆けの地主折衝を一週間続け、売買双方及び関係利用者団体等全員が満足又は納得する内容の交渉妥結を見た。

即ち、通常は関係団体が入居するＬＭＶ会館は、それらの入居関係団体が共同出資するか、ＬＭＶ協会が建設して他団体はテナントとなるかだが、このＬＭＶ会館を地主が建設して、関係団体はテナントとして利用する。地主は保安機構統括事務所用の土地売却代金を、事業転換資金として転用することにより、税法上の特典を得られるのみならず、何年かの償却後は確実な利殖の資産として利用できるわけだ。利用の入居団体側も入居料は割高であっても、建設費・維持費等の負担免除となるし、保安機構側としても公明正大な価格での物件・土地購入が保証されるわけだ。

この地主による会館建設方式は、勿論全国的にも、保安機構関連団体としては初めてであるが、用地売買交渉の有効な打開策として今後参考利用されよう。ともあれこれで急転直下難事案が基本的に解決されたわけで、双方気の変わらぬうちに、違約責任明記の仮契約を交わせることとなった。

用地売買の本契約は、保安機構側では勿論理事長名で行うので、その事務手続き等は本部の経理が施設と協議して進めるが、地元側の作業は勿論統括事務所が代行する。この売買契約には国土法や都市計画法による許可等の法令上の手続きが前提となるが、それらの内容や手続き調整等のために本部とも頻繁な協議を要する。

そんな過程で官庁契約方式しか知らぬ本部経理の的外れや、肝心な事柄の欠落した契約案文などに驚くことがある。更に国土法や都市計画法等の申請処理促進を県に陳情・挨拶に来た本部担当理事が、来てくれるのは良いが、功を焦り県の担当者の神経を逆なでするような発言で許可保留・延期されるなどの曲折もあったが、懸念していた鑑定地価への修正勧告などは無く、昭和六十二年度末ぎりぎりに精算・登記して売買完了できた。これで久留米支所開設は確実に日程化出来たわけだ。

（三）境界処理の面倒な造成工事・建築工事関係

冬の夜夕方八時半頃から深夜まで、延々五～六時間もの膝詰め談判も、事後の手続き等をする時間的制約から、今すぐにでも必要とする基本合意書・仮契約の調印が、一旦は諦めて出直そうとしたとき、地主が奥さんに相談せず一存で調印してくれたときの安堵は、何とも微妙な感じであった。

一旦合意するとその後の地主・鶴好氏は、それまでの迷いや懸念を吹き切ったように、事案の推進を積極的に協力してくれた。国土法・都市計画法等による土地売買や、開発行為の承認申請など共同申請に伴う諸付帯事案、就中、こじれると非常に面倒になる下水排水の処理後放流の、水利権者の承認取り付けなど積極的に行ってくれた。勿論これは仲にたったＬＭＶ協会の庄屋専務のお膳立てや説得に負うところが大きいが、売り主の地主側の手続き分を、庄屋専務がよく指導して、彼への信頼感が大きかった所為である。

ともあれ鶴好氏は開発許可が下り次第造成工事に取りかかれるよう、植木畑の苗木や成長木を次々に掘り起こして、移植や処分を進めていた。国の登録保安確認事務所裏側の、ブロック塀上に並べた生け垣用のサザンカを片端から引き抜いては焼却していたが、丹精込めて育てた植木を、無残に燃やす他ない気持ちはどうだったかと思う。

造成のための測量図は主に用地形状・寸法への保安機構側の修正要求により、前後四回に亘って作り直されたが、造成工事は概ね計画通りに進捗した。と言っても随所に事前通告なしの、相手側としては無断の工事など問題が少なくなかった。とりわけ西側の自衛隊との用地境界は、高いブロック擁壁を設置してその崩壊を防護せねばならないが、その施工上、基礎工事などで、一旦境界から三〜四米も切り込み、擁壁ブロックを積み上げる過程でその背後を埋め戻すわけだ。

この基礎工事における用地の切り込みが無断であったため、自衛隊から激しい抗議を受け、慌てて陳謝したが、鶴好氏によるとこの埋め戻しの土に、別に小山を作って保存していた、植木畑の肥えた表土を使われてしまったと悔しがっていた。職業の違いからの無神経さだろうが、農民の子として育った寒村には地主の気持ちが痛いようだった。

この土木造成工事の施工は、建築物を担当した大日本土木だったと思うが、設計監理は原設計土木部門の松前氏である。彼は四十代半ばの働き盛りであり、中背ながらもがっちりした体格で、若干はにかみのあるような人の良さがあって、開発申請やこれに伴う各種の面倒な手続き関係を、仕事とはいえ実によくやってくれた。市役所や地主への連絡調整などで何度か彼の車に同乗して久留米に往復したものだ。

建築設計監理の牟田氏と、どこで提携するようになったか知らないが、久留米支所の造成工事後は両者分離独立したようである。建築関係は、設計監理が九州地方建設局のＯＢである原設計一級建築士の牟田氏だが、彼は転勤が嫌いで若くして退官、独立したらしい。施工はゼネコンの大日本土木である。当初予定の十月中旬着工が一と月以上遅れ、年度内竣工が危ぶまれるに到った。

このため通常は工事休業期間となる年末年始の期間約半月間をコンクリートの養生期間に当てるよう建物の駆体工事、特に配筋と生コンクリートの流し込みを急がせた。年明けと共に事務所と会館の内装工事、保安確認場上屋工事と機器搬入等が急ピッチで行われた。その結果予定通りの年度内竣工が出来、三月三十日に県と市の合同竣工検査が行われ、建築確認を得た。

折から年度末の最繁忙期で、寒村は江東保安確認課長と走り回るような状態だった。ＬＭＶ会館との合同（共同）工事・その費用・責任等の分担、設計監理と施工の分離請負方式、地方建設局推薦による入札参加業者の指名方式等を、この久留米支所の建設工事で確立したことは、管内での良い前例規範に出来た。

（四）待望された支所の開業・開所式

久留米支所の開業は昭和六十三年四月十一日である。当時は陸上輸送行政事務所支所と称した、国の登録保安確認事務所に遅れること十年、「久留米」ナンバーが出来て十年目だ。この日は他に新潟統括管区の長岡支所と、特別出張保安確認場より昇格した当管内の佐世保支所が同時開業となった。開業に先立ち事務用品・備品等の調達・搬入・設置や、検査機器等の調整・取扱い・訓練等が必要だが、それらは初代支所長として佐賀陸上交運支局事業課長から出向してきた竹富喜一氏が、年度末繁忙期の頃から諸準備の加勢に来てくれていたが、正式発令後は全く万端遺漏無い完璧な現場指揮を執ってくれた。業界関係者の参加する開所式は別途行うので、本部からは特に臨席は無く、竹富支所長の希望で、神事による内輪の開業式となった。

支所及び会館の開業式・祝賀会は、開業一週間後の四月十八日に行った。通常このような行事は、名目上保安機構とＬＭＶ会館が合同で行い、その費用の大半はＬＭＶ会館又は関係業界団体が支弁するものであるが、久留米の場合は保安機構側は全国基準による予算額の他は支弁の方法が無い。開所式や祝賀会の実施方法や規模にもよるが、保安機構の予算だけでは焼け石に水だ。そこでＬＭＶ会館や関係団体の支援が頼りとなるが、久留米のＬＭＶ会館は既述のように地主の鶴好氏が建設しており、とてもこのような行事費の負担を要請できるものでは無い。

このため早くから入居予定の関係団体、即ちＬＭＶ協会、整備商工組合、標板協会、陸運協力会、運送車両販売店協会の専務を糾合して実行支援組織をつくり、式典と祝賀会の開催に必要な事項を検討協議した。その結果、会場は専門の式典及び宴会施設である市内の「創世」で行うこととした。費用捻出方法は各団体により事情が異なるので、招待客の祝儀で全てを賄うこととし、従って行政庁等への案内は極力人数を絞って最小限に留めた。その甲斐あって、式典も祝賀会もこの種のものでは異例な派手さであったし、費用も若干の余剰を出せて関係団体等への負い目を軽減できた。

(五)　支所開業での余録など

久留米支所を無事開業に漕ぎ着けたことは、関連又は派生的に色んな余録をもたらした。表面的な問題では、先ず佐世保特別出張保安確認場の支所昇格と、筑豊出張保安確認場の特別出張保安確認場化である。役所又は役人的感覚からすれば名目上のみの変更であっても、公の組織機構上で正式の機関であるか否かは、対外的に非常に重要な問題だ。而もそのような変更は、出先機関の権限外であるだけに、棚ぼた的な僥倖と言うよりほかない。尤もこれには後日談として筑豊の支所化問題で、後述するように本部が苦慮することになるのだが、そんなことは出先である統括事務所の関知するところでは無い。統括事務所としてはこの措置を有り難くお受けした。

第二に、施設の自前化効果として、保安確認協力費廃止と、施設の直接管理化がある。前者は昭和五十九夏の国会質問関連での要処置箇所として久留米は、北九州支所や佐世保特別出張保安確認場のように、直接指摘の対象とならなかったようだが、整備商工組合が保安確認を受ける利用度数に応じた組合費割り当てを、組合員等の利用者に課し、それが整備料金に転嫁される以上、直接か間接の差だけで実質は同じ訳だ。後者即ち保安確認機器の自前管理は、機器の更新や修理、調整等を含め、直接保安機構側で手当てできるので、老朽化施設の不具合等に手古摺ることもなくなり、安心して高性能機器を駆使しながら保安確認できるようになった。

第三点は大量増員である。現職出向で着任して以来、途中退官再雇用を含め定年退職するまでの七年半、最大の難問であった筑豊対策が、それも出張保安確認に支所並みの機能を持たせる常駐化が実現するまでの間は、特にその初期の間大荒れに荒れ、激しく揉まれ続けて、本部も統括事務所も疲労困憊(こんぱい)したが、筑豊対策の積み重ねの度に、統括事務所職員の労働強化は、救いようのない苦境に喘ぎながら追い込まれていった。その緩和のために、北九州支所等管内職員配置数再調整の自助努力の他に、極めて厳しい増員抑制策の中で第一種賃金職員、国鉄の転職希望者、事務職である本部調査役の受け入れ等あらゆる努力をしてきた。

そうした実績が認められてか、たまたま昭和六十二年十月一日の保安機構の民間法人化を機に、保安機構の予算等の自主運営がかなり自由化された。最少期の三倍に膨らんだ業務量に対し、定員削減で減少こそしても補填されずに来た職員数の緩和が行われ、その第一号として九州統括事務所に七名の増員が認められた。これは昭和六十三年度全国増員数の半数である。

第四点は、当統括事務所の管理職の問題である。既述のように昭和六十一年春の移動で統括事務所の両課長が交代したが、新任の両課長の無能振りはどうしようも無い。使えないだけで無く手足まといだし、時に反抗したりぶち壊しさえし兼ねない。このため両者を強引に追い出しに掛かったが、行き場、引き受け手の無い二人の激しい抵抗には手を焼いた。それでも保安確認課長の小賀嗣夫だけは定年退職の村内熊本所長の後任に一旦据えた後で定年前に余裕を与える口実で、熊本県標板協会専務に転出させた。かれにとっては大強運ともいえる破格の処遇だ。

その後任に原田和夫元保安確認課長と同期の江東誠氏を大分交運支局事業課長から受入れた。小柄で余り派手なことはしないが、市民マラソン大会に出る位持久走で黙々と鍛えており、慎重な取り組みで事案を処理する手堅さだ。久留米支所の用地造成・上物建設工事の業者監督を、設計監理者と巧く協調しながら処理して呉れた。

さらに初代久留米支所長として、佐賀交運支局事業課長から希望して来てくれた、竹富喜一氏については全く思い掛けない宝の転がり込みだった。竣工検査の年度末前後から実質加勢に来て、支所の開業・開所準備の細かい現場の諸作業万端を全く遺漏無く処理してくれたし、支所の良い基礎固めをしてくれた。九州交運局でも早くから技官仲間のみならず、有力な事務官連中からも大いに注目され、将来を嘱望されていたようで、原田課長の後任にと望んだときは、局が必要としていて一蹴されたが、人事の停滞で順番待ちが余儀なく、自宅から通えることも魅力で、自分から希望の出向らしい。統括所長としては勿論受け入れには二つ返事だったが、江東保安確認課長の任期の関係上、一年間久留米支所長を務めて貰った後に統括事務所へ引き上げた。

第五点は、統括所長としての寒村が、支所開設や事務所移転問題で不可欠な前提となる用地取得の付帯的実務事案、国土法・都市計画法その他の法令上の規制手続き、関係役所等との折衝、工事入札の業者指名、工事工程の管理・調整・開所式・祝賀会準備等についてかなりの知識経験と自信を得たことだ。

第六点は佐賀事務所の負担軽減である。久留米での出張保安確認の就業時間が（9：30～16：00）で週三回のため、急ぎの分などかなり隣の佐賀事務所へ流れていたが、久留米支所の開業で連日（9：00～17：00）保安確認となって、佐賀事務所は二十～三十％の保安確認業務が減り、移転・拡張・贈コースの要求運動が沈静化した。

最後に、この久留米支所開設に当たって、その最大の鍵となる用地取得に、絶大の尽力をして頂いた、福岡県ＬＭＶ協会庄屋政志専務に深甚の謝意を捧げたい。

第六章　意外な展開：長崎事務所の移転工事

（一）支局の移転に引き摺られた移転の繰り上げ

長崎事務所の移転については、その必要性等を第二章（八）の後半で簡単に既述したところであるが、要は長崎交運支局やＬＭＶ保安機構、陸運関係団体等の集合した陸運団地が狭隘すぎて、日常業務にも支障していたことである。即ち保安確認車両の収容力が極度に不足して、常時国道まではみ出して並んでいる上に、出入りの取り付け道も大型車両の通行に著しく不適で、離合に困難を極める状態を日常繰り返す有様から、早急な移転が必要だったわけである。交運支局が移転するとなれば、陸運関係団体も同時に同じ陸運団地へ引き越さなければ、支局も関係団体も、それぞれの業務に重大な支障を生じる。

ＬＭＶ保安機構の場合は陸上交運支局の業務とは直接関係ないのだが、保安確認申請手続きの補助や保安確認手数料、ＬＭＶ税の収受等を受け持ち、陸上交運支局の業務に不可分的密接な関係を有する県ＬＭＶ協会の他に、標板交付や保安確認予約その他の業務を支局分と一緒に行う団体等は、保安機構の業務に大きな関わりを持っている。

そのような事情のほかに、ＬＭＶ保安確認のための構内自体が狭隘で、支局同様待機車両の収容に支障、更には当保安機構事務所もＬＭＶ協会も、その出入り道が県運送車両会館や県運送車両整備商工組合の所有地であり、支局と共にそれらの団体が移転後は、その出入り道を含めて移転全跡地を市に売却する予定であり、事実上出入り不能となること、又ＬＭＶ保安確認棟のすぐ傍に民家が接しており、保安確認コースの騒音が伝わるため窓を開けられず、作業状況や隣家を互いに覗き見できぬよう、双方の窓を目隠しするような状態であった。勿論将来の車両数増に対する増コースの余地など無い。

　そうした事情から当保安機構の長崎事務所も、支局や陸運関係団体と一緒に移転せざるを得ないのであった。

（二）　譲り合いが不可欠な関係機関の用地区割り

　長崎交運支局の移転に係わる予算は、庁舎、保安確認場の施設整備は翌年度だが、用地費が昭和六十二年度予算の大蔵省査定で認められ、これに連動した形で当保安機構も長崎事務所の移転費を国と同様二年度に亘って予算化した。現陸運団地に居を構える陸運関係団体も、支局の移転に合わせて引き越しせねばならないのは前述の通りである。移転先は現在地から4キロばかり北の諫早市境に近い国道三十四号線沿線だが、平地の少ない長崎の地理上、丘陵を削り谷を埋めて所用最低限の土地を造成せねばならないので、交運支局以外の当保安機構事務所を含めた陸運関係団体の用地は限られており、その地割り調整は、陸運団地移転の当面の大きな懸案課題であった。

新陸運団地の予定地は、国道三十四号線からの進入取り付け道の左側部分が、交運支局の用地として将来の業務量を見込んだ施設の所用面積となっており、右側部分に当保安機構を含む数団体が入居の予定である。保安機構の用地は、他の関係団体が交運支局と保安機構の双方に、業務上の利用者である申請者・保安確認受認者の利便をよくするため、支局の反対側で進入路の右奥とし、その中間に関係団体の施設が位置するという基本計画は合意されていたようだ。

陸運関係団体の地割り調整会議は、昭和六十二年一月二十日に地元で行われたが、その前日午後保安機構代表として出席する高野国輝長崎事務所長が、鎮西東吉長崎交運支局長と共に来訪、本部出張から帰着したばかりの寒村と統括事務所で協議した。

地割りの原案中、位置には異論ないものの、保安確認場面積基準が保安機構創業当時の倍近くに改定されているし、将来のＬＭＶ数増加に対処した増コース余地を見込めば最低限三千平米を要するので、本部とも緊急協議の上、その旨を図面を付して電送し、調整会議の席上で高野所長に説明させた。

この第一回の地割り会議における保安機構側の申し入れは原則的に了解されたのか、その後特段に問題化しなかった。昭和六十二年二月十四日の管内巡視で長崎事務所を訪ねた際に、高野所長が移転予定地の造成工事情況を、国道側と西側高台の分譲住宅団地側からそれぞれ案内してくれたが、国道側の盛り土擁壁は数米から十米近くに、西の丘側は十米を越す切り取り擁壁となるような大工事で、当時は主として交運支局の予定地を造成工事中であった。この陸運団地移転予定地は県の開発公社が一括取得し、造成の上支局や関係団体へ分譲することで、県の事業として造成工事中だったわけである。

四月二十五日午前中に、家族を福岡に残して単身赴任中の高野所長が統括事務所へ来訪、事務所移転の問題点やレイアウト案等を協議したが、支局用地以外は進展していない模様だった。五月九日(土)指定休暇を取り、引き越し荷物を香椎浜の賃貸マンションで整理中、昼前に統括事務所へ電話を入れたところ、県整備商工組合よりクレームあり、保安機構の用地に重大な影響ありとのことだ。五月十一日に統括事務所の大川・江東両課長から事情を聴取、本部の柳生施設課長と電話協議の上、五月十二日午後長崎パークサイドホテルで行われた全関係団体の会長・専務による移転用地区割協議会に高野所長を伴って出席した。

この席で保安機構としては、先に高野所長から説明・要請させた用地の面積・形状は、保安機構の業務遂行上不可欠の最低条件であるが、今回クレームの出た整備商工組合の修正要求も、同組合の業務遂行上不可欠の筈だ。他の団体も所要施設の設置と業務遂行上それぞれ既定区割り案が最低必要事情のはずである。然し関係機関の用地は限られている。したがって保安機構としては整備商工組合の修正要求の1／2に応じるが、他の団体も支局出入り道からの取り付け道幅員分を供出して貰いたい。なお保安機構としては囲繞地となるＬＭＶ協会の会館へは、当保安機構の用地内通行権を認めるほか、裏道からの出入口を、各協会への手続き等の客及び職員の通行に解放する用意がある。

これらは用地的には全関係機関が三方一両損の負担をすることにより、それぞれの団体業務及び利用客の利便性を確保するものだ。したがって各団体は、陸運団地の最外周部を除き、団地内には各団体の用地界を示す境界石の他、白線を以て明示するに留め、フェンス・縁石等の通行を阻害するものは一切設置しない、と申し合わせたいがどうかと結んだ。

この会議の約一月半後に、高野所長がアルコール性肝炎との診断で長期入院することとなった。ともあれ彼の入院期間中特段の問題は無かった。

長崎の陸運団地移転に伴う関係団体の地割り調整の変形的な、だが当保安機構にとって深刻、重大な問題として長崎ＬＭＶ協会の用地問題がある。統括所長としては、保安機構・ＬＭＶ協会両機関の業務の密接不可分性から申請手続き等利用者の利便性を確保し、且つ狭い土地を最大有効利用出来るよう両者の窓口を一階でワンフロワー・ワンカウンター方式とし、窓口以外の事務は二階に上げ、コンパクトな事務棟にする予定で、内々に長崎ＬＭＶ協会幹部とも了解し合っていた。

所が、新任の中崎所長がどのように策動したのか、両協会事務棟はそれぞれ独立した建物とし、且つ職員の利便性のためにも平屋建てとするとの方針を、地元業界の長崎ＬＭＶ

協会のみで無く、本部にまで内諾を得ていたらしい。本部には何故だか民間団体であるＬＭＶ協会と建物等の共用を強く嫌う傾向がある。

年明けの昭和六十三年一月二十二日長崎ＬＭＶ協会藤田会長・大関専務らが本部に陳情したが、予想通り本部経理部は用地、建物共にそのいずれもＬＭＶ協会が自前で手当てするよう強く主張したようだ。事前に統括所長の考え方を本部に説明して置いたのだが、施設担当の技術部も、業務部も所管外としていたようだ。

本部意向に勢いを得たか、中崎所長が、長崎ＬＭＶ協会を説いて、久留米方式の両者別棟、平屋方式として固めてしまったため、保安確認待機コース以外の一般外来者や職員駐車場の確保に事欠くこととなっただけでなく、ＬＭＶ協会建物の庇や通用口、犬走り等の用地部分が、保安機構からの借用地となって、覚書を交わすこととなった。職員駐車場は、将来の増コース予定地である保安確認棟の裏側を当面利用しているが、将来の増コース以降は、職員達の車通勤は一切不可能となる。

ＯＢや出向者を含めた役人の強い習性として、民間との共同所有・直接共同作業などを頭から嫌う傾向がある。官尊民卑の名残かどうか。そのため施設がどのように利用されるのか、どう配置すれば申請者にも、申請処理側にも効率的で便利かなど二の次と言うよりも頭から考えず、我が管財だけが全てのようだ。

（三）　ここにも居たか地元の不良小土建業者らによる工事妨害

長崎陸運団地の移転予定地における入居予定団体等の地割りは、前述のようにかなりの曲折を経ながら昭和六十三年一月中に、出入り道問題を含めて一応の目途を得た。これにより先行中の支局用地の造成工事を追いかけるように、関係団体側の用地造成工事が進められた。統括事務所としては、右の地割り調整の最終決定の遅れによる昭和六十二年度中の造成済み用地取得予定が、若干遅れて、昭和六十三年六月頃になるとの県土地公社からの説明を受けて、同年五月二十日に九州地方建設局へ、長崎事務所移転工事の設計監理業者の指名入札参加者推薦の技術援助を要請した。

所が実態はそう予定通りに進展するものでは無い。それどころか事実は前年度中に本来なら完了しているはずの造成工事が、年度替わり前後頃から、あと半月ないし二十日ばかりの工事分を残して放置されて居るのみならず、工事再開促進の協議で更に二ケ月の空白を余儀なくされそうだとの見解を、七月二十一日長崎パークサイドホテルで行われた、移転問題関係団体会長会議の席上で公社が発表した。

造成工事中の陸運団地予定地の地権者代表であり、且つ土地造成工事を請け負っている地元の中小土建業者である林建設が、県土地公社との交渉で要求を容れられぬための報復らしい。それにしても用地買収や造成工事のような重要な事業を行うに当たり、違約に対する制裁措置を含む諸条件を、明確に取り決めた契約が交わされていないなど考えられぬ事だが、会議での質問に対する公社側のしどろもどろの回答振りからは、そう結論せざるを得ない状態だった。

会議の席上では県公社は、林建設との協議不調の内容がどんなことかの説明は避けていたし、統括所長としてもそんなことより、今後の公社側の予定と、保安機構の年度計画事業への影響防止上の保証が必要なので、その旨を公社側に念押しした。

その結果県公社側としては林建設との折衝を、今後二ヶ月以内に打開・妥結する予定だ。従ってその時期・二ヶ月後に再度この会議を開催したい。年度事業としての、保安機構の建築工事着工期限が十月中旬と言うことであれば、遅くともそれまでには用地の造成と分譲を終われるようにしたい。仮に分譲手続きが遅れ得ようなことがあっても、県公社は保安機構の上物着工が可能となるよう措置するとのことだった。

こうして二ヶ月経ったが、上物建設着工どころか、造成も分譲手続きも何一つ目途が付いていない。交渉に応じないのか妥協点が見出せないのか、焦った県公社は、林建設を告訴すると九月十二日に通告した旨の情報が入った。訴訟沙汰ともなれば決着までの年月は気が遠くなるはずだ。事態打開の一手段だろうが、保安機構も関係団体もこれではたまったものでは無い。

こんな事態での九月二十八日の関係団体会長会議などは無意味だから欠席したが、席上公社側は林建設との交渉に進展は無く、造成も分譲も年内は無理だとの見通しを述べたのみならず、関係団体の力を交渉のバックアップとして貸して欲しいと、半ば泣き言だったらしい。当事者能力を放棄した訳か？

こうした事態に対し統括所長としては、七月二十一日の現地会議の席上でも県土地公社に年度内予算執行を可能とすべく、前年度予算での土地取得と、今年度予算での上物建設工事を公社に保証確約させると共に、土地取得の遅れる場合でも、この公社保証により、保安機構はもとより、他の関係団体も一斉に上物着工を行うことによって、交運支局の移転開業と同時に移転開業し、当局と関係団体の業務の一体的活動を確保できるようにする。又、この強硬手段により林建設へ県公社との交渉の打開促進に側面的・間接的圧力を掛けることにしたい、としてきた。

然しこの統括所長の方針は、昭和六十三年内には実施不能となった。その理由は、一つには九月末日県公社に確認照会の電話を入れた結果、林建設との交渉全く進展せざるため、土地の分譲・取得・登記が年内はおろか年度内も見通しや保証不可能、但し上物建設着工については従前の約束通り公社側が責任保証できる、との回答であったこと。これを受けて本部内でも着工強行を了とする施設部門が、土地取得が先決条件とする経理部門に押されてしまったためである。これでは現地として解決の方法が全くなくなり、強行突破を主唱して努力してきた統括所長は憤懣やるかたなしである。

所でこの陸運団地移転予定地の地主代表であり、造成工事の請負人である地元の土建業者林建設・代表者林某氏とは何者か、又県土地公社との交渉の紛糾は何かだ。色々と探りを入れて集めた情報では、凡そ次のようなことらしい。

この林建設なる地元小土建業者は若し土着の人だとすれば、人情味豊かで円満なことが、九州では宮崎・長崎両県人に代表されると思い込んでいる我々にとって、ひどく場違いな人物・流れ者の感じである。ともあれ全国どこにでも居る私利強欲のあくの強いアウトローと言うところか。こういう人物・林建設の代表者は、国や県・市等の大規模公共工事への参加指名業者としての資格は持たないらしい。只このような性格・資質の業者の共通的特徴・手法として、利権の絡みそうな事案、土地・物件等には何らかの形で足がかりを作り、それを橋頭堡に利権に喰い込んでいくやり方だ。

暴力団と違ってその食い込んだ仕事を処理、完成させて関係者に決済することで生業を立てるのだから、手法・やり口は嫌われていても立派な事業家である。原設計が九州地方建設局などから得た情報では、道路工事のような場合、問題となりそうな取り付け道の交差点、その他工事上不可避な個所に寸土を得ておき、その利用又は買収の交換条件としてその公共工事・道路改良工事等の下請けに食い込むなどのいじましさで、道路維持や道路管理関係部署から札付きとしてマークされているようだ。

このような生き方・営業方針の林建設が陸運団地の移転事業など見逃すはずが無い。すでに売買済みで上物工事中の支局分の用地を除く、関係団体分の用地予定地の中に、林建設が所有する土地分を図面上で拾ってみると、いくつかの農地を結ぶ畦道的な農道や用水溝などのようであるが、これらをどうやって入手したか、いずれも農地・田畑等の地権者の土地間を繋ぎ連絡する赤道や水路などの青道等共有地的な部分であるので、林建設はこれらの共有地の処分の委託を受けてその畦道等の地権者名義人となった者と思われる。

土建業が専門と言っても、素人には面倒な、土地売買交渉の駆け引き・契約・精算・登記等の実務はお手の物だから全地権者分を取り纏めて代表地権者となる位朝飯前だろう。こうして地権者代表の名目地位を利用すれば、土地売買の条件として、売却する土地の用地造成の請負は極めて有利になるわけだ。

支局分の用地は陸運団地全体の2／3～3／4にも及ぶ広さで、国の年度予算事業だからか、公社も林建設も昭和六十二年度末までに完全に造成を終わって登記・物権引き渡しの売買を完了した。その林建設が保安機構用地分を含めた陸運関係団体の用地造成を、なぜあと僅か半月分位を残して工事を中断し、長期間放置するに到ったか。林建設は陸運団地移転予定地の売却取り纏めと、用地造成を請け負うに当たって、県公社につぎのような条件を付けていたらしい。

即ち、林建設は陸上交運支局の移転開業を期して、同支局への国道三十五号線からの出入り道接続口の支局用地の向かい側の土地で、予備保安確認場を開業する予定なので、県下の運送車両整備事業者が組織する県運送車両整備商工組合が、移転後にこれと競合する事業を行わない旨の確約を、県公社は県整備商工整備組合から取り付けておくこと、と言うもののようである。

林建設はもとより運送車両整備や保安確認については素人であり、只でさえこの業界の統制上、手続き等の煩雑な整備商工組合・整備振興会への団体加盟が事実上前提となるような新事業分野へ参入する気など無く、実態は従来から陸上交運支局の正面に陣取って独占的に予備保安確認をやってきた内島運送車両という、業界札付きの悪質整備業者へ業務委託するのである。或いは林建設は内島運送車両に頼まれ、その権益擁護のために自ら営業を表明していたのかも知れない。

内島運送車両は整備商工組合の内部事情は知り尽くした上で、陸運団地の移転予定地や造成に直接重大な鍵を握る林建設と連携し、林が公社を通じてクレームを付けたわけだ。昭和六十三年末近くになって、公社はついに全関係団体による自主解決を求めるべく下駄を預けた形を取らざるを得なくなった。

県公社から下駄を預けられた全関係団体は、当初整備商工組合に同情・遠慮していたが、月日の経つにつれて、支局の移転も日程が具体化するにも係わらず、本来なら同時移転を要する自分達の目途が皆目立たないため、次第に焦りだし、ついには全体会議の場で整備商工組合を名指しで非難し始めた。

孤立無援となった県整備商工組合は、他の関係団体への迷惑や、支局移転予定日からの全団体の完全な遅れ等を気にしながら、平成元年二月頃、遂に移転後の予備保安確認の実施を断念すると決定した。これは後日再び問題となるが。

整備商工組合以外の他の団体は、かって統轄所長が表明・提唱した方法、即ち県土地公社が責任保証することにより、陸上交運支局の移転開業に間に合わせるべく未取得の分割購入予定地に、各団体はそれぞれ上物建築工事を始めると表明し始めた。これは副次的に統轄所長の当初の計算通り林建設への強い心理的圧力となって、林建設も未譲渡の用地での各団体の着工は妨害しない代わりに、建物の基礎工事等を請け負わせてくれと申し入れてきた。保安機構のように本部方針に縛られることも無いから、各団体は県公社の責任保証さえ在ればいつでも着工できるわけだ。

林建設も基本的に県公社と用地の一括取得・造成・譲渡を約束している以上、契約破棄、用途変更など簡単にできるものでは無い。その点林の弱点を握っているからこそ県公社は未譲渡の土地へ、最終取得予定の各団体が、公的期限を理由に上物建設の着工を責任保証できるわけだ。林建設としても県整備商工組合への要求は実現できたし、基礎工事等の請負まで取り付ければ上々の出来だ。

この間統括所長は、十二月十日の全国統轄所長会議等で約一週間の上京中や、平成元年一月二十六日の予算等本部折衝上京時その他電話・文書等で、本部とも密接に連絡協議の上、県土地公社へは再三電話で、年度内用地取得不能の場合は移転放棄し、現在地に留まり、予算は他へ流用予定だとの脅しのもとに、県公社へ圧力をかけ続けた。それだけでなく、平成元年一月十二日には、長崎にある各関係機関への新年挨拶を兼ねて県公社を訪問し、本部からの来訪日程と用件内容を予告するなど下準備調整の上、二月二十七日本部の柳田施設課長と県公社を再訪し、保安機構の方針を確定的に伝えた。実際には出入り道が無くなり、現在地残留は不可能なだが。

その結果他の関係団体分と切り離して、保安機構の用地だけは昭和六十三年度末の三月二十二〜二十三日に、本部経理部会計課長が現地に於いて売買契約に調印、直ちに精算・登記を完了できた。統轄所長としては、保安機構の強行突破により、他団体関係分も一気呵成に実現させようと目論んでいたが、整備商工組合からの具体的確約を得る迄などで、林建設は更に二ヶ月延引させたようだ。

この一連の林建設と県公社・実質的には整備商工組合との交渉紛糾によるほぼ一年に及ぶ空白期間中、甚だ不可解に思い続けたことは、地元の陸上交運支局が、何らの調停又は斡旋或いは影響力を行使しようとしなかったことだ。我が用地さえ取得すれば、県公社にも林建設の用地とりまとめと造成にも無関係、面倒な争い事には頼まれても手出しせぬと江尻支局長は決め込んでいたのか。宮永氏や鎮西氏なら放置しなかっただろうに！

支局の拱手に対する憤りから、平成元年三月十四日の支局落成式には地元所長を出して欠席した。関係団体の用地取得の一年以上の遅れから、支局は三月二十日の移転開業後、九ヶ月近くも関係団体の窓口のみを、支局脇のバラック・コンテナで業務させざるを得ない無様な形が続いた。

（四）漸く漕ぎ着けた竣工・開業式

事務所等の移転や支所等の開設では、用地の取得がそれら事業の最大の問題で、これが解決すれば殆ど九割方は事業が出来たことになる。平成元年度入りの当初四月五日に九州地方建設局へ、長崎事務所移転工事に関する技術援助、即ち工事の設計監理と施工のそれぞれの請負指名入札参加業者の推薦依頼をした。

その回答を得て四月十七日には設計監理に関する設計仕様の説明会を、四月二十一日には同入札を、それぞれ本部担当課が来福して、統括事務所会議室で行った結果、原設計が落札した。又、工事施工に関しては、七月五日に長崎陸上交運支局で説明会を、七月十二日には統括事務所で入札を、それぞれ本部の担当者が来て行った結果、松林組（本社佐世保市）が請け負うこととなった。

この工事は長崎LMV協会も、保安機構工事請負の同一業者に随契約の形で、両建物工事を同時並行して行うこととした。この方式は久留米支所以来九州統括管内では、筑豊支所等、極く一部の例を除いて、殆ど踏襲することとなるが、両建物の均整・機能性・工事調整・資材管理等色んな面で非常に有利なので、事前に関係LMV協会と良く協議のうえ合意している。

長崎事務所の建物工事で大きな問題となったのは、既述したところであるが、長崎LMV協会の建物が役員室、会議室、物置、倉庫等まで全て平屋建てとしたため、その一部LMV協会の用地内に収まりきらず、犬走りは勿論、玄関・通用口や建物の窓や壁の一部までが保安機構の敷地に食い込むこととなり、その土地分の貸借処理を、保安機構の事業目的外である、不動産賃貸関係と見て極度に嫌う本部経理部の方針で、税金分の負担、その他保安機構の収支に無関係となる内容の文書文書取り決めで行うこととなった。

後日、長崎LMV協会は屋外物置等の設置場所が無いため、天井裏を利用せざるを得ないこととなる。勿論LMV役職員・来客等の駐車場は、只でさえ狭い保安機構の駐車場を無断借用するわけである。

工事は七月二十六日に起工式を行い直ちに工事を開始して、十一月三十日の竣工検査までに概ね工程表通りに進捗した。工事監督の実務は、設計監理の原設計の責任であるが、保安機構側は、統括事務所の保安確認課長を専任としてバックアップさせた。新設の久留米支所長を一年務めて統轄事務所へ引き上げた竹富保安確認課長は、九州交運局の技官中稀代の傑物と言われているだけに、国の保安確認場の施設・機能については詳細熟知しているが、ＬＭＶ保安確認場のそれについても久留米支所で問題点を詳細に把握しており、建築の設計監理専門家の原設計や建築工事の松林組に色々と注文・指示していて、安心して任せていたが、本人も十分楽しみながらやっていたようだ。

工事の進捗につれ竣工式の日程・内容の検討・具体化が重要な問題となってくる。竣工式はオーナーである本部理事長の行うものであるが、関係当局や県・市・報道関係者らも多数招請する華やかな行事であるから、その準備万端に手落ちが許されず、統括事務所や現地事務所が最も気を遣うところだ。したがってこの担当は統轄所長が直接責任者となり、統括事務課長と現地所長を実務作業担当に専任した。工事を合同で行うことから竣工式も当然ＬＭＶ協会と合同で行い、役割りや経費分担を合理化する。

そのため、九月上旬に現地所長を呼んで、竣工式と披露・引き越しと開業の具体的準備について打ち合わせ、これらをもとに九月二十七日～二十八日大川事務課長と一緒に本部へ連絡説明に上京した。所がその直後の現地中崎所長からの連絡では、九月二十八日の長崎ＬＭＶ協会役員会は、竣工式は行うが披露パーティーはせず、参会者には弁当を配るのみと決定した、とのことである。更に詳しく質したところ、これは陸上交運支局の移転竣工式と同様のやり方で、各団体も同じ歩調とのことだ。

この方針は早くから現地では固まっていて、その旨を現地の中崎所長は統括の大川事務課長に何度も連絡して、保安機構は陸運協力会方式で披露パーティーを行うかどうかを問い合わせていたが、回答がないのでこのような結論になるのは当然だ、という。保安機構関係の竣工式・移転関係予算は基準があり、その面の処理をＬＭＶ協会分担としているのに何たることだ。大川事務課長の職責意識の薄さ、内部連絡の悪さには呆れて二の句が継げぬ思いだ。

十一月二十二日に現地の中崎所長とＬＭＶ協会大関専務が来福し、竣工式の最終打ち合せ。十一月三十日に竹富保安確認課長、本部担当者による竣工検査の後、十二月六日に本部理事長出席の竣工式を保安機構・長崎ＬＭＶ協会合同で行った。参会者には折り詰め弁当を配り、本部・統轄にはＬＭＶ協会が別途割烹で昼食会をした。

十二月十一日に移転開業したが、ＬＭＶ協会はもとより各団体も同時に一斉移転開業した。支局の移転開業から実に九ヶ月近くも、支局にはバラックの関係団体窓口しか無かった訳だ。関係団体の用地問題の遅延を拱手傍観していた支局の、身から出た錆と言うべきか。

後日譚としては、平成二年二月十日に関係団体共用通路の持ち分登記をして、用地問題は全て処理済みとなったが、平成四年七月二十一日に林建設が県土地公社へ内容証明付きの文書を送った。整備商工組合が違約して予備保安確認紛いの事をしているというものだ。実習名目で有料無料不詳だが、県公社の要請で、県商工組合は取り止めたと九月九日に県公社が統轄所長に説明に来た。整備商工組合もへっぴり腰だ。土地登記も済んでいるのにどうして争わないのか。

県土地公社や県整備商工組合の役職員に見られるような、善良で温和な県民性が、九州では宮崎県と双璧をなすような土地柄で、林建設や内島運送車両のような一匹狼共には、楽園のような狩り場かも知れないが、なぜ結束して撃退できないのか、当局も拱手傍観せずに一肌脱いで力を貸せないのかと、傍目にも歯痒い思いであった。

第七章　厄介極まる北九州支所の施設自前化取組

（一）支所施設自前化必要の切迫した内外事情

北九州支所の自前化を必要とする内外の事情としては、①保安機構が自前で北九州支所を開設するときは、（株）北九州ＬＭＶ会館を買い上げて利用する、との理事長念書の履行を会館側から要求されていること、②この要求は同支所を保安確認申請等で利用する者から、会館が徴収している協力費の廃止と密接不可分であること、③施設が老朽・狭隘化して、日常業務の処理が困難化しており、④早急な拡張・更新が必要だが、会館にはその気が無く、保安機構も勝手には出来ない、等いずれも支所施設の自前化が先決条件として絡まっているのである。

これらの事情についてはそれぞれ複雑な経緯や内部事情があって、出先や事実上の委任を含めて、当事者の代表者間のみで交渉すれば解決できるという様な生易しいものでは無いが、さればとてやはり現場責任者が解決の具体的努力を懸命にやらなければ、事態は動くわけがないのだ。いずれにしてもこれらの案件への、格闘に近い取り組みに当たって、それぞれの事情の経緯や、問題点を整理しておこう。

先ず、会館側の念書履行要求問題であるが、この念書なるものは、ＬＭＶ保安機構が検査業務を開始して間もない頃、県下で福岡市とほぼ同数のＬＭＶ数を擁する、北九州市域のユーザーへの、ＬＭＶ保安確認の利便性確保のため、各地区持ち回り制の出張保安確認実施工場を一カ所に集中した、固定的受け皿を提供するための会館設立に端を発する。

当時北九州地方で業界の指導的立場で、行政にも協力的だった北九州Ｄ（株）の先代社長関晋太郎氏が、ＬＭＶの出張保安確認を固定した場所で常時可能にさせるべく、大半はユーザーを代行する利用者たる整備業者に、広く呼びかけて浄財を募った。この方法に対して娘婿の現社長の常生氏が、デーラーだけで出資すれば募金も後々の処理も容易だが、と口出しして一喝されたそうだが、この呼びかけに地域内のＬＭＶも扱う、整備業者の殆ど全員に相当する百数十名が応じたから大変なものだ。

保安確認が開始されればＬＭＶは市場から姿を消すかもと危惧された頃のことだから、この出資応募に対して何らかの保障が必要だったのだろう。（株）北九州ＬＭＶ会館社長からの要請兼照会を受けた、初代統轄所長からの上申に対する回答書と共に、

「北九州に支所を設置する場合は、ＬＭＶ会館の全施設をを買い上げて有効に利用する」旨の本部理事長名の念書が交付されている。

昭和五十九年夏の国会で、愛知県選出の議員が、

「運送車両の保安確認時に、協力費なる名目で法定外料金を徴収される地域があるが、

如何なる根拠によるのか、当局はどう処置するつもりか」

　と質したのに対し、

「どのような理由にせよ違法性のものであるから、早急に調査の上、徴収を止めさせる」

と交運大臣が回答した。

　これを受けて交運省が全国に緊急の実態調査をしたところ、国よりもむしろ、ＬＭＶ保安機構の借り上げ支所や出張保安確認場などで、公然と実施している例があり、直ちに止めるように指導されたようだ。

　これに対し九州では、北九州ＬＭＶ会館と佐世保運送車両協会の二団体が猛烈に反発して、勧告・要請の現地折衝に当たった当時の統轄所長と保安確認課長を、激論の末追い返したのみならず、北九州ＬＭＶ会館の場合は、

「協力費徴収を辞めろと言うのなら、長い間放置して来た会館買い上げの念書を、直ちに実施せよ。」

　と畳み込んだ。一統轄所長の立場で、当時の厳しい予算統制下での、そのような要求に応じられるわけが無く、統轄所長は翌日出直して全面的に謝罪すると共に、この話（双方の申し入れ）は無かったことにしたいとして、その場を取り繕ったようである。この折衝の前半部分については第一章保安機構への出向で、本部の業務部長時代の特異三案件として、最初に述べた所であるが、後半部分については統轄所長の事務引き継ぎ時に、寒村か

らの質問に対し前任者が口頭説明したこと、及び後日北九州ＬＭＶ会館の関社長より聞いたものである。

昭和五十九年暮れ頃に行われたこの会談結果での、寒村の前任統轄所長山畑光男氏の個人的な謝罪による曖昧な事態の収拾などに我慢出来るはずが無いのは、会館創設時から先代社長の苦労と尽力を、傍でつぶさに見てきている、北九州Ｄ社の先代社長晋太郎氏の娘婿の現社長関常生氏である。

彼は当時の会館二代目社長誉田太郎氏と、他の一名整備業者で北九州市議の小林氏と共に、会館の三役としてこの騒動を機に、北九州ＬＭＶ会館に対する保安機構理事長念書の、即時履行を求めることとした。

なお、誉田太郎氏は北九州Ｓ社長で、ＬＭＶ会館二代目社長には昭和五十九年春頃（？）、初代会館社長の関晋太郎氏が逝去後、その後継者となるべき関常生氏が、自社の社業引継ぎ等で多忙なため、暫定的に会館社長に就任していたようである。

念書履行の要求は、昭和六十年春頃来福した本部の北山施設担当理事と、会館三役との会談の席上で、この件が公式な会館側の要求として持ち出され、その履行の時期について、北山理事より、保安機構の全国的な事案と予算認可等の制約の現状から、早くて昭和六十三年度頃となろう、との言質を得たようだ。会館側の三役は全館売買は昭和六十三年度との解釈である。

保安機構の収支に関係なく、業務運営や施設の拡充・更新等を含めた保安機構の支出予算は、大半が国の一般会計並みに抑えられ、所管の交運大臣の査定のみならず、大蔵大臣協議という形で、実質的に大蔵省の査定まで受けていたわけだ。そのため国の各省予算査定後に着手される各省所管の特殊法人の予算査定は、国会での国家予算審議等が遅延すれば半年位遅れることなど珍しくも無く、その間経常費のみ前年ベースの暫定予算で遣り繰りせねばならず、只でさえ少ない案件ぎりぎり査定の施設整備等は、年度内執行が極めて困難に陥ることが常態化していた。

このような特殊法人の予算システム下で、ＬＭＶ保安機構の更新・拡張・支所新設等の施設整備は、昭和六十年前後頃は全国で二カ所程度、それも移転・新設の場合、土地と上物は二年度に亘る事業とされていたから、保有台数は昭和六十年度で昭和五十年度の二倍以上にも急増する、新規格車の保安確認処理能力が著しく不足しており、首都圏・近畿圏等では一刻も早い手当てを必要としていた。こうした全国の事情から、北九州支所の自前化は、念書履行要求に直ちに応じようが無かったわけである。

本部の理事として北山理事も流石に、右のような保安機構の予算制度や、山積する施設整備案件の実情は心得ていて、慎重に回答したつもりだろう。

兎も角、念書の放置・不履行は保安機構の名誉・信用に関わる重大事である。先ずこのことについての認識が基本だ。この履行要求ははしなくも会館側から突きつけられたが、その原因となった保安確認協力費の廃止要請こそは、保安機構が大臣権限の行使の専任を受けた公的機関として、万難を排して実現せねばならない重大な案件だ。いかに協力費の徴収の根拠が、会館建設費の償却や、運営費充当のために株主総会の議決を経たものであろうとも、保安確認を義務づけられたＬＭＶのユーザーが法的義務の履行に来たとき、闇雲に協力費を徴収されることなど許されて良いわけが無い。

更にこの北九州支所施設の老朽・狭隘性はひどいもので、早急に拡張・更新しない限り、押し寄せる大きくなった新規格の、ＬＭＶ保安確認車両数の増加は管内のみならず、関門国道トンネルを通って来る、下関方面の保安確認車両も十数％を占めていてこれらにに対応しきれず、標板脱着など保安確認以外のＬＭＶで、待機車両の出入りも困難を極める状態である。月末などは赤坂海岸工業団地内の道路を、保安確認のためのＬＭＶが埋め尽くして、沿道の工場への運送車両が出入り不能のため、きつい苦情を受け通しだった。

而もこの支所の保安確認機器たるや、一応Ｂ型平自動コース機器となっているものの、保安確認場の裏側は関門海峡の護岸であり、台風時毎に大波が護岸を超え、巨大な飛沫の塊となって事務棟を叩き、保安確認場コースを洗うので、保安確認機器等は故障の連続で、職員達は常に応急手当をしながら、騙し騙し使う有様だ。リフト上下速度も遅くて、時間が掛かるので、リミットスイッチで一定高さに抑えている。それよりも安定を欠ぎ、昇降中や上昇停止している間も方向がぐらぐらするし、油圧シリンダーの機密性が低下して自然に下がってくるなど、どの機器もまともに正確な作動を保証しかねる代物だ。

　保安確認コース側壁は採光ガラス面を隣接の工場の建物に塞がれて、暗いため、強力な水銀灯を併用せねばならないといった具合だ。一方事務室はこれまた大変な狭隘さと、雨漏れなど止めようのないひどさだ。事務室の極度の狭隘さを少しでも拡張・緩和するために保安確認棟との隙間約五十糎分を、保安確認棟の壁を共用する形で広げたのだが、その拡張部分のトタン葺きがどうやっても強い風雨時の雨水侵入を防げず、その部分に席を移した支所長は、そんな天気の時は傘を差して執務せざるを得ない。勿論書類などまともに広げられない。ＬＭＶ数の増加でＬＭＶ原簿が増え、廃車分の廃棄前保存原簿などの原簿ロッカーが、職員の事務室をを占領するため、来客用の応接にも事欠ぎ、部屋の片隅に二人用のソファ一つと小さなテーブルしか置けない。

　会館建物は二階建てで、中廊下で左右に各団体の窓口を設け、中廊下が申請者達の待合室兼書類記入等の手続きを行うため、中廊下は常時来客で混雑、月末などは芋の子を洗うような状態だ。保安機構の窓口も当初は各団体と同様に中廊下を利用していたらしいが、捌ききれないために玄関脇に小部屋を増築して窓口を移したが、増える一方の原簿ロッカーや客数の増加で、ここも月末など収容・処理しきれない状態になっているだけで無く、床板が痛んで張り替えを要する状態、そうした中で前述の事務室は、中廊下と検査棟の壁、窓口との仕切り兼用のロッカー類に囲まれて、外部の自然光が殆ど入らず、晴天の昼間でも電灯は欠かせない状態である。将に穴蔵の事務室といった状態だ。

同じ狭さと言っても、他の団体は人数当たりの面積に余裕があるし、なんと言っても外部の自然光が溢れるばかりに入ってくる。特に二階の海側の部屋は、関門海峡が眼前に広がり、素晴らしい眺めで、穴蔵のような保安機構の事務室とは雲泥の差だ。二階は保安確認前、一階は保安確認後の手続きに大別して部屋割りされており、申請手続きの関係上、やむを得ないようだが、そうした労働環境に、黙々として慣れてきた職員も職員だが、当初からこうした部屋を割り当てた会館側には、保安機構職員を、時として油に汚れた作業服をまとう、単なる保安確認労働者としてしか考えていないのではと疑いたくなるが、僻みに過ぎないと言えるだろうか。この状態を放置・黙認してきた歴代の支所長や統轄所長らの感覚はどうだったのだろう。

憶かに物理的に改善の余地無い建物だが、それ以上に建物全体の老朽化は凄まじいばかりだ。一～二階の集中冷房機が壊れて、夏は常に蒸し風呂のようだ。平成三年だったたか、台風十九号の時は、飛来してきた雑物で窓ガラスだけで無く、外壁の随所に大穴が空いたが、外壁を覆った貼り付けのベニヤ板だけでなく、それらを支える根太や桟などが腐っていて、よくこれまで持ち堪えて呉れたと呆れるばかり。勿論ベニヤ板の内外壁間に断熱材など無く、冬の暖房など効果はゼロだ。

この老朽化した非能率の施設・機器等の更新を、会館側に於いて手当てしようとする意思は、少なくとも寒村が統轄所長に就任後には、幾度かの打診や要請にも係わらず、全く見られなかった。一つには会館側は念書履行を要求しており、今更無駄な投資をするわけに行かないのであろう。尤も、保安機構からの協力費の廃止要請と、それへの反発としての会館側からの、念書の即時履行要求を持ち出される以前には、会館側は用地拡張を目論んで隣接の化学工場買収の可能性を検討したようであるが。

以上述べてきたように、念書履行や協力費打ち切りという、保安機構の対外的信用問題と、保安確認業務遂行上の著しい物理的阻害要因排除にも、支所施設の早期自前化は必要不可欠だったのである。

（二）　支所施設自前化作業の本格的取り組みまで

寒村が北九州支所について借り上げ支所であり、検査協力費を徴収しているなど若干の問題点を知ったのは、本部で業務部長在任中のことで、保安確認協力費の廃止要請に出向いた寒村の前任者の九州統轄所長が激しい剣幕で追い返された、との同所保安確認課長からの報告書によってである。このことは本書第一章（三）の後半、特殊三案件の最初に既述したところであるが、会館側のこの強硬さに対して、どのような対応策を採るとされたか、明確な記憶が無い。

　少なくとも保安機構は当時の予算統制の厳しさから、直ちに自前化出来ぬ以上、暫く沈黙せざるを得なかったのであろう。何としても約束不履行を難詰されては、返す言葉が無かったからだ。翌日全面的な謝罪と、申し入れの取り消しに出向いた前任統括所長は、単独でそのような重大な言動が出来るわけがないから、当時の業務担当理事への緊急報告とその了解は受けていたはずである。それにしても良くそのような重大案件、少なくとも大臣が国会答弁で約束した保安確認協力費の徴収廃止の不履行を、監督官庁の交運省までが黙認したものだ。

　一つには会館施設の全面買い上げによる即自前化には、大蔵省の同意を要する予算を認める自信が無かったからか、或いは筑豊で大問題となった理事長念書交付事件の時のように、交運省へ報告しなかったか。地元局が絡んでいるので、後者は考え難い。そうした事への深刻な認識を余り持ち合わせずに、寒村は九州統轄所長として赴任してきたわけである。

　その第一の問題たる、長年月放置され続けてきた理事長の念書履行を会館三役から統轄所長の寒村に要求されたのはいつだったか。県ＬＭＶ協会の庄屋専務も同席？の北九州ＬＭＶ会館三役が、県ＬＭＶ協会の総会か役員会のついでだと思うが、年末か年始の挨拶かで、統括所長室へ来訪の時、同会館社長の誉田太郎氏がやんわりと持ち出し、関氏が重大な宿題だと念押しいたことだ。それが昭和六十年か、六十一年か六十二年かの年末・年始のいずれだったか当時の日記を紐どいたが判然としない。いずれにしてもこの時「おんぶにだっこですか」と軽い調子での統轄所長の問いに、

「それはこちらのきくことだ」と
関氏が急に怒声を発したのに驚いたから記憶に鮮明なのだが。

寒村としては、この時初めて保安機構の信用に関わる重大事案と認識し、以後拡張・更新等他の問題と共に、真剣に取り組むことになる。

当時の厳しい予算統制下では、本部と雖（いえど）も簡単に約束できないし、自前化せぬ限り更新も出来ないが、あの狭隘な用地を拡張出来なければ、自前化しても ものの役に立たない。念書履行・協力費廃止という保安機構長年の対外信用に関わる問題は解決できるが、場内の混雑緩和や労働・環境条件改善という実利面からは殆ど問題解決にならないのだ。

会館側の表向き強硬姿勢も、現実問題として北山理事の回答のように二～三年先にならないと予算化の目途が立たない保安機構側の事情と、会館出資者たる株主の数が多すぎて、鉄冷え不況状態下の北九州地域にあって、確実な利殖配当源である会館の売却・解散という株主収益の喪失を、現会館社長の誉田氏が纏めうるかどうかの不安定・不確実な会館側の事情があって、保安機構・会館双方共に、会館の即時売買には全くの準備不足による、実現不能の状態であった。

所で、この会館株主への配当などは、会館株主以外には殆ど知られていなかったはずだ

が、その原資は将に保安確認協力費そのものである。初代会館社長の逝去により、暫定措置として就任した二代目目会館社長の誉田太郎氏は、会館の公共的性格・使命を忘れたかの如く、就任まもなく会館収支の余剰金を配当金として株主に還元し始めた。本来多額の剰余金が出れば、協力費を削減するなり、廃止すべきであるはずだ。この配当金の原資の殆ど全額が保安確認協力費によることは、会館が予備検査等の自前の収入源を持たないことからも明らかである。

会館側は即時買い取り要求の強硬姿勢を保ちながらも、暫定措置として会館の借り上げ賃改訂を要求してきた。借り上げ額が一般の賃貸額に比し常識外れ的に甚だ低過ぎるというものだ。保安機構の借り上げ料は、国の出張保安確認場の借り上げ費算定方式に準拠して算定しているが、僅かに出張保安確認算出する方式の適用は、常時専（占）用状態の借り上げ施設に対して著しく不合理ではある。将に借りる側だけの一方的理論だが、こんな考え方が罷り通っていたのには、忸怩（じくじ）たる思いであった。

兎に角保安機構と会館双方の著しい準備不足のため、支所の自前化・拡張更新・保安確認協力費の廃止という大課題への取り組みを前に互いに手の内・腹の内の探り合いと、ある程度固まった事情の打明けなどにより、時間を稼ぐと共に、当面の可能なものは協力しながら少しづつ始末して、本格的な解決手段を探り、掴み、確実に進めていくほかなかった。借り上げ費の改訂は若干の曲折を経て概ね会館と妥協点に達した。会館の売買・保安機構の支所自前化に一体として実現不欠な用地拡張は、設立の経緯や念書の制約から、即移転が不可能である以上、売買当事者双方の重要な協力事項として、隣接地の買収可能性の探り・折衝等を、先ず会館に依頼し、当たって貰うことにした。

最大懸案の一つである北九州支所施設の自前化・拡張問題への本格的な取り組みは、昭和六十二年秋以降となる。それまでは筑豊の常時保安確認実施化＝実質支所並機能化や久留米支所の開設、寒村自身の退官再雇用による、身分及び家族の大移動などに追われていたわけだが、その間厄介な北九州支所問題が比較的静かに推移してくれたのは大いに助かった。

(三) 困難な支所の用地拡張・隣接地買収作業への取り組み

繰り返して述べているように、北九州支所は会館施設の保安機構借用分全施設を現状のままで買い取り自前化しても、建物類を含めて千二百平米前後？で著しく狭隘且つ非常に老朽化しており、利用者への利便性及び就労環境の改善を図るために、保安機構・特に九州統括としては是非とも用地の拡張を、自前化と同時に行う必要があった。このため寒村は現地への視察前から、会館の三役にもその面での協力要請を行う等によりその可能性を探ってきた。然し短期間での相次ぐ支所長の交代等で、この問題の現地作業はせいぜい業界や周辺の情報収集程度の域を出ずの状態で推移した。

会館にとっては会館の買い上げ要求だけが問題であって、用地拡張への協力要請は、全く他人事・保安機構の問題であり、要請自体迷惑な話の筈だ。拡張を抱き合わせにして買い上げを遅延されては困るのである。昭和六十二年秋に至り十月二十日、支所長が会館側の強硬な買い上げ要求を伝えてきたのを皮切りに、十月二十四日要請を受けて北九州Ｄ社関社長を自宅に訪ね、北山理事による昭和六十三年度買い上げの言質の具体化について協議した。

十一月二日には、会館三役が県ＬＭＶ協会庄屋専務を伴って統括事務所に来訪、会館買い上げ措置の具体化、即ち昭和六十三年度の予算措置を本部に求めるよう要求があった。これに対し統括所長は、価格等売買条件の他に、多数の株主が権益の喪失を伴う会館の売却について、全員が同意する見込みの有無について質した。虚を突かれた形で会館社長の誉田太郎氏はかなり曖昧な態度だったが、関氏は、保安機構の売買条件である日本不動産研究所の鑑定評価を基準は、保安機構の身勝手な条件だし、会館側の株主対策等は会館の問題であって、保安機構の口出しは無用との強硬な態度だった。大蔵省の加わる予算査定ではほぼ必須の条件だが、民間法人化後の予算査定条件は寒村にも判らなかった。

これらの事情を取り纏めて十一月六日に本部へ上申協議の結果、十一月十九日に会館三役を個別に歴訪して、会館の買収を一年延期方申し入れ、会館側にも時間的余裕を必要としていたのだろう、了解を取り付けた。更に十一月二十五日関社長を再訪し、一年の延長期間中に用地拡張・隣接地買収について最大限の努力を払うと共に、その実現が困難又は不能な場合の措置・善後策について協議したが、明確な見解は得られなかった。

昭和六十三年度は五月二十五日には北九州D社長に、六月八日には再度会館三役をそれぞれ訪問面会して、用地拡張・隣接地買収の作業に入りたいのでバックアップを依頼したい、保安機構側では地元に殆ど直接的伝手が無いので。又会館の買収に反対の株主が出ないよう会館側に万全の対策を求めた。

これに対し、会館側としては隣接地買収拡張問題は純粋に保安機構の問題であり、会館の売買とリンクされては困る。用地拡張不能だからと言って他へ映るなどは許されない。念書履行が先決だ。又会館の株主対策問題は会館側の問題であって、売買の相手・保安機構からの容喙は断るとの態度だ。売却後に旧株主から保安機構へ問題は提起させぬと保証は？　統括所長としては会館側より何の保証の言質も得られなかったわけだが、会館側が念書履行を強硬に要求する以上、株主の了解が得られないために売れません、等の失態は会館側の三役にはあり得ないと解するより他ない。企業の経営者、特に地場資本の北九州D社の社長などが、交渉事ではいかに厳しいかを嫌と言うほど思い知る。

隣接地買収作業は、その打診・具体的条件のやりとりなど、実際には地元の者が交渉の実務を引き請けてくれないと、たまに出かける交渉では埒のあくものでは無い。しかしこうまではっきりと協力・下作業の請負を断られたのでは直接自分でやるしか無い。と言っても土地それも生産活動拠点として稼働中の施設付きの土地は、素人が交渉の手に負えるようなものでは無い。このため、こうした難しい交渉に慣れ、駆け引きに慎重且つ大胆な県ＬＭＶ協会の庄屋専務に、久留米支所の用地取得交渉に次いで再度依頼することになった。とりわけ福岡県下の支所等の問題では、いずれもＬＭＶ協会の分室等の係わりが大きいため、協力を惜しめない立場でもある。

北九州支所用地拡張のための隣接地の用地買収は、支所東北隣のコクベなる会社が相手なのだが、この会社は本社が下関市細江町にあり、本社工場は同市長府にあって、交渉相手は本社だから、会館三役には殆ど馴染みが無いはずだ。その意味では会館三役より庄屋専務の方が遙かに適任だ。

（株）コクベに対する用地買収交渉の初回は、昭和六十三年も秋風の立ち始める九月二十日であった。この日午前十一時前に県ＬＭＶ協会庄屋専務と一緒に、同協会の児島女史の運転する車で下関に向かい、二号線沿いで昼食後、長府のコクベ本社工場を訪問、社長は不在だったが息子・長男の取締役営業部長に面会して小倉営業所・保安機構北九州支所隣接地の買収希望を伝えた。

この瀬踏みは訪問以後、不動産売買作戦の定石通り一と月以上間を置いて、十月二十七日庄屋専務にコクベ社長訪問の都合を打診して貰ったところ、放置期間の効果か、先方の返事は、いつ来るのかと待っていたところだが、用件は電話で済むのでわざわざ来訪されるに及ばないとのこと。条件としては、前回九月二十日息子が本社工場で答えた通り、①切り売りはしない、全部買収なら応じ検討する用意がある。②北九州地区には黒崎などに重要な得意先があり営業拠点が要るので、その代替地が必要だから用意されること、の二点を中心として、原則的に買収希望の申し入れ受託の返事を庄屋専務が取り付けた。

売買条件に価格の交渉や代替地取得等の困難な作業取り組みとなるが、折から翌昭和六十四年度予算要求の作業を、統括所長として開始すべき時期であり、これで予算措置化の大きな目途が得られ、幸先良いスタートとして期待された。このため代替地取得の候補地探しを、地元事情に明るい会館三役に依頼すると共に、ＪＲ九州副社長で大學同級生の日吉正和氏にも依頼して、国鉄清算事業団の保有地情報などを直接検討することとなった。

十一月十一日に北九州ＬＭＶ会館社長を訪問して、翌昭和六十四年度予算に支所自前化の予算を統括事務所として要求の作業中であることを説明すると共に、これを実現可能にするための条件整備、即ち会館側の株主対策、及びコタベの代替地探しについて協力を依頼した。この日は午前中に北九州Ｄ社の関社長と、午後に会館社長である北九州Ｓ社の誉田社長をそれぞれ個別に訪ねたのだが、統括事務所の予算要求は随分遅延したが当然だとし、協力依頼の分については基本的に統括事務所の問題であり、会館の関与するところでは無いとの従前の態度であった。

　ただ関氏は、先代社長の会館設立から運営の苦労を詳細に知っており、幕引き・会館の譲渡に当たっては若干とも可能な協力はしたいとの立場からか、コクベの希望する黒崎地域での同社・北九州D社営業所周辺事情等の参考情報を提供してくれたが、誉田社長はにこにこして好々爺宜しく聞いてはいるものの、全く他人事のような態度が見え、これでも会館社長かと言いたくなる気分だった。その辺りが同じ社長でも叩き上げの地場資本経営者と、メーカー派遣のサラリーマン経営者の立場・感覚の違いと言うべきか。いずれ会館の社長はこの二人が入れ替わらねば会館譲渡が実現できないことは、この時点で判然とし過ぎていたのだが、この時点ではこれ以上具体的な面に立ち入れなかった。

　さらに十一月二十八日今度は会館からのたっての要請で北九州D社に赴き、会館三役と自前化作業について協議したが、特に会館社長の誉田氏は既に当方から詳しく聞き、協力要請されているにも拘わらず、初めて当方の報告や要請を聞くような態度に始終し、協力要請については木で鼻をくくったような態度を取り、従って勿論何も現地作業した形跡が無い。このため腹に据えかねて十二月五日の会館役員会兼忘年会には再三の要請にも拘わらずすっぽかした。同じ事をやらされては敵(かな)わぬ。

　所で、当方特に統括所長としての最大の問題は、昭和六十四年度予算に於いて、北九州支所の自前化が認められるか否かだ。勿論予算要求を行う場合、その買収価格の積算根拠・

買収可能性の保証又は見通しの根拠等を確実に示し得なければ要求不能であり、提出しても無駄である。それ故に全株主の同意取付け、売買条件及び保安機構方式による価格決定方法の同意等の会館側の条件整備、更には拡張整備のための隣接地買収の見込みと根拠等が必要なのだが、そこは謂わば鶏と卵の譬えのようなものだ。

これらについては予算が確定してない時点で、それぞれの相手方である会館及び隣接のコクベと具体的な交渉を進めるわけにゆかないのだ。但し、用地価格は周辺の土地の最近の取引価格に準拠して積み上げ、(財)日本不動産研究所北九州支所による仮鑑定価格や公示価格等を参考に添付した。会館側の全施設売却意思については、株主等の思惑は兎も角、会館側から買い取り要求を繰り返されている事実を根拠とした。また、隣接地の買収については、十月二十七日のコクベ社長の電話回答内容を、県LMV協会の庄屋専務が証明したものを添付した。

こうした事実の証拠を添付してなおかつ予算化失敗の場合は、少なくとも本部の担当役員が会館に出向いて釈明される必要がある旨を、統括所長より本部へ警告しておいた。これだけの用意をされれば、予算化できぬ理由が無い。

果たして統括所長の予測したとおり、昭和六十四(改元して平成元)年度予算で、北九州支所自前化・用地拡張は保安機構の施設整備計画の重要課題とされた。自前化は当然として、全く目途の立っていない用地拡張・隣接地買収費迄抱き合わせて貰えたのは、条件次第で売却の用意ありとのコクベ回答につき、庄屋専務が十分に見込みありと保証したことを、本省復帰内定の柳田施設課長が思いきって役員会・本省に押し通して呉れたからだ。

北九州支所の自前化・拡張整備が平成元年度の予算で措置されたことにより、それまで休止していた現地作業に本格的の取り組むこととなった。即ち、統括事務所・北九州支所・北九州ＬＭＶ会館・福岡ＬＭＶ協会で構成する保安機構北九州支所施設整備促進協議会を平成元年四月二十八日に組織、具体的な作業を進めることになった。尤もこの組織は対本部等対外的な名目の必要性からのもので、実質は統括所長、県ＬＭＶ協会専務・会館三役の四～五人が活動の中心である。

即ち会館側は五月三日と五月二十九日にそれぞれ役員会・総会を開き、会館の売却と隣接地買収による支所の拡張又は支所自体の移転拡張等を議したようだが、この時点では明確な結論や方向付けは得られず、微妙な情勢だったようだ。統括所長は県ＬＭＶ協会専務の協力を得ながら、コクベの換地探しにＪＲや赤坂工業団地内の移転空地等を当たって回ったが、折から不動産バブル最盛期のせいか、いずれもコクベの満足しそうな物件は容易に見当たらず仕舞いだった。支所自体の移転は会館側の容認が得られるわけが無い。

会館役員と言えば五月と七月の役員会・総会で会館社長の誉田氏が引退して東京の自宅へ帰り、関氏が漸く三代目の会館社長に就任した。尤もこの三代目社長こそは会館の幕引

き役であり、将にこの関社長でなければ、この面倒な役割は果たせないのだ。誉田氏からの退任の挨拶状に対し

「会館の処分など面倒な問題から解放されて、さぞ気楽な毎日でしょう」

と皮肉って返信したら、次の賀状だったか

「きつい皮肉ですなあ」とぼやいていたが。

福岡運送車両整備振興会副会長の佐田氏の策動に対しては、統括所長から、会館との念書履行が先決である旨を説明すると共に、どうしても策動を止められないのなら、会館の関社長に支所移転の同意を得てきてくれと、直接交渉での解決を提案した。犬猿の間柄の両者に妥協の余地など在るはずが無い。十月初めに佐田氏と村下振興会専務を呼び自重を求めた。

一方、統括所長としての大作業であるコクベの換地探しには、さすがの庄屋専務も手に負えないのか、彼の提案で、初秋九月十一日になって、北九州市小倉北区に拠点を持つ福岡地所（有）に依頼し、地元の専門家に換地探しを委ねた。

コクベの用地買収交渉に関する保安機構の公式な依頼の曖昧さだけで無く交渉条件が具体的にどこまで許容されるのか不明確だ。例えばコクベが求める換地を、誰の名義で取得するのか。税対策上一般的に行われる中間登記（仮取得）省略の場合、売買斡旋の不動産屋への手数料支払いは誰が負担するのか。更にコクベが求める営業所移転の補償は保証さ

れるのか、等である。こうした立場上・実務上の問題が絡みすぎていては、慥かに軽々には動けぬ道理だ。

こうした問題は斡旋仲介の依頼を受けた福岡地所（有）の場合も同じ事である。又、買収交渉を受けるコクベ側としても同じだ。九月二十日と十月二日に福岡地所・県ＬＭＶ協会専務と一緒にコクベを訪問したが、右の具体的売買条件の手数料・登記料・移転補償等が不明では交渉にならない。コタベ側が最低１．５億円の線を出したほかは何も腹の中を見せず仕舞いだった。

このような問題点、特に換地取得の手数料・登記問題・移転補償費の処理については重大性を予見していたので、前もってその検討と結論を早急に出して指示して呉れるよう九月二十七日～二十八日五カ年計画の本部ヒヤリングの際に依頼しておいた。然し統括所長の依頼・質問に対する本部の回答は一向に届かない。回答が無いはずだ。

十月十四日阿蘇の司ホテルで行った管内合同リクリエーションに来賓出席の兵庫理事から、統括所長はなぜ北九州支所自前化は念書の実行・会館の買収のみに専念せず、隣接地買収など余計な問題に関わるのか。問題を複雑困難にして解決を遅らせるだけではないか、ときつい叱責だ。

これには少々困ったが、黙っているわけにも、屈するわけにもいかないので、順を追い、理詰めでその必要不可欠性を説明した上、本年度予算化過程で本部は十分にこれを認め、既定方針としたのでは無かったのか、或いは最近の役員会で白紙化が決定され、その上で会館との再折衝を要求する指示なのかと反問し、釘を刺した。兵庫理事も事の重大性を悟ってか、それ以上追求しなかったが、何とも重苦しい問題を残した感じだった。

その翌週の十月十七日～十九日に監査で来復した杉田経理部長に、九月二十七～二十八日の本部での宿題質問・回答を質したところ、これは経理技術上の問題ではなく、兵庫理事の指摘した問題が本部、特に役員間ですっきりしていない以上どうにも動けぬとのことだ。そこで出張先の大分・宮崎から本部の技術部へ電話を入れ、次週急遽上京し、本部折衝の上結論を出して貰わねばならぬので、関係の全役員・部課長と一堂に会えるように取り計らってくれと申し入れたところ、何と技術部は単独に聴いて結論するから、他の部は個別にやってくれとの、驚くべき回答だ。余りに馬鹿げ過ぎているので各関係部役員に強硬に申し入れ合同協議とした。

十月二十三～二十四日の本部での緊急協議は、予め当方の説明内容要点をB４二枚に纏めたものを用意して臨み、白熱の議論応酬の中で、主張すべき事は主張した。数々の激論の末、統括所長の主張は一つづつ納得させたが、誰も結論を提案しない。見兼ねた杉田経理部長が、方法論としての可能性を、条件付きながら提案したのに対し、誰も特段の異論を唱えなかったので、これをもって結論と受け取り、その旨を十一月二日付の今後の統括事務所としての処理の進め方の報告書に明記することにより結論を確定させた。その内容は、①代替地の斡旋手数料はその取得者（コクベ）が払い、その分を本体用地たるコクベの現在地の売却関連所用付帯経費として保安機構に請求することを認める。②本体用地の売却のための未償却資産等の移転補償は公共工事の補償費（三％基準）に準拠する、と言うものである。

漸く得た保安機構本部の結論をもって、十月三十日に会館三役と折衝した。四月二十八日の初回に続く支所自前化促進協議会の第二回会合として。然しこの会談は双方全く熱の無い形式的なものに終わった。然しそんな状態で年度予算執行を放置できるものでは無いので、十一月九日に福岡地所を呼び、その後の作業進展を訪ねたが、正式依頼を受けていないので全く作業してない由。ここに改めて本部結論による条件で、口頭での正式依頼をした。福岡地所は十一月十四日、コクベ本社に会長・社長・総括部長を訪ねてその意図・条件等を聞き出したものの、その解決は容易ならざる困難性のものだったようだ。コクベの移転地探しよりも現在の本体売却処分の円滑処理案を模索することが先決だと言う。専門家の不動産屋福岡地所のこのような悲観論では、とても今後の展開に期待など出来そうにない。

全面移転が殆ど困難な状態なら、せめて部分的な用地の売買かせめて借用でもとしたいのだが、それは出来ぬと最初から釘を刺されている。

こうした二進(にっち)も三進(さっち)もいかぬ状態をなんとか打開せねばならないので、成算無いまま十一月二十八日会館の関社長に、保安確認課長を伴って面会協議した。従来のように通り一遍のやりとりで済ませられぬので、会館社長の激しい反論に晒されながら、怯まずに次々ぎと論駁し畳み掛けた。結果的に現会館の全施設のみで支所自前化を処理せざるを得ぬ場合を想定した対応策を、統括所長・会館社長双方とも決断せざるを得ぬ事態と了解した。本部役員達の懸念を説得して推し進めてきた、用地拡張抱き合わせの支所自前化が、現地として現会館の全施設のみの買い取りしか出来ない結論は、統括所長の寒村を痛く失望させた。職員達の就業環境の、移転等による大改善や利用者の混雑緩和が当分の間、少なくとも支所移転についての現会館社長の同意が取れるようになるまでの何十年か不能となるのは、何としても慚愧に堪えないところだ。

（四） 結局会館現有全施設のみの買い取り交渉か

北九州ＬＭＶ会館の関社長とのこの暗黙の了解を基に、十二月七〜八日の統轄所長会議の際、本部経理部・技術部と会館買収・支所の自前化の条件等を突っ込んで協議してきた。一方隣接地買収又は借用仲介役の福岡地所の熱は冷める一方である。

これらの経緯説明及び条件の確認・今後の具体的な作業の取組等を協議するため年明け

の一月十一日に第三回の促進協議会を行うことにしていたが、十二月二十六日に技術部長より来年度予算案の理事会審議が一月十二日に、交運省説明が一月十六日と決まったので、支所自前化の平成元年度予算執行の条件と日程等の見通しを、これらに間に合うように送ってくれとの連絡が入った。

意識的に接触を忌避しているらしい会館社長とは、御用納めまでに年末挨拶の機会を得ず仕舞いだったが、十二月二十九日に県LMV協会庄屋専務が、北九州会館と筑豊会館の両社長に、年末挨拶に出かけるとの情報を得たので急遽同行した。関社長と約一～二時間の雑談中に、十分間余手短に来年度予算の中央日程絡みで、本年度予算執行の具体化が緊急に必要なことを告げ、会館側が対応する株主対策等の確実な取り組みを求めた。

年が明け平成二年一月十一日に、北九州支所施設整備促進協議会を会館社長の北九州D社で統括所長・竹富保安確認課長・会館三役・県LMV協会専務の六人が集い行われた。例によって関社長の会館設立当初からの経緯・保安機構への便宜供与、念書履行遅延への非難等が長々と述べられた後、この会議で会館現有の全施設を保安機構と売買する合意が成立したが、入居団体の扱いが問題として残った。保安機構の事業には不動産賃貸業的なものは全くないからである。

一月三十日に（財）日本不動産研究所北九州支所による会館施設の鑑定評価が、会館社長と保安機構は保安確認課長立会で行われた。保安機構が不動産取得の際、買収価格の根拠としているものである。この鑑定については会館三役に繰り返し説明し、会館側も了解の上での実施だ。然しこの鑑定結果について、会館の関社長は極めて強い不満をぶちまけてきた。評価の仕方が、作業態度・評価箇所・近隣の取引例の抽出箇所が一方的過ぎる等、そして評価額だ。特に評価額は会館期待の七割程度で、これでは近隣取引事例を知悉する会館株主への説明不能だとの強い抗議だ。

更にこの時期に決まった平成二年度の保安機構予算では、会館施設借り上げ費は半年間、自前化後の施設更新整備費は検査機器の更新費のみとなった。前者は会館に全施設の保安機構への譲渡期限となるもので、従来から再三会館側に求めてきてた株主対策を完成・終結させるべきタイムリミットだ。内政干渉を排しながらの会館への釘刺しだ。後者は統括事務所や支所の希望を無視し、握り潰してしまっただけでなく、自前で老朽施設の更新をしないとの会館側の譲渡理由を、株主側へ了解させる根拠を補うものとなった。

いずれにしても会館側が全く不満とする鑑定結果では、買収交渉の進めようが無いし、仮に買収できても、保安確認機器のみの更新では何のための自前化かとならざるを得ない。そのため強引に本部に働きかけ、年度末繁忙状況の視察を兼ねて三月十二日～十五日に、本部伊藤施設課長に管内の問題箇所を巡視して貰った。この本部施設課長の巡視では、北九州支所自前化に関しては、会館社長表敬の際、例によって関社長のくどいばかりの経緯説明の後で、本部施設課長は会館側が日本不動産研究所の鑑定結果にどうしても不満なら、会館側でも独自に鑑定されたらどうかと逆提案をした。これは勿論本部内はもとより、交運省にも内々了解を受けての提案と思われる。

年度替わりの移動で事務課長が大川譲二氏から堀部孝夫氏、保安確認課長は渡部節夫氏へと交代、前事務課長の無能振りには手を焼いたが漸く定年退職してくれた。これに対し前保安確認課長竹富氏は有能であり過ぎ、統括所長の重要な片腕として、又両課長分まで働いてくれ、久留米初代支所長と統括課長各一年の在任だったが、統括事務所在任一年で、記述の長崎事務所移転工事の保安機構側監督などと共に、後述する宮崎事務所移転用地取得という難事業を殆ど独力で実現してくれた。

竹富課長は退官予定の若森健一登録保安部長が是非にと局復帰を求めるので、年次の順にかまわず登録保安部の実質最右翼課長で、運送車両保安登録特別会計から管内陸の技官の全人事を握り、局内他部にも大きな影響力を持つポストである、局の保安課長に抜擢するならの条件で当局へ返した。このため一年先輩の原田和夫氏が割を食い気の毒だった。

四月二十六日には船本支所長が支所自前化後の要修理箇所に付き統括事務所へ協議にきた。彼は五級の身体障害者で、定年まであと一年の身にも係わらず、動きの悪い渡部保安確認課長に代わって保安確認機器はもとより、自前化後の家主業務他、所要の補修その他一切を懸命に処理した。この支所長の報告に基づき原設計と五月一日協議し、最低必要補修箇所の見積もり等を行った。建築基準法・消防法の規制無視の通常補修・改修工事で約三千万円と出た。

　会館側が取引先の銀行筋の鑑定士による鑑定書を、五月十日に統括所長は入手した。その後会館社長が新幹線車中で不慮の負傷をしたため、五月二十九日に社長を自宅に訪ね、今後の扱い・進め方を協議した。本部の従前の意向は、二つの鑑定結果の平均値採用を匂わせていたが、それでは株主の説得が不能との理由で、会館側の鑑定に拠るべき事を会館社長は強烈に主張するし、統括所長としても合意取り付けの条件として、その線で強く本部説得を試みた。これらは当然本部役員会で議せられたわけだが、その結論を携えて六月二十六日に福原理事が会館社長を自宅に訪ね売買価格等につき協議・合意した。

　この一週間後の七月三日、会館側から売却条件の追加申し入れがあった。会館による鑑定費を保安機構が負担すべしとの要求だ。この問題は通常なら当然発注者が負担すべきものだが、会館としては保安機構の依頼・要請により行ったものだから、保安機構が支払うべきだとの主張だ。鑑定費は意外に高く六十数万円もするものだ。変な言いがかりのようだが会館との売買契約に支障しては元も子もない。鑑定漏れの構門扉や塀等の構造物・配管等の地下埋設物の補償要求が株主総会で出された、との形を取り、鑑定費を埋め合わせたいとしてきた。これは本部も呑むところとなったので、ついでに貝塚息吹などの植栽も含めて、総額七十万円を追加補償することで合意した。

　七月二十日に北九州D社で支所整備促進協議会を行い、会館の売買に関する会館側の役員会・臨時株主総会等と、自前化後の施設整備予定内容と日程概要等の相互報告・条件の確認等を行った。この結果、九月末日を以て会館に譲渡・譲受を成立させ、入居団体等も保安機構側で引き継ぐことが決まった。お盆過ぎの八月二十日に会館側は入居団体との契約解消と精算を行い、八月三十日には代わって保安機構が入居団体へ新契約書を配布、一週間後に回収して本部へ送り、理事長との契約書として、九月二十日を以て発効することとした。

これにより保安機構は事実上の家主業務を行うこととなるが、家賃収入は不動産賃貸料としてで無く、雑収入として処理するようだ。会館側は八月十一日に臨時株主総会を開き、六月末の定時総会で予告しておいた会館の全施設を、保安機構へ売却譲渡し、会館を解散する件を、可成り大荒れの中で、関社長の精力的な手腕・説得により一気呵成に議決・成立させたようだ。

かくて九月二十日会館社長の北九州Ｄ社で、会館三役と保安機構理事長名代の加藤会計課長が、寒村統括所長と堀部事務課長立ち会いの下に、売買契約書を交換し、更に場所を小倉ステーションホテルに移して、入居団体と保安機構新契約書の交換を行い、ここに長年の懸案たる念書履行・支所の施設自前化が目出度く成立した。

この北九州支所の施設自前化と言う一連の困難極まる作業が終了して、寒村が統括所長として強く感じたのは、深い挫折と疲労感だった。繰り返して記述し、本部を懸命に説得して予算措置まで得ながら、用地拡張の厚い壁を崩せず、北九州ＬＭＶ会館の従来の全用地・施設しか買い取れなかったことは、保安確認機器や事務室の更新や若干の改善は出来ても、利用者のための混雑緩和や、職員の就労環境の抜本的改善など絶望的に不可能だからだ。基本的には新用地を求めて移転するしか無いが、念書の文言「買収して活用する」への違約だと拘られると可成りな期間、何年間は移転不可能だろうし、保安機構本部としても全国の老朽・狭隘施設の更新が犇めいている以上、当分はこの支所などに構って居れないはずだ。

それに叩き上げの企業経営者の売買交渉の厳しさだ。デーラーとはいえ、地場資本へのメーカーの圧力は凄ざまじいものだと仄聞するが、其れを撥ね除け、地域の同業他社との摩擦の中で鍛え抜かれているだけに、甘さなど微塵も無い。行き掛けの駄賃とばかりに、自社注文の鑑定費を買い取り側に押し付け、更に恩まで着せようとは。こんな商取引なんて相手次第で極く日常的なのか知らないが、どうも庄屋専務の影がちらつくようだ。それにしても保安機構はお人好し過ぎるのでは？

（五）　気象等厳しい条件下での自前化支所施設の更新作業

自前化後の統轄及び支所の課題は、支所施設の更新作業である。既述したように、この施設整備の予算は、公式には老朽機器の更新のみである。借り上げ費が半年分しか付いていないので、十月以降は自前施設として更新されるのが既定の事実なのだから、夏場のような業務閑散期に更新作業を着手できれば、年末・年度末の業務繁忙期に更新機器の威力を発揮できるし、厳冬期臨海の寒風を避けられるのだが、そうはさせて貰えない。

一つには自前化前の他人たる会館施設に手を加えることを本部が極度に嫌うこと、保安確認コースの機器は注文生産であり、その完成は本部が九月中旬入札による発注してから半年後となること、統括事務所でこの作業を担当する渡部保安確認課長に、能力又は職務意識が欠落しているのか、全く作業の具体化に着手せず放置していたことなどで、実際のコース改修工事は十一月中旬となった。

既に設置した狭い構内の仮設機器で不便な保安確認作業を、厳冬の臨海寒風に晒されながら、半年間も行わせたわけである。真冬の凍るような冷たい強風にテントを吹き飛ばされぬように重錘で押さえ、深い杭に緊縛した屋外のテントの中で、暖も取れない保安確認作業である。現場以外の人にこの厳しい辛さなぞ判り様は無いけれど。

漸く保安確認等のコース改修を本格的に始めたら、地下水の浸入防止が意外な難工事となる。何しろすぐ傍は関門海峡だ。而も予備調査をして工法を検討していたニッサルコは入札で下り、代わった万全運送車両は最初から工事のやり直しだ。保安確認機器は、コース幅の狭いことを理由に在来型のA方式自動化コースとした。この保安確認コース改修は二月八日に基礎コースの竣工検査、翌日に保安確認機器をコースへ搬入、組み立て・設置の作業に入り、二月二十七日に機器の竣工検査を行って、三月初めに漸く使用開始した。

この工事に関連して保安確認棟の南面窓の上部を広げて採光を良くし、コースを明るくすると共に水銀灯照明も設置した。又、保安確認コースの事務棟側壁面は、耐火・防音板で覆い、事務室への騒音を低減した。保安確認棟の屋根も張り替えたので、保安確認棟は鉄骨部を遺して殆ど全面改修したわけだ。但し、用地の関係から、コースの拡張・延長はできず旧来の侭となった。

事務棟は全部立替の予算を認められず、又現実の問題として、保安確認コースへ隣接するため、建築基準法や消防法の規制をクリアーできる完全耐火構造・設備とすることは工費的に望むべくも無かった。このため厨房の換気設備や瞬間湯沸かし器の設置、漏電・漏水の心配な配線・配管の引き直し等、千数百万円の工事に留めた。

風化の激しい建物の外壁の、断熱板への取り替えなどを行えば三千万円超えとなるが、建物駆体の柱、根太・桟類の腐食が激しく、張り替え困難との判断で、予算も無いので取り止めた。この外壁はその翌年の台風十九号で散々に壊され、大穴が随所にできて目も当てられぬ惨状を露呈した。建物全体が倒壊しなかったのが不思議な位だ。

これらの工事現場監督や、自前化を機に新たな業務となった家主業務の家賃・共益費・各所補修等を、五級障害者で身体不自由な船本支所長が、定年退職を前に必死に頑張って、良く仕上げてくれた。将に頭の下がる思いだった。

ついでながら他に適当な紙面も無いので、当局からの出向者またはOBの勤務態度について寸評しておきたい。彼等は例外なく管理職として送り込まれるのだから。どんな職場においても、自分の職責をどのように意識するかで基本的に決まるようだ。

①出向先でしか得られぬ経験の場と意識するなら、目一杯存分に活躍を楽しめるはずだ。この人達は自分のなすべき事を心得て、職責分のみならず組織内の補強にまで遺漏無く余力をつぎ込んでくれる。この人達は当局退職までに所属畑の最高位まで上る詰めること間違いなく保証できる。②出向先を当局の延長線上とだけ意識する者は、職責分はきちんと遂行する。③自信過剰な者、又は余り者・厄介者として預けられたと意識する者は、職責に無頓着に勝手な行動をしかねないので要注意だ。④稀だが職責無自覚又は無能力者の場合は、出向中又は在任中に本人も職場も傷付かぬよう見守ってやるより仕方が無い。

第八章　出向課長の見事な手腕：宮崎事務所の移転・拡充

（一）当時の状況と移転・拡充の必要性

宮崎事務所を初めて訪問したのは昭和六十一年三月五日である。この年の正月から三ヶ月間鹿児島事務所長を兼務していたので、毎月末毎に支払決済のため鹿児島に出張しており、その往復の途次、折から移転工事中の熊本事務所には立ち寄っていたが、管内で熊本に次いでＬＭＶの保有台数が近年中に二十万台となる宮崎事務所は、増コース基準からは拡張の準備をすべき事務所であった。

その意味で早い時期に現状を見ておくべきである。たまたま九州標板協議会の総会が三月四日別府で開催され、これに出席したついでに、大分と宮崎の両事務所を、年度末繁忙期の激励を兼ねて初度巡視をした。当時大分の所長は九州交運局ＯＢの板戸幸則氏、宮崎事務所長は現職出向中の大久保氏であった。

当時の宮崎事務所は、一ツ葉有料道路の南側道路の北端から数十米入った田代町にあった。この事務所は勿論開業当時からのままで、他の大半の事務所同様、ＬＭＶ協会、標板協会分室、運送車両整備振興会分室の三団体が入所する、ＬＭＶ会館と同じ敷地にあり、待機車両は会館用地から入り、会館の裏を回って保安確認場へ裏側から入り、出口が道路側となっていた。

事務所と会館前面の道路側が一般車両の駐車場だが、月末繁忙期は敷地内に収容しきれず、前面道路に長い列を作っていた。特に年末・年度末繁忙期はその列が何百米にもなったようだ。この前面道路は一方通行のため、一ツ葉有料道路から三百米位奥まで進入しては、Uターンして来なければならないが、一車線の一方通行路を保安確認待機車両で占領されては、沿線住民の通行に支障するため苦情が絶えず、警察からも屡々警告を受けていた。

こうしたことから当時の大久保所長は用地拡張の可能性を求めて、周辺の隣接地を買収可能かどうか内々に調べた図面を用意していた。当時の事務所と会館は用水堤防高さに合わせて約二米の高さに土盛りされており、従って東西両面のブロック擁壁は法面が二米余で、その下端隣地は、東側が水田、西側は畑となっており、その約三十米先には整備工場が一つ葉道路に面して建っていた。大久保所長は主として事務所地盤と同レベルの南側の民有地を打診していたようだが、買収可能性のある土地はどうも使い勝手が悪く、西側の畑は地主が売却しない方針のようだった。

大久保所長のこうした地道な調査は、当時の保安機構の予算の仕組みから、直ちに用地拡張や増コース、そして移転などに結びつくものでは無く、特に統括管内では久留米支所開設のための用地取得に全力を挙げている最中であり、統括所長としてもまともに取り組める余地など無かった。然し、折から昭和六十二年十月一日の保安機構の民間法人化をひかえ、管内の施設整備長期計画を確立する必要が生じてきた。

昭和六十二年春の定期異動の際に交運局の隙を突いた形で、当局復帰の大久保所長の後任に昇格させた石切晴海所長も、実務家として手堅い調査を継続していた。石切氏は九州財務局のOBだが、熊本事務所の移転に際し、その用地として合同官舎である財務局の宿舎用地を割譲して貰うに際し、その交換条件として保安機構に送り込まれた人だ。非常に几帳面で正確、信頼の置ける真面目な落ち着いた人物だ。

その彼に昭和六十二年八月十八日に移転用地探しを行うよう内々に指示した。この時点ではまだ移転や拡張の時期については予定し難かったが、準備の時期としては適切だったと思う。

(二) 専門家が脱帽した出向課長の事務所移転候補地の選定手腕

事務所の移転や支所の開設となると、事案の提起から完成まで通常数年は掛かるものである。その事案の必要性や緊急度の全国横並び順位や用地確保の問題、財源枠、地元業界の協力度などを総合して最終的に本部が決めるわけだが、勿論所管の統括事務所長などの本部への、効果的且つ熱心な働きかけが必要なことは言うまでも無い。そのような決定に持ち込むまでの事前のお膳立ては極めて微妙な難しさがある。必要性等は車両数・業務量等の数値から説明できるが、現実的に実行可能かとなると、用地取得の目途や、地元業界団体等の協力が無くては動きが採れない。

保安機構は民間法人化に際し、国の出資金四十八億余円を一括全額返還すると共に、老朽狭隘化した全国の施設の更新・拡充、及び業務量の急増に対して無策状態だった要員不足解消＝増員、及び業務の簡素化・機械化を図ることとなった。

こうした動きは一年三ヶ月の本部勤務で十分に察知していたので、九州統括に赴任以来、関東・中部・近畿の統括事務所に先行できる形で準備を進めてきた。然しどんなに巧く立ち回って準備に努めても、関東統轄を例外とするほかは、一統轄管内では年一件を採り上げて貰うのが精一杯だ。それは全国的な緊急施設更新要求と共に、現実の問題として、地元での準備が追いつかないからだ。専門家が各統轄や事務所にいるわけでは無いのだ。

昭和六十二年春の定期異動で宮崎事務所長に抜擢した石切氏は財務局の出身だけに、土地の選定条件についての実務上の知識・経験も確りしており、国・財務局や、県・市の管理する土地等についても打診できる力を持っていたので、折から保安機構の民間法人化を控え、五年程度の中期計画に位置づけするよう昭和六十二年八月十八日に具体的調査を指示した。石切所長は当時の事務所やその周辺だけで無く、保安確認来場者の利便性等から、その代行者たる業界の意向等も見越して、陸上交運支局周辺の土地で市などの所有する土地にも具体的な条件調査を行なった。

即ち、陸運団地に隣接する鵜戸尾池（同団地はこの池を可成り埋め立てて造成したようだ）周辺に、市土地公社が有する飛び地を繋ぎ合わせる案、即ち民有地、団体用地及び池の一部埋め立てを含むものや、支局移転時に予備保安確認場開設予定で造成しそのまま放置され、後の宮崎事務所移転地の母体となる民有地である。

然し移転の経費を考えるなら、従来の事務所用地を等価交換又はその売却代金で埋め合わせうるにしても、現用地の東西両側部分を買収・拡張するのが尤も現実的であり、そうした点で現地では、石切所長も奥村宮崎ＬＭＶ協会専務も意見一致しており、統括所長の寒村も同意していた。

そこで昭和六十三年三月宮崎で行われた九州標板協会総会への出席を兼ねた、年度末業務繁忙期の管内激励巡視の際、移転候補地を石切所長や奥村専務と一緒に見て回った後で、宮崎運送車両整備振興会・運送車両販売店協会の両会長兼務している、宮崎ＬＭＶ協会の日吉会長を宮崎Ｍ社社長室に訪ね、宮崎事務所の移転問題について情勢を伝えると共に、業界側の協力と援助を申し入れた、
この申し入れに対し日吉会長は快く承諾すると共に、流石に実業家らしく候補地については、事務局からの事前調査による所見等を求めず、

「移転先は陸上交運支局周辺を探すことだな」と釘を刺した。

奥村専務にとっては将に鶴の一声で、適地の乏しさや交渉等の条件に難易性など説明する余地など無い状態だ。統括所長の寒村としても、ＬＭＶ協会だけで無く地元関係業界の協力を取り付けるためには、余計な意見を持ち出さずに、県や市の協力を求めながら進めたいので、地元の陸運関係業界団体への働きかけ、協力の取り付け方について会長の力を全面的に借りたいとして、今後の作戦等の大筋を協議するに留めた。

これにより宮崎事務所の移転・拡張問題は、予算措置・従って実施年度も未定ながら、実現に向かって統轄・地元事務所、及び関連団体中特に宮崎ＬＭＶ協会による、下準備の実務的作業が始まった。但し、統括所長とＬＭＶ会長の双方責任者による合意だけでは実務上の作業が円滑に進むというわけにはいかない。

手堅い実務家の石切所長も、地元宮崎にとっては他所者であり、陸運ＯＢでも無いから、市・県等の折衝の他に、ＬＭＶ協会を初めとする地元陸運関係業界団体等の折衝に色々と気を遣いながら準備を進めていたようだ。来年度予算要求も昭和六十五年度予算に持ち込めるかどうか。

統括所長としても現地の動きを督励する必要から、翌平成元年二月二十一～二十三日の三日間大分･宮崎の巡視の際に、関係団体や市への根回しや陳情に、日吉会長と奔走した。統轄や地元事務所およびＬＭＶ協会・関係団体としては、陸上交運支局の時と同様に、用地の取得・造成等一切を市の土地公社側にやって貰いたいのだが、規模の小さいことや民間法人化による特殊法人としての権益縮小、それに候補地の地権者達に、可成り問題があるようで、市側の主管である経済部長らも余り熱の入らぬような態度だった。

こうした他力本願的な遣り方では埒もないので、年度替わりの異動を機会に、当局復帰の江東誠保安確認課長の後任に、前年から当機構へ出向中の竹富久留米支所長を充てて土地取得問題に専任させるべく、統括事務所の保安確認課長に戻すと共に、手堅く有能ではあるが、心臓病と糖尿病の悪化に困っていた石切所長を、地元熊本の業界団体の運送車両整備商工組合へ送って家族の元へ返し、プロパー職員で抜擢していた中畑広行佐賀事務所長を宮崎に回して、統括の竹富保安確認課長の現地調査・地主折衝等の作業を手伝わせることにした。この作戦は見事的中した。

初代の久留米支所長として既に十分その手腕・実力を認めていたのだが、彼に専任させる事により、他に長崎事務所の移転工事関係も抱えながらも、大いに期待以上の成果を上げ、折から面倒な局面を迎えていた統括事務所の北九州支所施設の自前化と更新問題、筑豊特別出張保安確認場の支所化問題、更に人事・業務・施設の長期計画等に、統括所長として全力投球が可能になった。この一年ほど充実した仕事ができたのも彼のおかげだ。

竹富課長は管内で最も遠隔・寄り付きの不便な宮崎へ、旅費の制約も承知でいともたやすくマイカーを走らせ、短時間の内に物理的・人為的条件、環境等、現地の状況を正確に掴み、問題点を整理して、その処置方法を考え所用の行動を採る。方針や前提条件の確認、調整を要する場合も、前記の諸事項を要領よく纏め、自分の意見を付して報告・協議してくれるので、素早く的確な処置が採りやすい。

統括所長・保安確認課長が出席した五月十六日の、保安確認課長のみ出席の六月二日の現地関係機関の会議である、市・県・交運支局も参加した陸運関係業界団体によるＬＭＶ保安機構宮崎事務所移転促進協議会で、既に具体的な候補地を決め、今後の問題点・作業日程及び役割分担まで取り決めてしまったから、推して知るべしだ。

五月十六日は早朝から竹富課長と、既に絞り込んでいた二つの候補地について実地検分を行った。第一候補地は、市土地公社が所有する鵜戸尾池周辺の飛び地を利用するもので、第二候補地は支局の移転業務開始時に、予備保安確認場を設置する目的で造成し、そのまとなっている民有地である。いずれも既に何年間か放置されていて雑草・雑木のために、境界杭を探すのも容易でない状態だが、第一候補地の荒れ方・利用勝手の悪さ・造成工事を要する大きさ等に対して、第二候補地は周辺の擁壁等が切り土・盛り土部分いずれも可成り確りしていた。

これに対し、この後で表敬及び報告協議に出向いた宮崎市側は、飛び地周辺の所要の用地取得と、全体の造成を含めて請け負うても良いとの意向を示すほどの急変振りだった。この際利用されなければ、第二候補地のような、他への利用余地が殆ど無いからだろう。この日は支局や他の関係団体にも表敬して回ったが、いずれも今までとは一変した好意的・

協力的な態度で応援してくれた。六月二日の市やLMV協会との移転問題協議には、竹富課長だけに行って貰ったが、第二候補地に絞り込んで問題点の処置を協議できるまでに進展した。市側による近隣用地取得・開発も含めた結論として。

候補地の絞り込みはできても、それ自体で取得条件が可能となるわけでは無く、具体的な売買条件を巡って、地権者との駆け引きがあるが、それらの交渉も夏場に固めて、九月五日には第二候補地の地権者との合意確認書を交換できるまでに竹富課長はまとめ上げてくれた。この第二候補地には二人の地権者（法人）が居て、その一人は既に宮崎市北西部の都佐原でマンゴー園を経営（栽培）している西部興産であり、他の一人は宮崎市内の土建業者宮田組である。宮田組がどのような経緯でこの土地の半分を所有するに到ったかは詳らかでは無いが、西部興産が開発費のカタに置いていったとの説もあったようだ。この宮田組が西部興産への橋渡しの役をしてくれたわけだが、この合意確認書取り付けを夏場の炎天下で両社に交渉し、まだ予算措置も見ない時期に締結させたわけだから、竹富課長の手腕や功績は並のものでは無い。

一方、伊藤達美代議士を通じての申し入れ等もあり、市側としてもこのままでは収まりが付かないので、宮崎にいる竹富課長の現地からの要請で急遽寒村もバスで宮崎へ急行、市や交運支局へ挨拶して回った。市側の第一候補地は、飛び地の地権者の同意を得られず不調に終わったことにして説明し了解を求めた。又、九月十八日にはこの夏の異動で迎山氏の後任となった矢田九州交運局長へ、本件候補地の選定経過等を竹富課長と報告した。経緯中に伊藤達美代議士の絡みがあるからである。

予算措置が未定時点での用地取得交渉の難しさは、保証の方法が無いからだ。その点行政機関や特殊法人、大企業等は、世間的な信用性という支えに恵まれてはいる。それであっても土地取得交渉などはプロの不動産屋でさえ、この当時のバブル経済全盛期には価格の高騰化等で困難を極めていたはずだ。そんな時期に、単に荒廃しかけた既開発地のみで無く、その周辺地を含めて使い勝手の良い形状と面積になるよう所用の用地買収及び再開発・造成を含めて相手方の土建屋の宮田組に承諾させ、手付けの保証金五百万円は取り敢えず宮崎ＬＭＶ協会に出させるなど、本職の土建屋宮田組の社長が苦笑いするほどの手腕を発揮して、年末の来（平成二）年度の予算要求までに全部まとめ上げてくれた。こうなれば最早本部も予算措置にクレームの付けようが無い。

一年間の統括事務所保安確認課長在任中に長崎事務所移転工事と、宮崎事務所の移転用地確保の二大事業を纏め上げた竹富課長は、寒村と大学同級の九州交運局の若森保安登録部長のたっての要求で、局の運送車両保安課長ならとの統括所長の条件を容れて貰い、平成二年春の移動で交運局へ復帰することとなった。

（三）　担当者の大幅交代等で曲折した移転用地の造成と取得

事務所の移転や支所開設などは、第一年度に土地、次年度に建物や機械などの上物整備となるのだが、用地の確保ができれば事業は九割方できたようなものだ。それも予算要求作業開始前までに予算の裏付けなしに、予定としての期待のみで相手方から譲渡条件と確定的な約束を引き出すことは至難の作業だ。それを前保安確認課長の竹富氏が見事にほぼ完璧にやり挙げてくれた。尤も地権者側から買い上げて欲しいとの申し出でを受けては居たが、実際の交渉条件の詰めとなると大変な作業なのだ。宮崎の場合その経緯も折に触れ記述してきたが、改めて概要を顧みよう。

保有台数が二十万台を大きく超え、民間法人化による全国的な施設更新が急速に高まることを予想していた一年前の昭和六十三年秋、宮崎ＬＭＶ協会の日吉会長を宮崎Ｍ社本社に訪ね、移転事業着手の必要性をを説き、業界としての準備を要請したのに応え、直ちに県内の運送車両関係団体等による移転促進協議会を作ると共に、現在遠隔地にある事務所を交運支局の隣接地に移すべく、それを交運支局の移転作業の時と同様に、市の土地公社による用地買収、造成分譲への一貫作業を強く働きかけてきた。

しかしこれは昨平成元年五月頃に市側の提示した請負条件が、当保安機構や宮崎ＬＭＶ協会にとって受け入れ難いことから、交渉を諦めざるを得ない状態に陥っていた時、既開発造成地の所有者である中州運送車両と宮田組より、交運支局を通じ買い上げ希望を伝えてきたのだ。

この申し出でを早速竹富課長に探らせ、相手方の態度を直接調べさせたところ、どうやら本気のようだし、その条件も竹富課長の交渉の巧さも手伝ってか、土建屋兼不動産屋で、中州運送車両からも一切の権限委任を受けている、宮田組の社長が脱帽するほどの堂々たる・且つ綿密な詰めの交渉により、来秋までには全くそのまま本契約にしたいような、関係者間の確認協定をまとめ上げてくれたわけだ。そのために平成二年度の予算要求積み上げ作業は極めてスムーズに行き、当然のことながら予算査定も全く問題なしに通過した。

その内容は造成済みの既開発地とその両サイドの畑及びミカン畑の一部を買い増し、これを掘削して現開発地を若干掘り下げするなどの全体の用地を造成し直した後、宮田組所有の周囲の道路の擁壁部分などを清武町や宮崎市に寄贈・帰属させた上、造成し直した平地部分のみを、平成二年度中に買収するというものである。

このため二千平米以上の造成に必要な開発許可申請や農地転用の手続きが必要であるが、これらは全て宮田組が行うわけだ。特に前者は開発行為としての最終施設のレイアウトや、複数地権者となる場合の地割り明示が必要で、開発行為の許可までの時間や、その後の造成分譲の年度作業の時間的問題から少しでも早く申請に及ぶべく、全体のレイアウト案とＬＭＶ協会の地割り確定を急ぎ本部と協議した。

これが何と本部は、現地意見に悉くけちを付けるというのか、修正せぬと気が済まぬのか、其れも一再ならず、極端な表現をすれば朝令暮改的な意見と言うより要求に、さすがの竹富課長も怒り出す始末。これが最終案だというので、宮崎ＬＭＶ協会役員会が仮決定した後で、またぞろ修正要求を出してくるに到っては、保安機構の面目丸潰れである。

本部のこうした体質は、施設担当に限らないが兎に角ひどい。どうしてこのような体質が臆面も無く出てしまうのか。三月中旬に本部施設課長一行が、管内懸案箇所の巡視に来たとき、宮崎でのＬＭＶ協会会長による歓迎謝礼コンパの席上、ＬＭＶ会長からこの度のひどさに苦言を呈されたのには恥入るばかりだった。本部のトップ管理役職員と、実務担当者の乖離、それに現場への不信感又は優越感が過大だからだ。

更に開発申請上の地元事情、つまり鵜戸尾池水利権者との関係で、下水三次浄化施設についての同意が、建設省指導課長通達にも拘わらず、絶望的に得られそうにも無いことから、用地の無駄、建設費の増嵩、維持管理費負担、及び耐用信頼性の不明な蒸発散方式を採らざるを得ぬ情勢に差し掛かっている。これが嫌なら汲み取り式か、三次処理後の浄化下水を清武町の小川に流すかのいずれしかあり得ない。将来に関わる問題だし、当面は建設費予算負担の増大が困るわけだ。この問題は第一に鵜戸尾池水利組合への了解工作も、其れが駄目なら清武町への放流の可能性とその条件を宮田組に探らせているところだ。

このような微妙な駆け引き交渉の最中に竹富課長が当局復帰となったのは誠に痛い。彼としても気懸かりなはずだ。いずれにしても竹富課長が練り上げた、これ以上望めぬ条件を、これからの交渉の過程で変質させられたり、違約させせたりするわけには行かない。新任の両課長が思い切り力になれぬまでも、まずい事態に陥ることの無いように、統括所長としての注意を怠れ無い。（平成二年四月十一日夜記）

用地取得は地権者の一人である宮田組が自己の名において農地・畑の用地を買い増し造成の上、保安機構へ売却する約束になっており、この農地買収は宮崎ＬＭＶ協会の手付けで済んでいるが、その造成のためには開発行為の許可が要る。このことは昨年中の竹富君の抜群の働きによって、市土地公社の飛び地利用計画から一転して既開発造成済みの用地（中川運送車両）への乗り換えに当たり結んだ各種の有利な協定の締結を済ませた後、昨年暮れから今春に掛けて竹富課長らが申請窓口の宮崎市の担当者と協議したところだ。

この時点では前所長の石切氏が作成提出していた鵜戸尾池隣の市有飛び地利用の開発計画の開発行為申請をそのまま利用し、中身を差し替えれば良いという可成り好意的な話だったようだ。それでも中身はそっくり取り替えねばならないし、関係先との協議合意も、全く対象相手が異なるわけだからいずれにしても大変な作業である。

所が、今春の異動後一と月ばかり様子を見るため現地との連絡を怠っている間に、市は担当者が代わっただけで無く、開発行為申請手続き要領を制定か全面改定したらしく、今年度四月以降申請の分は全て新要領に拠ることとしたらしい。五月に新任の両課長を挨拶を兼ねて現地に派遣したときはこの問題を知り得なかったようだ。

六月に牧本君の結婚式に引っかけて現地に出張し、市へ挨拶に回ったとき初めてこのことを知り、次いでに市の申請要領なるものを入手してきたのだが、問題は我々の申請が全面的に新しく出し直すのか、既提出のものの差し替えですむものか、市側の処理も新要領に拠るのか従前の要領に拠るのか、更には新要領に基本的な問題が付加されてないか等々であるが、結果的には新要領による手順を踏まされること、それに申請者は開発規制、即ち調整区域内の開発事業では、最終土地利用者であることなど基本的問題が提起された。然しこの問題は前任の竹富課長時代に、現地権者でも良い旨の言質を得ているとの申し立てから、市は最終利用者が申請者とならぬ理由を文書で出せば良いと折れたようだ。

なお、六月中旬の現地出張の際、開発行為の現地権者であり名義人である宮田組とその代理者たる西急測量とを呼び申請作業の進捗とその内容を具体的に説明させたが、その際、竹富前課長が苦労して作った協定書に明記の事項に違反する問題・里道の擁壁部の管理者名が保安機構となっていたことにつき厳しく指摘し、変更を求めた結果、これらは宮田組とすることになった。

いよいよ開発行為や農地転用等の申請手続きも地権者兼不動産屋兼土木工事屋の宮田組で進めてきたものが終末近くなってきているし、それらの許可を俟って造成工事に即着工させると共に、売買契約の交渉、国土利用計画法による届け出で、地権者・ＬＭＶ協会との地割り確定協議、費用分担協定、売買契約締結へと年度内事業がぎっしりと控えている。まだ半年もの余裕と思っていても瞬く間に月日の経つものだ。

用地取得のために事前にクリアーせねばならない法的諸規制のうち、最大のものは都市計画法二十九条に基ずく知事の開発行為許可申請だが、これには同法三十二条の周辺利害関係者の利害案件毎の協議と同意、同法三十四条の公共施設管理者・自治体への取得資産・施設等の寄附による移管等がある。このほか知事への、農地や畑の場合は農地法五条による非農地化と、転売利用の農地転用許可申請や、文化財等の懸念あれば文化財保護法の申請、更には地価対策上売買価格の監視、規制クリアーのためには国土利用計画法五条の土地売買の知事への届け出で等がある。

これらの諸規制をクリアーして初めて土地売買、所有権移転が可能になるが、それらの手続きは非常に面倒で、実務上素人には手に負えない。そのことは久留米で痛感していたので、宮崎ではこれらを全て最初から宮田組へ任せていた。その宮田組も実務代行に、開発造成設計申請は西急測量に、地積測量や国土法関係は湯川測量士に、それぞれ委託していたようだ。

両者は事前の諸調整を行い、九月初め頃に一連の申請書・添付書類・図面等を整え、出先の宮崎市へ提出、その後農地転用も手続きの難易性から非農地化・山林化申請は農地法四条でとの、市農業委員会事務局ＯＢの助言等あり、若干安直な懸念の侭十月下旬には農地転用・開発行為も共に許可の見通しだった。

所が、許可予定日の十月二十四日夕方現地からの緊急報告は、農地問題が県の最終審査会事務局たる農政企画課の、農林省より出向中の若手課長の、強硬な拒否で許可保留となり、これを打開するには最終利用者である保安機構とLMV協会による申請が不可欠とのことだ。

九州交運局に所用中の寒村は急ぎ統括事務所へ帰ったが、既に両課長は帰宅中なので必要関係書類のみを選別し、残業中の宮原課長代理に宮崎への往復運転を頼み、帰宅して暫時仮眠。深夜二時半に起き三時に出発、九州縦貫道を途中軽食休憩二十分を含めて三時間半で突っ走り、朝の白む六時半に宮崎へ到着、七時半には保安機構・統轄と現地、LMV協会、宮田組・西九測量、湯川測量士等申請者と代行者が集まり、経過聴取と対策を協議した。

代行者湯川測量士に拠れば農地転用は開発行為より一と月前に行うべきを、時間の制約上両者一緒に提出した所、最終段階で前記の農政企画課長の拒否と許可保留になった由だ。対策案など申請者側には無いので関係部局へ出向いて確認となった。同日・十月二十五日午前中に申請及び代理側揃って先ず開発申請の窓口である県土木事務所、次いで県中央農林、最後に県農政企画課を歴訪し、陳情・協議した。土木事務所の担当課長は農地転用問題の難航に困惑しながらも、農地転用・開発履行のため申請名義人は最終利用者でとし、中部農林課長は、宮田組の申請受付窓口である市の指導を是としてきた事に未練気であった。

これに対し農政企画課長は本省の若手学士らしく、法定通りにやって貰えば良い、事業計画等に干渉するつもりなど全くない、との明快な回答だ。若いだけに筋通しは良いが、出先機関等の当方への指示経緯と、仮に手続きのやり直しでの遅延による、破約等の責任を問われた場合どうするか迄は考えないのか、その時はその時でと割り切っていたのか。いずれにしても農地転用・開発の担当三課長に会えたことは当方の立場を明確に伝える上で好都合だった。

即ち、当方としては今までの申請手続きの経緯、特に当局側の指導内容及び責任問題は別として、今回の指示に基づき、申請名義人は最終利用者たる保安機構・宮崎ＬＭＶ協会の連名とするが、開発区域の周辺部で両者が取得せず、宮田組の所有名義のまま路肩・擁壁部等を開発・造成・施工して、そのまま開発の条件として自治体に寄附する部分があるので、宮田組も申請者に加えて欲しいこと、、保安機構の予算は交運大臣の認可であり、年度事業のため、これからの本部手続き等の時間的制約から、県側に即刻結論・許可を出して貰いたい、との趣旨を明確に申し立てた。県側としても事の重大性を知り、異例処理扱いとするが、出先を含む県側の関係機関合議に要する日数・時間を欲しいとのことで、やむを得ず了解し合って辞した。

かくて待つこと二十日以上経ち、漸く申請名義人は宮崎ＬＭＶ協会と宮田組と決まり、十一月十八〜十九日にかけ急遽差し替え書類を県の出先へ出し、予定より一週間遅れの十二月十九日付けで農地転用・開発の両許可がおりた。

年内予定の関係者・申請三者の協議が都合で正月中旬となったが、地割り問題で本部との調整に手を焼く。平成三年一月十七日に行った保安機構・宮崎ＬＭＶ協会・宮田組の現地合同会議では、造成工事の方法を、開発許可を基本としながら許容される最大範囲で保安機構の統轄事務所としての注文を付けた。例えば盛り土高さを設計の一・二米から〇・五米とするように。又用地境界の設定では、外周側溝の外縁とすることを明確に取り決め、造成前の情況を合同で踏査確認した。

この時点では北側の畑の土手のセメント吹きつけ擁壁部を僅かに崩しかけただけだったが、その後急ピッチで造成工事が行われ、予定通りに二月中に竣工検査を終えれそうな見透しで、二月十五日には会計監査で宮崎に来た本部会計課長より、売買契約に関連する諸手続問題の実務的説明を、統括所長の立会で関係者にして貰った。

所が、造成工事は当初の勢いが、その後の天候不順と手作業部分の人夫不足等で大幅にずれ込み、契約等に不可欠な確定測量に必要な外周側溝敷設作業が二月末予定から十日以上も遅れ、三月九日（土）に、前日までの管内巡視の理事長を鹿児島空港に送っての帰途、同行の宮原課長代理と天候を心配しながら、宮崎に留まって漸く立会実施した。まだ造成工事が完全に終わったわけでは無く、外周側溝も未完成状態だったが、午前中に測量は殆ど終わった。

この測量をした湯川測量事務所を電話に呼び出し、現地中畑所長へ説明を行い、物権引き渡し前までに確認を求めるよう要求した。この結果湯川事務所が三月二十七日に図面及び求積表で説明・釈明し、且つ同日夕方までかけて変更後の新境界を、中畑所長が逐一確認したとの報告を受け、直ちに本部へ連絡して三月二十八日の物件引き渡しに間に合わせた。

造成工事そのものは三月十八～十九日頃に完了し、県・市へ竣工届けを出したらしいが、通常一週間程度の後にやってくれる竣工検査を、年度末業務の混雑を理由に四月上旬過ぎまでやっていない。この県・市の竣工検査には当方も必ず立会い、実質上の検収検査とする旨を宮田組に通告したが、問題は盛り土量を当初計画通り一・二米のままで全く捨土せずのために敷地への出入り口勾配が急になり、敷地内の有効部分を狭くした。

その原因は前年五月頃に初度派遣した渡部保安確認課長が、独断で宮田組の設計を現地で了承してきたが統括所長へ報告せず、これがが取り返しの付かぬ尾を引いているのみならず、五千平米超えの敷地に降った雨水の大半が外周側溝を溢流し、出入口に直接集中して流出するため、出入り口勾配の盛り土を流し、その前方の市道の側溝や溜め枡を埋めてしまい兼ねないことだ。本部計画の上物工事が平成三年度一杯掛かる計画なので、その後に行う構内舗装までの一年間はこの状態が続くが手の施しようが無い。物件の引き渡しは済んだが、県・市の竣工検査を理由に宮田組へその対策を厳しく求めた。

事務所移転用地の引き渡しの経過を顧みると二つの大きな問題を思う。その一つは宮田組の狡さとしたたかさだ。専任担当させていた課長の交代を良い機会とばかりに、初出張の後任課長にどう説明したか不詳だが、自社で工事して引き渡すとしていた地盤改造工事（約0.7米）の取り止めを早々と承知させたことだ。事情知らない統轄所長が平成三年一月十七日の現地合同会議でも念押ししているのだが、頬被りして土地の引き渡しをしている。数千立米の土砂運搬費が浮いただろうが、造成し立ての敷地内の大量の雨水が出入口の土砂を流失させる情況は既述の通りだ。設計監理と施工を別々に指名すべきだ。

他の一つは統括事務所の二人の課長の職責意識の希薄さだ。宮崎事務所の移転用地問題を全面的に任せていた前任課長とは雲泥の差だ。事務引き継ぎをどのように意識していたか、とても能力的に叶わぬと初めから観念した、と言うよりも他人事と聞き流して居たのか。出向先の業務は自分とは無関係とでも思っているのか。出張先での交渉や協議の内容中、上司への報告と指示を受けるべき重大事案の扱い位判るはずなのに。北九州支所や筑豊問題できりきり舞いの中、足を引っ張らないでくれ、と情けなくなる。

（四）　上物等の施設工事と竣工落成式準備等

更に今ひとつ困っているのは先述のように、本部の平成三年度計画では宮崎事務所の移転工事計画・上物建築工事と設備・機械等の設置が、年度末の平成四年三月末までかかるとしている点だ。この工事計画表は二月十九日に本部からファックスで入手したので直ちに中畑所長を通じて宮崎ＬＭＶ協会に伝え、同協会より何らかの意思表示をさせようとしたが、何の反応も無く拍子抜けの状態だ。

それというのも移転関係の費用は、跡地処分まで銀行借り入れ等に頼らねばならないし、余剰金問題と事業用資産の、同一年度実施の場合の恩典つき買い換えという、税金対策の問題から上物建築工事等を急ぎ、できれば平成三年十一月頃の分も竣工・引き越しをして、同一年度内の跡地処分を確実に且つ安全に行いたい、又その跡地処分も細切れでは不利なので、保安機構も宮崎ＬＭＶ協会ら関係団体と同時に合同処分して欲しいと、会長からかねて強い要請があり、それに従って本部への説明や協議を進めてきたのに、本部も宮崎ＬＭＶ協会も全くそうした事情を忘れたのか顧慮していない。

肝心の宮崎ＬＭＶ協会が腰砕けでは、統括所長としても為なす術が無い。三月末に日吉会長に電話で直接アピールし、会長も大いに同意していたはずだが、事務方の専務がどこで何のためにどの様な阻止工作をしたのか。統括事務所でも渡部課長を元凶に、事務課長らも素知らぬ他人事の顔ではどうにもならぬ。本部説明を熱心にやってきた統括所長の顔は丸潰れの上に、泥を塗られたような不快感を拭えないが、組織の意思がばらばらではどうしようも無い。

後日談になるが、移転跡地処分を平成四年度に行ったとき、既にバブル経済破綻の影響は宮崎にも深刻に波及していて、予告時に応募の希望数社は入札日に一社も現れず、東京からわざわざ出張してきた本部会計課長は待ちぼうけを食った。

用地造成のための開発行為の県と市の竣工検査は、四月十八日に合同で行い、五月にその確認書を交付された。九州地方国土局営繕部に依頼していた上物工事入札参加業者の推薦を得たので、五月二十五日に設計監理応札社の現地説明を行い、七月二日に入札の結果、原設計が他を大きく引き離して落札した。

この上物工事の設計書は九月十八日に原設計から本部に直送され、本部で検討中であったが、工事費等の見積もりが確定して十月二十三日に工事の現地説明を行い、十月三十日に工事入札となった。LMV協会の建設する会館工事と同時施工だが、準備期間を若干おいて十一月中〜下旬に着工し、年度末までにどうにか竣工できよう。工事請負者が決まらぬと付帯する下水処理施設の工事や、鵜戸尾池の水利権者達の協力金問題等が決められないが、このような工事に絡んでくる地元の利害関係者の扱いや処理を巧くやらないと、現地の工事が立ち往生しかねないものだ。後述予定の筑豊支所工事の二の舞になりかねない面倒で微妙な処理だ。

上物工事は十月三十日の入札で大日本土木（？）が落札し、十一月七日に起工式、安全祈願の地鎮祭を行い着工した。工事日程表通りに進行しているので年度内工事完了は確実に期待できそう。宮崎は土地柄余り問題は無いのだが、唯一面倒なのは浄化槽での汚水処理水を放流できないことだ。それだけでなく、これを頑なに拒んでいる鵜戸尾池水利組合が、事務所移転工事にあたって、鵜戸尾池の保全について協力金を請求していることで、その根拠も曖昧だし、更に正式の請求書や領収書を出さぬと言う暴力団並みの行為が、現地所長の中畑君を苦しめていることだ。その処理を巡り、現地所長報告書に水利組合長の署名捺印をさせた上、今回限りの協力金である旨を誓約させてけりを付けた。このような問題には県も市も知らんぷりだ。

移転新事務所の上物工事は工事工程表通りに順調に進み、平成四年三月中・下旬に相次いで事務棟・保安確認棟の建物及び保安確認機械の竣工検査も日程通りこなした。保安確認機械は二コースの内一コース分が当管内で初めて導入するマルチテスター方式であり、この保安確認機器の取扱い・習熟と初期トラブル調整には、保安確認来場者の慣れを含めて若干日時を要するが、兎に角施設・設備面での年度事業計画は一応達成した。

この移転工事の竣工に伴う落成式、祝賀会等は、年度末業務の最繁忙・混雑期を避けて、四月上旬に行うことにしていたので、その準備も年明け早々に着手したが、年度替わりの定期異動で統轄の事務課長と現地所長がいずれも転出するため、実質的に統括所長が保安機構側の責任者とならざるを得なくなった。尤もそれ以前にこのようなセレモニーの実行計画の策定上は、細々した細部の配慮等が要るのだが、その辺りが担当者の性格・能力・経験の有無等によって大きく異なってくる。

計画の大要さえ決めれば後は自動的に式典や祝賀会が進行するというような生易しいものではない。外来客の多い落成式などは、現場準備上の制約もあって、やり直しは勿論、リハーサルも事実上不可能なので、やはり細々した配慮をしておかねばならない。そうした意味で現統括の堀部事務課長や宮崎ＬＭＶ協会の奥村専務などは配慮が粗雑すぎるようだ。

新年度一週間後の四月八日に竣工式を新事務所と会館の敷地・建物を使って行った。四月六日から鹿児島事務所や大島分室の巡視に来管中の梶山理事長へ随行もせず、前日の四月七日午後宮崎ＬＭＶ協会などとの合同打ち合わせと一部予行演習するなど準備を整えた。当日は理事長の早朝からの事務所視察・支局・関係団体等への表敬の後、十時三十分より神事、十一時より落成式、次いで祝賀会を行い、予定より一時間早く散会した。午後の便で帰京する理事長一行の見送りと称して千力での二次会は欠席した。この週末の土・日（十一～十二日）に事務所の引き越しを行い、四月十三日より新事務所で開業した。

宮崎は長崎と共に風土人情の温和なところだがそれでも色々と問題はある。後日の痛恨事は、積極的に協力して頂いた日吉会長の期待と裏腹に、移転跡地が巧く処分できなかったことである。

（五）　移転事業成功の蔭に

宮崎事務所の移転事業の蔭に、特に二人の職員の働きを顕彰しておきたい。その一人は統括事務所の竹富喜一保安確認課長である。彼は九州交運局職員だが、希望して二年間出向し、先ず久留米支所の初代所長をつとめ、翌年統括事務所の課長となった。彼の在任中の実績はそれぞれ詳細に記述してきたが、特に宮崎事務所の移転事業では、事業成功の九割を締めると言われる用地買収を、専門業者が脱帽するほどの完璧さで、予算措置前に実質仕上げてくれたことである。

他の一人は、中畑広行宮崎事務所長である。彼は長崎出身のプロパー職員だが、その真面目で手堅い勤務振りから、プロパー職員では最初の所長として、佐賀事務所に配置中を、移転事業現地作業のため、自宅から最遠隔の宮崎に転任して貰った。現地では鵜戸尾池水利権者との交渉、その他色んな走り使いなど、慣れない細かな仕事をきちんと処理してくれたが、そのせいか全身にひどい帯状疱疹が出来ているのを、半月振りに現地出張の寒村が現認し、慌てて緊急入院させた。当局との人事の都合で長崎に返してやれず、翌年鹿児島へ転勤となったが、数年後に病没した。冥福を今も祈っている。

第九章　長年の最大難問懸案：筑豊支所の開設作業

（一）　定年後処遇の岐路だった長期最難問事案との格闘に当たって

筑豊支所の開設問題は、寒村が九州統轄事務所長に就いて在任した前後七年半、否その前の本部業務部長時代からの関わりを含めると、ＬＭＶ保安機構在任九年余の全期間を費やして取り組んだ稀に見る難事案で、北九州支所全施設の自前化と共に忘れ難い事案である。文字通り心血を注いで長年月を幾多の困難を克服し、切り抜けて漸く完成に漕ぎ着け得た感慨は、定年後終生忘れることが出来ないものだ。

その難事案の完成は、その功績評価どころか、逆に働き盛りの貴重な人生の大半を長年勤め上げた職業上の故郷・原籍たる交運省筋からの、関係業界を含んだ完全な締め出しという厳しい処置により、定年退職後の人生設計・生活基盤を著しく不安定なものにさせられたのだ。組織に所属する者としてそのような危険性の予測も十分可能であったし、そうした破局的事態を回避したいと念じながらも、難事業処理の現地責任者として、途中投げ出しの安易な手段を、自他共に身動きならぬ事情により、採れなかったところに、寒村は自身の悲劇を覚悟せねばならなかった。

全ては終わった事であるが、事ほど然様な自己犠牲の上に築いたこの難事案の処置・成果への経緯記録こそは、寒村が自己への慰労であり、納得する処と出来よう。

（二）　大胆・慎重・果敢な支所化への布石・準備作業

筑豊地方におけるＬＭＶの出張保安確認の変遷と、これが紛糾大問題化する発端の経緯については、既に本部業務部勤務時代の分を第一章（三）の末尾近くその二で、九州統括事務所赴任当初半年間の分を第二章（二）に詳述しており、重複記述を省略する。

昭和六十一年の前半大荒れの連続・激浪の中を揉みに揉まれた、筑豊地域へのＬＭＶの出張保安確認問題は、六月三日の原簿現地移設、八月からの連日保安確認化で、処理能力・能率等を別にすれば、機能・形態的には一応支所並みの内容となって、さしもの地元も鉾を収め一応沈静化した。然し問題がこれで万事解決したわけでは無い。

常態では不可能な支所並み機能の実施と維持は、出張保安確認に当たる統括事務所職員達の忍耐と、献身的努力でこそ可能であったのだ。その実態は本書第二章（二）後半、特にその末尾一頁余に詳述したとおりである。だがこうした極度に劣悪な労働条件・作業環境が、いつまでも放置され、堪えられるものではあり得ないのだ。

筑豊地方の地元利用者にとっては、いつでも満足に保安確認や事務手続きが受けられればそれで良いのであって、その処理施設の良否や作業・執務条件など知ったことではない。極度に不正確・非能率な設備であっても、待機等で保安確認時間が極端に長くならない限り問題ではない。月末等の繁忙期以外は、どうにか能力内で処理可能な保安確認数だし、繁忙期はどこの保安確認場も長蛇の列で同じだからだ。

だが、利用者側から特段の苦情が出なければそれで良いというものでは無い。月に数回以下のたまに利用する出張保安確認場なら、もっとお粗末な施設など珍しくも無いが、常設機関的に毎日実施する設備や作業環境となると話は別だ。出張保安確認要員をシフトで交番させているので余り苦情にならぬかも知れないが、それでも月に八回前後もこの施設で作業せねばならないとなれば、機器更新や保安確認場移設で新鋭設備が増えつつある他の事務所の職員達は、統括事務所への転勤を尻込みしかねない。

かくて先ず保安確認機器・設備の更新について、統括所長は筑豊LMV会館と本部へ両面折衝を重ねた。これらの問題については、第二章（二）の後半に詳述している通りである。また、極めて困難な要員問題は、管内調整の自助努力の他に、増員については第二章（七）の末尾約二頁弱に詳述したように、繰り返し本部へ折衝した。

こうした本部や筑豊LMV会館への最大限の折衝や、管内の自助調整努力の結果、窓口事務の現地処理化、連日保安確認化で、形式的に実質支所並みの機能を得た地元LMV業界は、其れまでの激しい闘争的な運動をぴたりと沈静化させた。

然し、当面の要求を一先ず実現したからと云って、いつまでもそれに満足しているような地域業界では無い。大騒動からほぼ一年後の昭和六十二年七月二十三日に、交代着任後の初度巡視に筑豊を訪れた大池九州交運拠局長へ、筑豊ＬＭＶ会館繁松社長が、地域ＬＭＶ業界を代表して、保安機構の支所早期設置要望を直訴した。このため統括所長も局長への説明に二・三度足を運ぶことになる。但しこの時点では何の具体的準備も無く、明らかに時期尚早であった。

所が、一旦要望を公式に発言した以上、その裏付けを放置するような無責任さの無いのが、この地域の川筋気質任侠道なのであろう。同年九月初めに繁松社長が寒村統括所長に、支所化のために必要な用地を先行取得方検討中だと漏らした。支所開設を最後のご奉公と心得ての意気込みだ。この支所化用地の先行取得問題は、九月末には会館側が具体案を纏め、なお且つ保安機構にその用地の将来の利用可能性について間接的に打診してくると云う念の入れようだ。

この会館側の動きは統括所長から逐一本部に速報し、本部では柳田施設課長より技術・業務両部課長とその担当理事・経理部門等にも取り次がれ関係部長・理事らにより合同検討したが、本部としての対応・回答が纏まらぬので、統括所長より説明を求めて再検討の合同会議を十月十四日に行った。同日午後約三時間の質疑応答と合同検討の結果、会館側の質問三項目の内、①現在の筑豊ＬＭＶ会館及び保安確認場と付帯用地は当分の間（国の登録保安確認事務所が他所へ移転するまで）ＬＭＶの出張保安確認場として使用する。②ＬＭＶの保安確認場としての用地面積基準は、一コース当たり二千平米である。③借り上げ条件は従来通りであり、その他会館が保安機構は将来この地に支所を設置するか、又その時期は？と質問している問題は、それらが現実的に必要になった時点で検討する。と決まった。

この本部合同検討会の結果は、本部での理事会による機関決定の後十月二十日統括所長が会館社長を訪ねて伝えた。筑豊の業界の人達のこうした先行投資という自助努力を伴う支所化促進の動きは、統括所長としても大いに心強い援護であるが、そうした事前の先行努力が無効にならぬ保証を取り付け、同時に将来の方向・路線を既定事実化してゆく彼等の確実さ・逞しさには、好敵手ながら当然で天晴れな感じである。

筑豊出張保安確認場の支所化への布石・具体的準備作業の最初の一石は、右に述べた昭和六十二年の、地元業界・ＬＭＶ会館による用地の先行取得である。一方統括所長としても、改善の緒（いとぐち）さえ掴めぬ劣悪な保安確認作業・事務処理施設・目途の無い長期間の連続出張保安確認と職員の疲労等々、それらの抜本的改善のためには、自前による早期支所化しかあり得ないのだが、保有台数の情況や予算制度等から、早急な実現が全く無理な以上、当面何らかの代替措置を以て繋ぐよりほか無い。

その方法として、統括所長が、年度替わりの昭和六十三年四月一日を利用しての、特別出張保安確認実施の、実質支所並みの常設機関設置を要求する地元業界との折衝結果、かっての過激行動の再発防止上必要最小限の措置であり、実例として佐世保特別出張保安確認場に準拠した旨を、本部へ事後報告した。本部では驚き・呆れ・怒りまくったようだが、結局放置も押さえも出来ず、一週間後の日付けで、理事長名の追認書交付となった。

統括所長のこの強引な遣り方は本省を痛く刺激した。昭和六十一年一月と今回、保安機構の本部と出先に、再度の煮え湯を飲まされたと思い込んだ本省は、特別出張保安確認場は常設機関では無い、単なる名称に過ぎず、従って何らの常設機関的特典も扱いもせぬものだ、と本部を介し諄(くど)いように繰り返し念押しした。折から久留米支所の開設に合わせて佐世保特別出張保安確認場を支所に格上げの措置を採ったばかりで、特別出張保安確認場を廃止する方針だったらしく、余計にカチンときたのだろう。統括所長の措置が一と月足らずで早く実存制度に滑り込めたわけだ。苦り切ったが本省も本部も結局潰せなかった。

しかし、この准常設機関化は、手放しで喜んでばかりは居れない。慥かに地元利用者側から見れば、保安確認場の職員固定化・常駐化や執務時間の正規化で、事案処理の一貫性や一日一時間半もの利用時間延長等、良いことづくめだが、常駐を指名された職員達は、出張手当はなくなるし、勤務時間は長くなる。常設保安確認場の施設としては、恐らく全国でも離島を除いて例を見ない劣悪な作業条件・執務環境下で、連日就業せねばならぬわけだ。而も管内職員なら誰でも指名できるわけでは無い。

筑豊地方の人達の気質など熟知し、この劣悪な作業条件・執務環境下に堪えて行ける職員しか配置できない。筑前・豊前・筑豊三地域出身の統括事務所か北九州支所職員しか充てられないのだ。かくて石野雅夫、林田健二、日光政男の三名を最初の常駐職員として指名したが、肝炎で夏場が困る林田君のピンチヒッターとして、宮崎出身・大島分室帰りの溜池一郎君に無理に頼み込んだものの、秋になって本部がその交代解除を認めず、溜池君は怒って宮崎復帰を要求し出すなど、大いに揉めた。こうした過程は支所化準備上不可避のことであった。

十月二十七日に会館繁松社長、坂本取締役と協力費徴収の非合法性・早期廃止の必要性について激論を交わし、原則論として両役員にその必要性を了解させた。これはその頃週刊誌が、ユーザー車の保安確認の予約制限や協力費徴収の不法性を採り上げたためで、筑豊LMV会館側への説明は初めてだが、自前支所化の必要性の大きな理由でもあるのだ。

昭和六十三年春の一大特記事項は九州統括事務所への異例の記録的な大増員、即ち予算定員10名実行7名の増員が行われたことだ。これは四月十一日の久留米支所の開設と筑豊特別出張保安確認場の常設機関化によって、統括事務所定員の十二名から六名へという半数放出等の穴埋めや、支所管理要員の純増分、鹿児島など保有台数激増分の増員、離島駐在員の複数化などによるものだが、昭和六十年秋以来大いに揉まれ、出張派遣要員の確保に惨憺たる苦しみを経て、戦力強化・増員には極めて貪欲化したことが結実したのだろう。何しろ本部が持て余していた大蔵省押しつけの関東財務局ＯＢである、隅田調査役迄も定員として預かるほどの貪欲さだったのだから。

この前年秋、保安機構の民間法人化で、予算・定員の交運・大蔵両省への協議も廃止され、これらの自主査定が可成り緩められ自由化した走りの分である。以後三年間で定員が二割増となるが、九州管内では六十七名↓八十二名となった。初年度の昭和六十三年度分は全国増員の1／3を九州が掠(さ)らい、全国から怨嗟の声を浴びせられたが、早い者勝ちだ。尤も初年度七名の内最後の一名を公募したのは失敗だった。九州交運局総務部長に就任の内野氏の甥御を落としたのは、後々表面に出ない尾を引くことになった。

筑豊の常設機関化でどうにかして管理職を現地に配置すべく、佐世保の当初の例などを引用して頑張ったが、遂に認められなかった。平成元年度の予算でこの課長級の管理職配置要求は、特別出張保安確認場や常設機関化そのものを認めまいとする、本省側の強硬姿勢もあり、この時点での実現は、要求した統括所長でさえ不可能とみていたが、四年越しの地元の強い支所設置要求への、統括所長の精一杯の努力姿勢を示すと共に、本部へ揺さぶりを掛ける手段でもあった。この要求自体は認められなかったが、その代わり翌年度は所要の全施設を借り上げの侭で支所化を試みたいとの本部側の暗黙の了解を得た。北九州や佐世保支所と同様の支所構想である。

九月に入り長期計画の検討着手の必要性から、会館役員会の前日九月七日繁松社長を訪ね、会館が先行取得した用地の割譲を、実現し得た場合の支所施設のレイアウト案として、三米からの大段差利用の上下施設のポンチ絵を用意して申し入れた。このポンチ絵は早速会館の役員会に諮られ、以後支所と会館の用地利用・レイアウトの原本的なものとなる。

この統括所長の申し入れは、会館財務委員長である直方I社長の山崎秀明氏に猛反発されて握り潰されたらしい。公共性の立場から統括所長の申し入れにある程度理解と協力を探りたい繁松氏も、会館の株主擁護の立場と他に役員人脈等から、特に短期保有地の課税問題等を盾に、強烈な反撃を喰っては、其れを押さえてまでとは行きかねたようだ。事態の膠着化または悪化を憂慮した統括所長は、早期に事態を打開すべく九月二十一日に単身山崎氏と談判すべく訪問予告を申し入れたところ、その直前に高速道路での事故で重傷入院したとの、最悪事態だった。

先行取得の会館用地割譲の、キーパーソンとも言える山崎財務委員長の重傷事故入院には困ったが、それで支所化事業を年単位で遅延・先送りするわけに行かぬ。五年越しの地元の強硬要求を、平成二年度の予算に具体化させるべく、この秋十月二十一日、同二十四日、十一月二日に会館側と集中的協議を行い、用地割譲等の見透しを得て本部へ上申した。前回要求で、筑豊の管理職要求を潰された代償として、翌年度に借り上げの仮での支所化可能性の内密の保証を得ており、自信を持って十二月七～八日の統括所長会議後の総務・経理部の組織・人事・予算関係合同と、業務・技術部の組織・定員・施設関係合同の統轄ヒアリングに臨んだ。

所が何たることだ！　筑豊の支所化は平成四年度にと本部役員会で決定し、交運省にも説明了解済み、との一方的申し渡しだ。自前化施設整備までの暫定的借上げ施設による支所化の余地は全くないとのことだ。これは本部・本省による決定であって、統括所長が今更どんなに地団駄踏んでも変更などあり得ない。それならなぜ事前に一言内報してくれなかったのか。現地筑豊業界が支所化は更に三年先だと知ったらどんな騒ぎになるか、思っただけでも身震いする。

なぜ一体こうなったのか。その理由はいかにも中央らしく単純明快だ。即ち、現地折衝の結果、支所設置に必要な用地の割譲ががが得られそうだが、それなら通常の手順通り、初年度に用地取得、二年度に上物設置、三年目に組織・定員を伴う支所開設を行うとのことだ。現地事情などお構いなしの机上の杓子定規の理屈に基づく決定だ。

このような話は余程根回ししないと、地元にうっかり伝えも出来ずだ。敢えて訊ねても来ないのを幸いに黙って年末を迎えた。年越しに何か説明の妙案でも出来れば、正月中旬の会館役員会新年会辺りで、やおら報告するしかあるまいと。

所が例年一月末頃に機関（本部役員会）決定して本省に持ち込む次年度予算案が、一月十二日には本部経理部で纏め、一月十六日には本省説明と、二十日ばかり繰り上がったので、年内にも支所化用地割譲の確約を取り付けて上申してくれと、御用納めの前日に鵜飼施設部長の藪から棒の性急な要求だ。御用納めの翌日予告して、県ＬＭＶ協会の庄屋専務と一緒に訪ねたが、筑豊会館の繁松社長は不在、仕方なく北九州会館の関社長へ年末挨拶したついでに、黒崎の厚生年金病院に入院中の筑豊ＬＭＶ会館財務委員長の山崎秀明氏を訪ね、予備知識なしのぶっつけ本番で報告・協議・割譲要請をした。太っ腹で回転の速い山崎氏が、年単位の支所化遅延を防ぐべく、保証してくれたのには助かった。

（三）　支所化事業の第一歩＝用地取得までの紆余曲折

保安機構としての筑豊支所化事業が公式にその第一歩を踏み出したのは、事業の裏付けとなる予算が認められた平成二年度からである。地元業界が一万名の署名簿と共に陳情書を本部に提出、彼等一流の強引な交渉などが大騒ぎとなってから実に五年の歳月である。

前年の予算要求で駐在管理職を潰された代償として、借り上げによる支所化が暗黙了解として約束されていただけに、この支所化三カ年計画への地元のきつい反発を危惧していたが、それはどうやら杞憂に終わったようだ。予算の決定伝達と所要の用地購入の予備打診へ、本部の施設課長や調査役が三月十二日現地入りして会館側と協議に入ったからだ。

支所化予算の中身は、現在借用中の土地と建物である事務棟・保安確認棟の建物及びこれに付帯する土地のみで、それ以外は一切顧慮されていない。その後平成二年度の予算要求過程で、施設等を自前化せぬ限り、超狭隘・低能率・且つ不正確・低精度・操作も確認作業も困難な保安確認機器・執務環境を改善できる見込みや見透し・計画が立たないため、統括所長は何とかして施設自前化の可能性を求め、会館側と交渉を重ねた。

その結果、本来なら会館側が支所開設用として先行取得している下の用地一千六百平米をそっくり買い取って、白紙に自由な自前のレイアウトを描けば良いので、そのための交渉を進めたが、短期所有地に掛かる税、会館法人の総合所得課税等から、会館社長は株主に不利益を与えられぬとして、上の土地と現有施設のみの売買を了解したため、予算要求内容がそのようになったわけだ。本部としては、借上げ支所化は故意に没念して、敢えて更地から施設を作る手順を取ったのは、全国並びと交運省への気兼ねだろうし、地元や統轄を無視しての決定は、事前に騒ぎとなるのを警戒したのだろう。

所で予算さえ措置されれば、後は自動的に計画通りに事が進展して呉れるような生易しいものではあり得ない。否、むしろ逆に予算の執行を可能にするためのお膳立てこそが、実は大変な作業になるのが通常だと考えていた方が良い。その点筑豊支所化の初年度予算が付いたとき公言した福山施設担当理事の

「予算措置段階で既に決まっているのだからその通りに現地は実施すれば良い。変更や

修正など論外だ。」

という発言は余りに現実を知らなさすぎる稚説だ。そのことはやがて彼自身がかっての吉田理事のように、痛烈な体験をすることになるのだが。

平成二年度予算に計上された筑豊支所化の予算執行のための準備作業、即ち会館用地、施設の買い上げ交渉は、三月十二日の本部井東施設課長・隅田調査役の会館役員折衝を皮切りに三月二十八日に寒村統括所長・竹富保安確認課長が会館三役と折衝、①土地利用計画・②売買価格・③会館運営等の条件につき、保安機構側より会館への説明と回答要請を行った。

これを受けて会館側は四月十二日に三役会議、五月十五日に役員会を開いて検討の結果、それまでの会館社長の方針と異なる結論となった。その結論は六月七日現地で統括所長に伝えられたが、その内容は、現会館建物と保安確認機器等の施設は会館が保有することとした上で、①用地は下の用地一千六百平米全部と、上の土地を会館建物へ通じる幅二米の通路分と会館建物軒下の南西部分を遺して全部、②売却価格は上下一律平米辺り五万円、③保安機構が設置する事務棟は、会館事務室へ至近の位置とするの三点を主内容とするものである。

九月五～六日に行われた中期五カ年計画の統轄ヒアリングの際、持ち時間を気にしながら盛り沢山の要求・計画内容を説明中に、突然兵庫理事から

「書かれた物の説明は良いから、筑豊問題について集中討議したい。結論的に九州統括の案は本部として呑めない。」

と一方的に強硬な発言があった。腰も抜けんばかりに驚いたが、残余部分を大急ぎで説明の後、理事の発言の真意を尋ねた。

彼兵庫理事の議論を要約すれば、大臣権限の行使を託された特殊法人の保安機構は、営利を目的とした株式会社会館と、業務上の関わりを持つ状態での業務運営は認められぬから、会館を完全に排除するか、当方が全く別の土地に移るかの二者択一しか無いというのだ。そんな暴論が内々の場なら兎も角、現地筑豊などに伝えられるわけが無いし、ただ事で済む問題では無い。役所と一体関係の無数の協力機関などをどう見てるのだろう？。居合わせた他の理事・部課長達は一様に驚き慌て苦り切って、総務や施設担当理事らは反発し、宥めようとするが、聞く耳を持たぬ拒否権行使だ。

役所又はこれに準ずる特殊法人が、公権力行使の際、付帯する全ての手続き等を自前でやれない部分については、公的団体等の助力を得ているが、そうした団体も財産保全等の必要から、何らかの法人組織を取っており、商業法人の株式会社だからといって必ずしも営利のみを目的としない場合がある。そんなことは百も承知の上での発言の裏には、かって彼が本省の部長時代に、保安機構の首脳が、筑豊の陳情団に強訴の一撃を受けて屈服し、念書を与えた大失態に対して、厳しい叱責を与えたことが、未だに尾を引いている事への苛立ちと、執念としての報復行動へ駆り立てたものだろう。

理事としての拒否権行使には他の役員達もなす術が無く、まして一統轄所長に有効な手立てなど在るわけが無い。さればとて、この事態を間違っても地元へ漏らすわけに行かない。地元折衝の現地責任者として寒村所長は滞在を一日延ばし、必死に妥協可能な収拾策を探し、それを本部各関係理事・部課長に説明して回り、緊急に本部決定に持ち込んでくれるよう託して帰福した。

この収集案の内容は、用地取得予算の不足を理由にして、会館所有地の内更地である下の土地だけを取得して、会館とは無関係に、保安機構の業務を単独運営できるようにする。但し利用者の利便性確保上最小限の必要施設は整備する。勿論認め合えるはずは無いから保安機構と会館相互に内政干渉しない原則の下に、と言うものだ。

意見の大いに異なる理事達の顔を立てながら、最大限の努力をして会館の同意を取り付けうるにはこれくらいの線しか在るまい。兎に角兵庫理事以外の全員を説得して回り、早急に機関決定化を託したのだが、本部の弱腰幹部達が躊躇している間に、兵庫理事は月末まで海外出張に出たようだ。

一方この窮余の打開策・妥協案を仮に本部が容認したとしても、会館側が受け入れるかどうか不明だ。このため九月末の二十六日会館社長を訪ねて打診した。繁松社長はかって社長自身の案である、現有施設と付帯の上部用地のみ保安機構へ割譲売却案が会館役員会で否決・逆転案が決定された経緯等から極めて慎重で、保安機構として機関決定した時点で公式に申し入れてくれ、その時に役員会に諮って検討するから、と返事を保留した。

かくて平成二年は、年度予算で支所化事業費を決めながら、会館側提示の売買条件に具体的回答をせぬまま年末を迎えた。それにしても誰も兵庫理事一人を説得・調整できないだらしなさで、全く進展の余地など見いだせないまま平成二年は暮れた。十二月上旬の統括所長会議の席上本部内の調整・意思決定について厳しく注文を付けておいたのだが。

平成三年一月末に、筑豊保安確認場コース内で、とんでもない人身事故が発生した。一月三十日午前十時半頃、保安確認コースの終端出口部分で排気ガス確認のプローブを受検車の排気管に出し入れしていた受検者が、下回り点検・確認のリフトに乗せようとして暴走してきた後続車に追突・挟撃されて、背中の肋骨・鎖骨・肩胛骨等を骨折する重傷を負ったのだ。

下回り確認の待機中だった職員も、機器の遠隔操作中だった職員も何の制止も出来ぬあっという間の出来事だったらしい。直ちに救急車を呼び、救急指定の飯塚病院へ運んだが、被害者が若くて頑健な体の持ち主だったことなど、幸いにして不具者的な後遺症も見られず、順調に回復して三ケ月後に退院、入院中の当方の見舞いなどのお礼に出てきたほどだ。然しこの事故一歩間違えば死亡か不具となってもおかしくない危険な事故だ。

通常受検者が心得てコース内外の車の移動を慎重にやるのだが、加害者はたまたま整備工場の友人を訪ねたところ、人手不足のため二台の受験車の一台を、保安確認場への往復を手伝っていたもので、コース内は整備工場の友人が車を扱うはずの所、手が空かず、そのままコースに初めて乗り入れたらしい。保安確認の職員も初めての受検者だと判れば慎重な指示をしたであろうに。

而もこの加害者は県外の日田からの来場で、被害者は地元筑豊、双方とも零細事業場で、業者団体の作業事故保険にも加入していない。賠償問題がこじれぬよう、自賠責等による手当などを含めて、双方の地元業者機関の役員達に頼んで示談等を仲介して貰った。保安確認業務上の過失は無いとの、警察側の断定見解だが、保安確認場管理上の責任問題として民事の提訴を覚悟したが其れも杞憂だった。零細過ぎて訴訟など面倒だったのかも知れない。

この事故に鑑み管内職員とＬＭＶ業界に業務上の警報を発し、注意を喚起すると共に、現場の機器配置や作業手順を若干変更したが、決定的な事故防止の決め手とはなり得ない。

この保安確認コースでの人身事故が契機となったわけでもあるまいが、前平成二年九月の中期計画ヒアリングでの兵庫理事の拒否権発言以来宙に浮いた形の筑豊支所化事業の用地購入が本部側より動き出した。即ち、施設担当の福山理事が二月二十一〜二十二日、三月二十二日、三月二十八日更に六月十四日と現地入りして会館三役と面談、前年五月の会館役員会で決定した条件にほぼ近い線で歩み寄りを見せた。

只この一連の会談は、双方腹づもりの域に留まっていて、事務的な売買条件の取り決めのような具体性がないため、県ＬＭＶ協会の庄屋専務と協議して、今までの交渉と了解点・売買契約の具体的条件を整理確認して貰うことにした。これまでの交渉で互いに通常の売買に見るような基本的な問題や条件は合意しているものの、実際には施設を作る場合、両者の境界に柵や網などフェンスを設けるとかの保安機構側の意図に対する会館側の疑念が不明確なこと、更にはそうした馬鹿げた区画分離を強硬に主張する兵庫理事への、保安機構内部の気兼ねなどから、双方これらを含めた完全合意に到り兼ねていたわけだ。

ところが例年通常国会閉幕の六月中下旬に行われる本省幹部異動の関連で、新任の梶山理事長とそりが合わないのか、何の予兆も無く突然に兵庫理事が、メーカーのＮ運送車両に転出することになって、保安機構幹部は漸く喉に刺さった棘が取れた。このため七月十二日に現地入りして最終売買条件及びその後の問題等の付帯条件を、福山理事と会館三役との間に詰めの協議が行われた。これ受けて七月二十三日に本部の加藤会計課長が、理事長の委任を受けて現地を訪ね、飯塚Ｄ社で会館社長と売買契約書に調印、八月一日付で代金支払い、所有権移転登記を完了した。

七月十二日に行われた本部の福山理事と、会館三役による支所化用地の売買に関する最終協議の合意内容は、契約文案は保安機構提示のものを無修正とし、契約に付帯すべき合意確認事項も文書化せず、口頭での協議・合意とする。焦点の諸費用負担問題は、分割登記費用六万円弱と、契約書に貼付する印紙代十数万円のみが会館負担で、それ外以の測量費等は原因者負担の原則から、保安機構の負担とした。

その他の付帯事項では保安機構施設と会館施設のレイアウトは、利用者の利便性確保の観点から、その調整を工事段階で手戻りとならぬよう基礎工事から配慮する。そのため保安機構の設計監理受託者が、会館建築構想を含めて調整できるように、同一の設計監理業者を会館側も使いたいとのことで、両者の施設計画・工法等につき可成り細やかなやりとりがされた

事前の根回しやお膳立て等、地元側の努力など一顧だにせず、自分一人の力で交渉を成功させたかの如き錯覚も困るが、そうした誤った自信が、地元担当者の意見や助言等を全て排除して、自己・本部流の遣り方で事を進めようとすると、たちどころに矛盾を露呈する。協力費廃止など基本的な重大事項の確約取り付けを怠るか失念して、地元に任せるべき施設の内容に立ち入って思い通りの物を作らせる、などと口走るのは本末転倒も甚だしい。

施設を誰がどのように使うのか、どう配置すれば最も合理的・便利で、能率的処理が可能かは現地が一番よく知っているのだ。本部の役員や管理職達が現地に張り付いて、現地業務を行うわけではあるまいし。現地事情を無視するとやがてレイアウトなどで手痛い目

に遭うのだが。なぜ現地と良く協議しようとしないのか。

（四）窓口集約化・レイアウトの紛糾等事前調整困難で着工大幅遅延

合意の内容や確認文書交換等その方法はともかく、七月十二日の合意成立の旬日後、七月二十三日には売買契約調印、更に週日後の八月一日には代金決済と所有権移転登記を行って用地取得問題は一応決着した。前年度予算が四月の繰り越しで執行できたわけだ。

これと共に今平成三年度事業である支所施設の上物工事のための、本部作成の基本設計図及び設計仕様についての現地説明会が、八月二十一日に九州統轄事務所で行われ、八月二十八日に設計監理の入札があり、六回もの入札し直しの挙げ句、漸く原設計が落札した。設計施工管理の落札結果から見ると、本部は建物自体の工事予算を可成り低く見積もっている感じだ。

大段差利用の実質二階建てとなるものだし、そうした建物については可成り割高なはずで、二コース等の建築費程度か。工事費に対する通常の設計管理費の割合が概ね数%程度で相場が決まっているためだ。支所開業を追うように工事予定の、会館改築との兼ね合い、共通基礎工事・浄化槽・上下水道等の分も、先行的に当方が工事せねばならぬが、これらを勘案すると可成り割高な工事費となるはずなのだ。

設計施工管理の業者が決まれば、その契約に基づき二ヶ月以内に工事用の設計図及び施工仕様・設計書、工費積算書等が本部に提出されるので、本部内の検討処理期間を容れても、十一月中には工事業者が決まり着工して、早ければ年度内に竣工できるはずだ。

所が事がそう簡単に運べないのが筑豊という土地柄であるが、その土地柄もさること乍ら、もっと基本的に面倒な二つの難事案処理が、全く出来てないままの売買成立だから当然のことだ。この二大難事案とは、勿論筑豊の土地柄にも若干関係するが、その一つはLMV会館の全面的改築に関連する諸問題の調整であり、他の一つは会館を含めた、否、支所そのもののレイアウトの問題であって、いずれも利用者の利便性確保上、事前調整不可欠の問題だ。

第一の難事案はLMV会館の全面改築に関連する諸問題の事前調整だ。保安機構の支所開設に合わせて、なぜLMV会館を全面改築するのか。それは会館自体の問題だが、公共機関としての保安機構の施設が出来たとき、関連業務を行う会館が現状のままだと保安機構側の事務室配置とも関連が取れず利用者に極めて不便になる。更に保安機構の窓口分離で、利用客の多くは登録車も同時に扱うため、登録車関係団体が入居する隣接の筑豊交通会館との三箇所を回るのだが、このときLMV会館と交通会館の間にある整備商工組合の予備保安確認場の前後を通るため、車と接触の人身事故が懸念される。

会館改築となれば筑豊LMV業界の総力を挙げて、保安機構の施設に見劣りしない立派な施設を作ってみせる。その意気込みが将に川筋気質だ。所で、会館の施設などは資金の目途さえあれば、何時でも如何様にでも作れるが、問題はその施設が担うべき目的・機能が十分に果たせるか、更には建設費償却を含めて維持運営費の収支を賄えるか、等の見透しがどうかだ。後半の問題は設置者たる会館自身の問題で、窓口業務収入や予備保安確認等からある程度目途を持っていたと思われるが、前半の問題となると、ＬＭＶ会館のみでは手に負えない問題を含んでいる。

具体的手続きは、①保安機構支所の窓口では、保安確認申請・納税確認等と、有効期限の更新、新規は標板番号指示等、改造車は先ず書面審査を、現車確認はコースで、②ＬＭＶ会館窓口では保安確認手数料納付・ＬＭＶ税納付確認・手続用紙交付等を、③陸運会館窓口では標板交付・県税の取得税納付等の窓口三箇所だ。陸運会館窓口は必ずしもＬＭＶ保安確認全車と言うわけではないし、従来と変わらぬのだが、保安機構の窓口分離によって、往復箇所が全手続車に一箇所増えることは避けられない。

ＬＭＶ会館が折角意気込んで全面改築をするからには、①保安機構の窓口以外の関連団体の窓口を集約化し、ワンフロワー一箇所で行えるようにして、②陸運会館への往復客が県整備商工組合実施する登録車の予備保安確認車両との接触人身事故の発生懸念を完全に除去したい、つまり陸運会館窓口で扱うＬＭＶ関係の業務を切り離してＬＭＶ会館窓口に移すの二点、即ち利用者の利便性と安全性を確保すべきである。

この二つの目的機能が確保されるか否かは、ＬＭＶ会館全面改築の意義に係わる重大要件なのだが、窓口集約化の呼び掛けと、それを実現させる全作業を、会館が独自に行うには、いかに猛者揃いの会館と言っても全く無理だ。せいぜいお願いして回り、無視されるか積年の恨みを投げつけられて喧嘩になるかだ。いずれにしても勝ち目はないし、実現出来っこない。

統括所長としては、公的機関が一営利団体の株式会社ＬＭＶ会館の事業について、間接的にでも財政上の貢献になる様な動きを本部が認めるわけはないし、きつい制止を命じるのが目に見えていて苦慮したが、そんなことに構って居れぬ。利用者の安全性と、利便性を大義名分として、会館に代わって積極的に調整を進めることにした。

そのためには先ず当局の理解と助力を得ること、次いで各関係団体を事前に戸別訪問して根回しした上で、全体会議の場に持ち込んで一気に事を決する方策を採った。全体会議とは支所開業準備協議会なるものだが、これは統括事務所が主催するもので、地元交運局、保安機構、及び各関係団体で構成し、窓口集約化と構内安全対策の二部会より構成する。当局・交運局登録保安部は、かって筑豊ＬＭＶ会館の標板製作頒布計画の押さえ込みから、統括事務所と共に筑豊のＬＭＶ業界対策には深い関わりがあるし、何より歴代の部長の理解がある上に、統括事務所の保安確認課長として出向していた竹富氏が局最右翼の車両課長なので大いに力になって貰えた。

問題は関係団体の内、窓口集約化によって新たにＬＭＶ会館に入って貰うべき団体の説得と協力の取り付けである。窓口集約化の必要な関係団体は次の五団体、即ち標板協会・陸運協力会・県税事務所・運送車両販売店協会・ＬＭＶ協会（いずれも県単位の団体）であるが、ＬＭＶ協会以外の団体は集約化の必要性と利点は認めるものの、集約化による利害関係がそれぞれ大きく異なる。

統轄所長の寒村は、九月二一日から一〇月一一日にかけて各団体の専務・所長ら責任者を歴訪して、強力に説得し協力を求めた。それぞれの団体の事情や協議の詳細は省略するが、特に陸運会館の窓口だけで県税を扱う、陸運協力会と運送車両販売店協会の立場は深刻だ。このままだと全体会議は開いても、窓口集約化の成果が得られぬ可能性が強いし、仮にそうなった場合は、筑豊ＬＭＶ会館の役員達は黙っていまい。統括所長がどうできる問題では無いが、交運局からも県税当局に圧力を掛けて貰い、なんとか成功させるより他ないようだ。県税収入中運送車両税の収入割合は非常に大きいし、ＬＭＶ協会だって県税からの直接要請なら、県税扱い受託の用意があるのだから。

筑豊支所の建設工事設計段階で、事前調整を要する二大難事案の他の一つは会館を含めた全体の、就中、保安確認場部分のレイアウトである。これはは保安機構として決める問題であるが、保安確認を受ける人達の利便性や、構内安全対策の面から、地元の希望や意向を無視するわけに行かない。所が施設を作るのは保安機構だし、我が機構の用地に我が機構の資金で建設するからには、それらの決定権を握る本部・特に施設担当の福山理事の考え方で押し通すと、の公言をそのまま実施しようとするため大揉めとなった。

三～四米からの大段差の地形をそのまま利用する施設で、下段の一千六百平米に保安確認棟を、その上部の二階部分は、上段の既設用地レベルと同じにして、会館事務室と向い合わせの保安機構事務室、及び人工地盤の駐車場として利用する基本構想は、本部も統括事務所も会館も一致している。

問題は保安確認場部分のレイアウトだが、地形の有効利用上平地部の待機コースを少しでも長く取るためには、左回りとして、保安確認コースの入口を東南部先端側、出口を北西部の上下連絡坂路を下りた手前側に設置するのが当然、とする統括事務所や地元側の考え方に対し、本部の福山理事は構内安全上からその逆、右回りに固執して譲らぬ。

上段部の用地は国の登録保安確認事務所、関係団体の施設棟への共用出入口から、下段用地への連絡路出入口までの距離が殆ど無く、上下連絡路は国道二百一号の法面に接しているため、両出入口を直接連絡利用すれば、慥かに福山理事の主張する右回り案の場合出入りするＬＭＶは交差しないので、その分安全であろう。

然し実際には共用出入口幅は用地界としては十二米あるが、縁石等の歩道工作物と、国道出入りの信号機制御用の、国道へ出場する車の感知器設置のため、共用出入口の幅は国道工事事務所側で六米に制限していて、ＬＭＶの共用出入口利用は登録車と同じに並ばざるを得ぬ。このため入場したＬＭＶは、上段の用地内で出場車の進路と必ず交差することになる。

実際には更に保安確認受け等の手続を処理中は、上部人工地盤へ駐車するが、そこへの出入りも上下連絡道路の出入り車両との交差を余儀なくされるわけだ。結論的にはＬＭＶ保安確認車両は上下段にいずれか、特に上段で必ず逆方向車と交差せざるを得ない。そのための構内安全対策部会を、窓口集約化部会と並んで支所開業準備協議会に設け、具体的な安全対策の諸要措置を検討しているのだ。若し本部の考え方のみで一方的に決めるなら、地元の協議会や部会での討議は無用だ。

保安確認場の位置は決まっていても、進入方向が右回りか左回りかで、保安確認機器の配置が逆になる。施設は一旦作れば容易に変更できないので、設計の基本条件に係わる重大事項だが、これが設計監理入札後、設計図提出期限近くなっても決まらぬでは着工期限にも支障するので、左回り案の設計で本部を説得すべく十月二十一～二十二日、新野保安確認課長を伴い上京した。

所が、寒村が本部内を挨拶回りしている間に、福山理事は新野課長を捕まえ、きつい調子と云うより一方的命令として右回りを申し渡した。協議とか説得とかでは無い。命令とあらば仕方が無い。無理を承知で十月二十八日夕方、業務終了後の構内で縄や石灰粉を使って構内を実測し、ＬＭＶを動かせて測定したが、どうやっても下段の用地は保安確認場コース入口まで五台分の待機が困難だ。最低十数台～二十台分は欲しいし必要なのだが逆立ちしても駄目だ。

難航を覚悟していた支所開業準備協議会の窓口集約化部会は、事前の周到な根回しや交運局の裏調整・県税事務所の協力取り付け等と、更には会議への局側の臨席等が奏功して、二回の部会で円満合意、協力成立をみたが、構内レイアウトが基本となる構内安全対策部会の初回十一月二十日は、統括事務所からの本部命令説明に対して、のっけから激しい怒号が飛び交い、本部命令で変更できぬと聞くや地元業界・会館側委員は次次に退場して流会せざるを得なくなった。

会議場を提供してくれた国の登録保安確認事務所の課長も驚いていたが、手の付けようが無い。結局この日の夕方までに、会館の繁松社長が利用者の立場を代表する形で、本部の福山理事へ電話で、用地売買契約破棄を持ち出して強談し、福山理事をねじ伏せ決着した。

決済も登記も済んでいるのに、福山理事は歯が立たなかったか。彼の矜持や如何？　あり得ないことだが、福山理事が十一月二十日の現地会議に直接出席して、持論としての実施を要求したらどんなことになったか、思っただけで身震いする。吉田理事は出先の統括事務所を排除し本部直轄・自分の責任事項として、昭和六十四年四月二十四日と同年五月下旬統轄所長会議の日に、筑豊会館役員会へ乗り込み、直接堂々と持論を展開した。勿論袋叩き状態の惨めな結果だったが。

それにしてもなぜ本部特に理事は、現地の事情や意見を無視して、物事を一方的に決めたいのか。決定権という権力の誇示に執着するのは判るが、そもそも現地の施設や業務は、理事自身がそこに張り付いて自分が使い運営するわけでは無いのだ。施設設置や業務運営上の原則、規範は組織として守らねばならないし、徹底せねばならないが、現地で実務する職員、義務履行のためにそこへ申請に来る利用者達が、その施設を使うわけだ。それならその人達の意見や希望を参考にすれば良い。たかだか一～二期の任期で、ましてや新任の役員に現場の諸事情などわかりっこない。現地の意見や希望を良く聞いて、理想的で無くても、現地が有り難がるような施設を遺してやれば、名理事として名を残せるだろうに。

（五）やっぱりだったか着工遅延：工事の二期分割化と新たな難問

福山理事の拒否権で宙に浮いた工事設計は、繁松社長の強談で解決し、結局当初納入の原案通りで行うことになったが、この間約二ヶ月遅延した。十二月十三日に保安確認場構内の混雑状況、特に待機コース車両数を確認、これを付して同日支所の工事設計書・図面等を本部に速達提出させた。この時点ではまだ少し無理すれば日程的に本部内の審査、工事請負の現場説明、入札等の年内実施が可能であった。

だが本部側は、年末輸送混雑期で航空券の入手など困難なこと、更にこの時期に入札しても工事の大半六割以上が年度内完成不能の見込みでは、年度工事としての契約が出来ない、複数年度にまたがる工事契約は余程の大工事か難工事の場合であって、支所の上物建設等は到底これに該当せず等の理由で、予算自体を次年度に繰り越すこととする。但し工事手順の関係から工期が短く、又、資機材搬入等の都合上最初にやっておく必要のある上下連絡路の改修設置工事分は、本体工事と分離して平成三年度工事とする。つまり支所化工事を工期的に二分割する、との方針が十二月十九日本部決定された。

会館の全面改築は、福山理事と会館三役との土地交渉の場で、統括事務所側からの要求として、工事と業務への支障を最小限にするため、支所施設の竣工・開業後にして欲しいと申し入れ、了解されていたはずだが、会館の基礎工事部分が、支所建物の基礎部分より奥側、大段差の擁壁側となるため、支所の基礎工事と同時又は若干先行することが必要なこと、支所開業の時に会館が仮小屋では困る等の理由から、支所新築工事と同時並行で会館改築を行いたいとのことで、年明けと共に着工することとなった。

所が支所の工事が先述の如く延期されるに及んで、会館工事が逆に三～四ケ月ばかり早く着工・竣工する見通しとなった。会館解体で平成四年一月十四日開設の、東南側擁壁場に張り出して仮設した不便で危なっかしい仮小屋での執務、それも経費的に更に会館へ迷惑を掛けるわけだが、そんなことは本部の関知するところでは無いらしい。筑豊の人達もその気質から通常なら当方の工事遅延を黙認するはずが無いのだが、予算措置・工事計画等が確実なためか、特段騒ぎ出しもせずだ。だがこの工事の半年遅れは、年度替わりの人事異動計画にも大きな支障となった。

さて先述した十二月十九日の本部方針に従い、工事は本体工事の建物・人工地盤と上下連絡路改修工事に分割し、後者を第一期工事平成三年度事業として平成四年一月二十八日に現地説明を、二月三日に工事請負入札をそれぞれ国の筑豊登録保安確認事務所会議室で行い、新日本土木が落札した。この工事請負業者の決定までは、本体工事の繰り越しや、分割工事、それに年度替わり定期人事異動（組織新設代わり）への深刻な影響等が基本的に困った問題でもあったが、どうにか物事の流れに従って進めた。

所がである！　何事に付け思わぬトラブルが発生するのが、筑豊という土地柄の特性のようだ。過去にも国の筑豊登録保安確認事務所や関係団体の用地造成・建築工事・当支所用地の会館による先行取得と、その造成工事等の過程における様々な地元とのトラブルを、飽きるほど聞かされて慎重に事を決めていたはずだか・・・。

二月十五日午前十一時頃突如として、かねてから地元のトラブルメーカーとしてマークしていた遠藤組社長から統括所長に直接電話があり

「昨日変な筋から酒を届けてきたが受け取る理由が無いから断った。昨秋（註）と今月

三日の会館地鎮祭で、保安機構も近く工事を始めるので宜しく協力を、とかいってたが、なんら具体的な話をしに来ない。其れで挨拶したとでも思ってるのか！　協力はしないから勝手にやれ。」

といって一方的に電話を切った。この後二月十七日（月）彼は本部にも電話を入れ、いきなり理事長を出せ、直談判だと要求したが、応対した総務課長に同様の趣旨を、凄みのある脅し文句で一方的に伝えたらしい。（註：昨秋会館の用地分譲のお礼に、本部の経理担当理事と部長が繁松社長へ挨拶来福時、支所工事で世話になるからと、繁松氏が白土町長と遠藤社長へ挨拶案内した。）

統括所長は事情がどうなっているのか判らないので、工事関係を担当する新野保安確認課長を呼んだが、年次休暇の不在中で仕方が無いので、設計監理の原設計の牟田所長・筑豊ＬＭＶ会館の繁松社長、県ＬＭＶ協会の庄屋専務達と連絡協議の上、折から土曜午後で退社中の元請け新日本土木九州支社次長に連絡を入れさせた。

全部の情報を総合すると、どうやら元請けの新日本土木が、下請け選定に当り、統括所長が事前に助言・注意しておいたにも拘わらず、地元で支所工事に直接利害関係を有する遠藤氏を差し置き、地元の土建業界でボス的な存在の芝山建設に下請け調整のまとめ役を頼み、芝山は工事金額の少なさから自分で工事を独占し、次期本体工事の一部を遠藤組へ回すような話をしたため、遠藤が怒って発注者の保安機構の本部と統括へ直接電話を入れたものらしい。

　二月十五日（土）午後帰宅後に新日本土木支社次長から電話があったので、下請けの縺れのようだから、芝山に遠藤を宥めさせるよう指示した。所が、筑豊のような複雑な土地柄では、事はそう簡単に解決するわけが無い。元請けと下請けの力関係が逆転したような結果となって、新日本土木はお手上げとなったようだ。統括所長としては下請け問題に直接介入すべきではないし、してはならぬ、その必要も無いのだが、工事の発注者として事業年度決済の問題があり、放置できないどころか緊急に解決を要する。

　このため会館社長の重松氏や設計監理請負の原設計、更に県ＬＭＶ協会の庄屋専務らに、直接・間接的な助力を要請したが、過去の苦い経験や、会館建築の本体工事（遠藤組請負）への影響を恐れる会館側、隣接工事の設計監理者として余計なトラブルに巻き込まれたくない原設計、仮に同行しても部外者として閉め出される可能性を予見して、相談に応じるのが限度だとする県ＬＭＶ協会専務達、いずれも直接の助太刀役を買ってくれる者は不在だ。僅かに同和の筋から会館役員の坂本氏が働きかけてみようかとの話が、新野保安確認課長との間で密かに進んでいたようだが、次期工事である支所本体工事の何割かを下請け予約させる条件など呑めるわけが無い。

　結局、日程的にこれ以上放置できなくなった三月上旬、単独で遠藤氏と直接折衝すべく両課長や代理らと順次組んで、何回も現地に出向いたが、日中いずれも不在、三月五日雨中をいつまでも待つ覚悟で、この日三度目を単独で出かけたところ、折から退社の戸締めの鍵を掛けようとしていた遠藤氏を捕まえ、三十分間強引に面談した。その内容の主要点は三月三十一日付の本部三部長宛報告書に箇条書きに纏めたが、兎に角当方の立場と主張及び協力要請を思う様ぶっつけておいた。勿論彼の動き次第が、筑豊のＬＭＶユーザー何万人にも重大な影響を持つことも。遠藤氏は口が重いようで、胸の内を窺わせるような発言は殆ど無かったが、最後に

「自分の立場は既に電話で直接、又新日本土木を通じても間接的に伝えたはずだ。随分いろいろ聞かされたが、それらはそちらに立場であって、自分には関係ない。今日は先ほどから用事があって出かけねばならんのだ。来るなとは云わぬが、何度来ても同じだ。」

と言うに留まった。

この折衝の帰途立ち寄った飯塚Ｄ社で、心配して待機中の社長の息子・繁松勇治氏と協議の結果、地元庄内町長へ仲介を頼むほかあるまいとなった。翌朝社長より申し入れて貰い、急を要することから三月七日早朝、町議会の始まる前に約一時間、保安確認課長を伴って面談した。その内容も三月二十一日付の本部宛報告書にまとめたが、要は筑豊十万台のＬＭＶのユーザーの期待を、一部の地元町民の都合で壊すわけには行かぬ、との町長の立場から、町長が遠藤氏を説得する事になった。

町長への折衝も当方の一方的都合に合わせて貰い、本省柳田班長、交運局竹富課長の南

九州への視察の応接・案内役を兼ねた、年度末管内激励巡視への出発時間を遅らせ、三月十一日昼に庄内町役場で、町長と寒村と遠藤氏の三人が、事前に用意した必要事項のメモに従い、合意事項を確認し合い、即刻工事を進めることになったので、その旨を南九州巡視へ出発前に新日本土木へ電話で指示した。

新日本土木では二月下旬に芝山建設が下請けから手を引いたと通告されたままであり、この面で困却しているとの泣き言を出張先の熊本まで電話してきたが、庄内町長に仲介して貰うなり、其れが駄目又は不成功なら其れを確認させ、関係者に断って独力で工事すれば良かろうと突っぱねた。出張帰りの三月十六日に新日本土木の九州支社長らが統括事務所へ来訪、同日昼町長へ面会の予約を取っており、仲介して貰う予定だと云っていたが、どうやら芝山も町長の説得に服して、三月十七日に下請け契約し三月二十三日より着工するとのことであった。

然し、問題は其れだけでは済まない。下請け問題のトラブル解決に統括所長が動かざるを得なかったのは、年度事業予算の決済問題が大きな責任事項であるためだ。本体工事分は既に繰り越し措置されているが、下旬に入り本部へも前記三月二十一日の報告書を元に会計課長と連絡の結果、年度内不可能な他管内の未決済案件と共に繰り越し処置するとのこと、契約期間延長の手続を、その理由書提出で処理することとなった。統括や特に新日本土木の不始末に対して叱責など免除とは随分寛大な処置だ。

本体工事に関連する分としては、水洗トイレの浄化槽設置の地元承諾問題がある。三月十八日午後日中に二保一区長を訪問して申し入れた。日時を要しそうだし、町長と本部の方針が異なるが、今後の大きな問題となりそうだった。

（六） 本体（第二期）工事着工までのもたつき

地元の中小一土建屋に過ぎない遠藤組・社長遠藤喜四郎氏がなぜ一体会館を含む我々陸運団地関係の建築や土木工事に関してて絶対的な横槍を持つのか、理由は簡単だ。彼がこの陸運団地のすぐ下に隣接する鳴池という溜池の水利権者の一人であるからだ。この池は随分古い歴史があり、その水利権は徳川時代かそれ以前の古文書も残っているらしく、池の水量に変更を及ぼすような改修等はこれを排除する安堵状の古文書と共に、そのための強い規制・制裁行動を取ってきた長い歴史があるようだ。

この鳴池の現在の所有者は数名らしいが、米国等海外在住者や所在不明者などがあり、現在の実質所有者は遠藤氏他一～二名程度で、実質的に遠藤氏が所有権管理責任者となってるようである。筑豊ＬＭＶ会館もこの鳴池に接する用地を地元の森林組合から買収し造成する際に、遠藤氏の横槍で往生し、国の登録保安確認事務所の造成拡張工事の時（遠藤氏の横槍で工事が一年以上停滞したようだ）と同様に、地元庄内町長に仲介を依頼して漸く解決したのだ。

この遠藤氏の横槍とは

「自前の土地に何を作ろうと勝手で、自分（遠藤）には係わりの無いことだが、その工事の汚水や泥水を、一滴たりとも鳴池に流入させたら只事では済まさせぬ」

と、土地所有者及び工事施工者への通告である。

陸運団地の周辺は西北側を国道二百一号の盛り土や切り土で遮られ、北東、東南、南西側は地形上から雨水等はこの鳴池に流入せざるを得ないのである。これを避けるには国道の側溝等を利用する方法も考えられるが、これは国道維持事務所が絶対認めないようだ。その結果工事請負業者が犠牲を払い、工事の下請けを遠藤組に依頼することで漸く話し合いがつく。其れも町長の仲介によってと云うことらしい。

ＬＭＶ会館は森林組合から買収した用地の造成工事に際し、散々苦労した苦い経験から、会館の全面改築工事一切を遠藤組に任せただけで無く、保安機構への横槍にも仲介等一切余計な手出しを控えたわけだ。こうした事情は薄々判っていたつもりだが、いざ噛み付かれてみると、本部ほどでは無いにしても大いに狼狽し、その対策に非常に苦労した。

かくて先述のように町長の仲介により、遠藤組を下請けに使うことで三月下旬に合意成立したが、この間約四十日を要した。この合意成立と同時に間髪を入れず着工させたが、気まぐれでコントロール困難な芝山建設の工事では、下請け分の竣工は五月半ばと踏んでいたが、意外にも四月中に契約通り期限内に工事を終わったとの報告であった。

　第二期工事である支所本体工事の方は、前記の第一期工事上下連絡路の改修土木工事に先立つ町長・遠藤氏と統括所長の三者会談申し合わせに従い、第二期工事の落札決定（四月三十日新日本土木が四回目の入札で落札）次第直ちに着工できるはずだったが、第一期工事の下請けをした芝山建設との腐れ縁が切れず、独自の方針も打ち出せぬ新日本土木の腰のふらつきで五月二十日過ぎまで着工が伸びた。

　この間町長の要請・指示による町の指導もあり、第三次処理浄化槽の処理水を隣接の鳴池へ放流するための承諾問題を、二月中旬より地元の二保区長へ依頼していたが一向に返事が無いので、四月上旬に二度重ねて督促照会した結果、四月二十日の地元利用水利組合で拒否決議されたとのことで、ついに断念して汲み取り溜槽にせざるを得なくなた。尤もこの二十数人利用水利組合には芝山なども入っていて、次年度にその組合長就任予定とかでは、変な言いがかりの懸念を断てよかったようだ。後日談だが、この汲み取り溜槽はトイレが水洗式で、職員や来客が共用するので、汲み取り料が月額十四万円にもなり、費用捻出に苦慮するとのことだ。

　それでもまだ芝山との腐れ縁は切れぬ。というのは本体工事の基礎工事用重機が芝山建設のもので、新日本土木はまたしても下請け問題で牛耳られたようだ。然し何はともあれ、当方としては契約に従って元請けの新日本土木が工期内に、設計仕様書の指示通りに工事を遣ってくれれば良いのであって、下請け問題がどうなっていようが関知せぬ事である。

所が肝心の工期については、本部の井本施設課長らによる四月二十三日の現地説明に先立ち、四月二十一日に新日本土木・原設計・新野保安確認課長らが統括所長室に来て、九月末期限では工期が不足し、工事不能だと申し立てた。四月二十三日の現地説明で彼等が本部施設課長とどのように応答したか不詳だが、四月三十日の入札直前及び五月一日にも単独又は複数で同様の内容を強く申し立てた。

これに対し統括所長の寒村は、工期は予算認可の条件であり、現施設たる会館所有の保安確認場と仮設事務所の借り上げ費が半年度分しか無いこと、などの制約から延期は不可能であること。なお、久留米支所新設工事、長崎及び宮崎事務所の移転増コース工事等の例からも、工期五ヶ月が特に短すぎるわけでは無いはずだ。もし申し立て通り工期に自信が無ければ入札参加を辞退すれば良いし、落札後でも辞退返上するしかない旨を、本部会計課長と強硬に申し渡した。

なお、予告しておいたゴールデンウイーク明けにも確認したが、辞退を申し出ないので、即責任を以て期限内に竣工するものと了解する旨を通告した。この一連の工期不足の訴えは、どうせ下請け調整の縺(もつ)れから芝山や遠藤ら地元土建業者に工事妨害など脅されてのことだと、見え透いているからだ。

それにしても不可解なのは、新野保安確認課長の言動である。これら一連の業者側の主張を弁護する程度ならまだしも、入札後の本部会計課長の歓迎コンパの席上で単独主張を始めたため、会計課長は怒り出すし、統括所長の寒村も黙過できないので強く窘めた。それだけではない。五月一日の業者の再陳情の時も同席し代弁まで仕掛けたのだ。統括所長から強烈に撥ね付けられてぷいと席を立つとは何事だ。

筑豊における地場業者以外の業者の元請けによる、土木建築等の工事の難しさは、その工事場周辺での、何らかの利害関係の事前調整を理由に食い込んでくる、地元業者とその仲間達の連係プレーで、下請けとして地元業者を使わざるを得なくなるのが通例だ。一旦この関係が成立すると、将に庇を貸して母屋を盗られ兼ねなくなるようだ。かって国の登録保安確認事務所の工事を請け負った地先工業が、遠藤組などの妨害で一年近く工事が停滞していたとき、同社の責任者は夢遊病者のようだった、と県LMV協会の庄屋専務から聞いたことがある。

五月七日の統括所長と町長の面談を受け、五月十一日に町長による新日本土木と遠藤の下請け調整協議も、遠藤の威嚇

「全工事を任すと統括所長が言った」との申し立てはハッタリに決まっているが、これに屈して、芝山のとき同様、新日本土木は最初から手も足も出なかったようだが、そうした主張が根拠のない見え透いたものと思えば、何故

「そのような大事な話は統轄所長から一言も聞いていていない。」

と反論しなかったのか。

又、その直後に、調整の仲介成功だと思い、統轄所長がお礼に町長を訪ねた際、遠藤は既に退去して不在だったが、居残って困った顔をしていた新日本土木の人達は、何故統轄所長へその旨を確認又は質問しなかったのか。全部を下請けの遠藤に任せうるなら入札など必要ないし、遠藤と随契約するだけだ。尤も第二期本体工事は理事長権限の契約で、統轄所長が越権行為など出来るわけはないが、余りにも馬鹿げている。

この町長へのお礼訪問は、県ＬＭＶ協会の庄屋専務の助言により、急遽他の予定を一切キャンセルして、昼前に里村啓治事務課長を伴い統括事務所を出て筑豊へ急行し、お礼のために庄内町内の寿司屋で昼食を提供したのだが、この席で町長は
「立場上、仲介と云っても関係者を引き合わせるだけで、具体的な条件交渉は、当事者間でやるだけだ。勿論席を外しているので、妥結の内容・条件等は関知せぬ。町長の顔を立てて妥結を期待するのが限度だ。」

と云っていたが、それが町長の良識と節度であろう。

地元下請け業者の杜撰なやり方にも元請け業者はお手上げらしい。五月十四日に町長はじめ地元関係者に参集して貰い、挙行した起工式の時は、前日来の雨も上がり晴天だったが、その際に確認した上下連絡路の改修の第一期工事の仕上げは何という中途半端な雑工事だ。予想より早く月中に竣工したとの報告を受けていたのだが。

第一に下端外周部のコンクリートフェンスは全く設置されていない。現地の工事責任者の説明では、これは下請けの芝山が、工事図面に含まれていないと主張したためらしい。第二に坂路面の仕上げの砂は殆ど流下して、大きな溝さえ出来てる始末で、梅雨末期の豪雨などにはひとたまりもあるまい。下端外周部のコンクリートフェンスも内から、このまだと上下連絡路の土砂は流下して、支所用地外周の側溝及び森林組合分の里道を、一気に超えて鳴池に流入し兼ねない。

そうしたことを心配顔に、と言うより、起こるのを期待している、池や里道の関係者達の目に、冷汗を掻いたが、後日新日本土木を呼び出してきつく釘を刺した。その時の話では対策として、一応境界側溝沿いに土嚢を積み、用地内方の連絡路下端内側に土砂、泥水の沈殿枡も設けているが気休めに過ぎない代物だ。上下連絡路の舗装は、支所構内同様、保安確認棟の機器設置を含む全建築工事の最後に行うので、其れまでは降雨の度に、特に上下連絡路の土砂流下が避けられないのだ。

前述のような第一期工事の現実を前にしては口頭だけでは心許ないため、六月三日付で新日本土木九州支社長あてのきつい申し入れ書を作成し、受け取りを渋る同社支社長代理と、建設部長に持ち帰らせ、同時に本部宛にもその旨連絡した。設計監理の原設計や、新野保安確認課長の、工事監督場上有効に作用することを期待して。

（七）　支所本体の工事と盛大な落成式

支所本体（第二期）工事の起工式・安全祈願祭は、五月十四日午前十時半より現地で行った。本部から来ていないので、統轄所長の寒村が発注者を代表する形だが、こうした起工式や地鎮祭棟は、工事の安全を祈るためのものなので、施主は工事請負者の新日本土木である。参会者は地元下請け工事業者らの仲介等で、大きな力を借りた白石庄内町長や新拓仁保区長・森林組合・登録保安確認事務所、統轄事務所、ＬＭＶ会館役員、元請け・下請け工事関係者等々三〜四十人だったようだ。

昨日までの雨も上がって周囲の山々の若葉が五月晴れに美しく生えていた。これだけの人数では主要な参会者への挨拶だけでも大変だが、参会者の中に遠藤氏を見つけたので、「遠藤さんよう来て下さった。これでこの工事は百万の援軍を得たようなものです。地元業者の名誉にかけて、筑豊十万台のＬＭＶのユーザーが一日も早くと待望している、支所の工事を期限内に立派に完成させて下さいよ。勿論手抜きなどありっこない、入念な工事だと期待していますよ。」

と、わざと大声で挨拶し、多数の参会者に注目して貰った。一旦やると決めたからには、全力で取り組んでくれるのが筑豊人の特質・川筋気質なのだ。

筑豊支所の建設工事は、着工前に下請け等の難問処理を片付けたせいか、着工後は梅雨期にも拘わらず順調に工事が進み、基礎工事・鉄骨構造骨格組み立てまで六月中に終わった。七~九月は外装・内装・人工地盤の仕上げ、保安確認機器他諸機械設備等の設置・調整等の工事、外構仕上げ等、中盤・終盤の工事である。

八月は中旬に旧盆行事を挟んでいるし、日程的に同時並行で進める工事が相互にリンクしているものでは、跛行(はこう)が許されぬデリケートな工事期間が約半月続いたが、工期については落成式や開業日程を絡めて厳守させたため、九月末までに構内舗装・車線等のライン引きを含めて見事に出来上がった。この間元請けの新日本土木も、下請けの遠藤組も、そして設計監理の原設計は勿論、新野保安確認課長も、それぞれに立場で全力を尽くしてくれた。

さて、この支所本体工事と並行してもう一つの重要処理案件は、落成式と開業の日取りとその準備である。開業の日取りは官報告示の手続を二ヶ月半前から開始するわけだが、落成式の方は、会館との合同実施の可否如何が重要なポイントだ。特に落成式は地元はもとより、各方面に大きな影響を持つため、六月四日に会館社長と直接協議に入ったが、先ず会館三役に諮ってからとのことで、六月末の二十九日まで保留していた。

この日、新会館への八月初めからの入居条件を話し合うための、入居団体等の合同打ち合わせ会の後で、飯塚D社に、会館三役と店子の関係団体専務が集い協議した結果、支所の開業は十月十二日(月)、落成式は十月六日(火)とし、落成式は会館と合同で行うことが決まった。これに基づき早急に本部と連絡、大筋合意の上具体案の協議を、統括事務所・会館及び県LMV協会の三者間で進めてゆくことになった。保安機構の新会館への支所開業前二ヶ月間の暫定入居は原則了解だが、入居条件・契約は現行のままで出来ないと面倒になりそうだ。

九月末の本部ヒアリング、十月一日付けの筑豊支所開設関連辞令交付・挨拶回り等の関係で、工事の検査員である統轄所長の竣工検査は十月二日に行ったが、これ以降に発見される分を入れて細かい点は兎も角、全体的に良く出来ており、工事関係者・設計管理者、現場監督達に心からお礼を申し述べておいた。

只、以下は会館側の責任工事であり、二期工事で手当てするらしいが、会館と支所との接続部の腰壁の未設置部分は極めて危険で、この箇所は接続工事完了まで会館と支所双方の扉を閉鎖して通行止めにしておく必要がある。この接続部分は屋根の切れ目と共に、腰壁では駄目なので、窓付きの壁などにして、間違っても子供が窓に這い上がったり、転落などせぬようにする必要がある。なにしろ下まで4~5米もあるのだから。

会館と支所の両工事の同時施工予定が跛行(はこう)したために、おかしな出来上がりになったのだが、こうした些細な工事調整もさることながら、無駄で余計な壁を二重に設置、利用者をわざわざ遠周りさせるなんてどういうことだ。会館と支所双方のこんな余計な二重壁が無ければ、利用者達は回れ右するだけで、会館と支所の双方窓口の用足しができ、溜まり場も広くて混雑緩和が出来るのに！

全くつまらぬ事だが、会館からの用地買収に際して、営利目的の（株）会館とは連携業務出来ぬとか、そんな暴論は流石に引っ込めたが、代わりに財産区分や管理責任明確化のため、用地境界全域に亘ってフェンスを張り巡らすべき等、一体誰がどのように両施設を利用するかなど、全く意識しない本部の頑迷さがネックとなって、このような形となったのだ。

本部の役職員が現地で申請者を代行し、毎日窓口の手続をしてみたらどうか。更に追い打ちを掛けるかのように、両建物接続部の安全対策の追加工事費を、絶対認めぬとするに到っては全く論外だ。不幸な事故が起きても関知せぬで通すのか。保安確認場入場方向の不本意決定への意趣返しか。


この支所施設の最大の特徴は、全国初である用地・建物の立体的利用であり、保安確認場の屋上を二階として事務室を設けたり、更に人工地盤を設けて駐車場のスペースとしたのだが、この人工地盤駐車場と、下の保安確認場へ出入りする車の通行が新たに加わって、国道二百一号へ直接接続する登録・保安確認事務所を含む陸運団地入り口周辺は、保安機構の支所開業と同時に大変な混雑が予想されるし、下への連絡通路が変則右側通行であるための勘違いなどが、混乱に拍車を掛けぬよう予め対策すべく、構内安全対策協議会に諮って、当面の対策を決定し、事前の周知に努めた。

支所の竣工・落成式は、一期工事分は七月末に完成し、八月から使用中の会館二期工事の竣工で、共催することを七月二十二日に正式決定し、基本事項等の協議を八月四日に会館三役達と行ったが、それ以後の具体的作業は、これも慣例に従い事務課長に全てを任せて、統轄所長の寒村はこの間本部ヒアリング対策に没頭した。

熊本・久留米・長崎・宮崎のそれぞれの落成式や祝賀会を、会館と共催の形でやってきたが、担当者や土地柄にも拠るが、今回ほど里村啓治事務課長がきりきり舞いをし、憤慨し、ぼやいていたことは珍しい。何せ名うての筑豊という土地柄だ。この地で事がスムーズに運べるようになるには年季が要る。

このような儀式や宴会は、本来単独でやるのが最もやり易いのだが、祝儀収入等の処理を含む経費的な面や、招待客・行事の効果等から、共催に拠る相乗効果を期待した方が、単独で行うより遙かに効果が大きい。それ故に合同や共催で行うのだが、反面それぞれの立場の利害調整が協調的に行われないと全く困ったことになる。

当初統轄所長と会館社長の基本合意で、招待客は数十人とし、経費分担は各四十万円、祝儀を四十万円として、総額百二十万円の範囲でと予定していたのだが、会館三役を交えた実行検討会では、会館側の都合のみで人数が一挙に百人以上に膨らみ、会場も収容力等の関係から、筑豊ハイツや野上会館などの専門会場を使わず、庄内町の体育館や講堂を利用する手作りのものとなり、労力も、費用も莫大なもの・総額三百七十万円の見積りとなったようだ。

勿論当方は全国一律、参集者四十名で、折り詰め弁当・記念品代等、一人当たり一万円程度の算定らしい既定の四十万円以外は、会館の事情によるものとし、会館側が負担するとの原則を、当初の基本合意で確り取り決めてある。其れでも諸事務手続調整を担当する里村事務課長の気苦労は大変なものだったようだし、そうした裏事情を知らぬ筑豊駐在の石野雅夫課長代理などは、会館から体よく使い走りされながら、総費用の分担費など恩着せがましく吹き込まれて、頭の上がらぬ思いをしていたようだ。

支所とＬＭＶ会館の合同竣工・祝賀式は、庄内町が広大な庄内工業団地の東北端に有する庄内サンハイツという施設の体育館兼講堂を借りて行うことになったが、会場の設営は専門家が居ないので、借りた者が自分で行うとのこと、靴の侭入場するので、体育館の磨きフロワーを傷つけぬよう、また、館内備え付けの敷きものを床全面に張り詰めねばならないし、敷物にに足を引っかけぬようばならない。幅約一・五〜二米の長い敷きものはガムテープで全縁を貼り押さえなばならない。勿論長い敷きものの両端はずれないようにガムで貼り止めしておかねばならない。

一卓十二人・一辺に各三人宛着席して百三十〜百五十人となると、十三〜十五卓は必要だが、一卓は各四個のキャスター付き長形の折り畳みテーブル二卓をあわせて正方形にしたものを一個所に置き、互いに動き出さぬように、広い白布で覆い、要所をずれないように留めておく。それらの各卓にそれぞれ十二コの折り畳み椅子を並べ、而も舞台が見易い方向にしておく。出席者に着席位置の札を用意し、その約半数は来賓用の名札を用意しておく。これらを二日前の日曜に、統括事務所、会館・駐在・県ＬＭＶ協会の職員達で設営した。

式典当日は受付・名札取り付け・会場案内・祝儀受付記帳・記念品配布や駐車場整理・閉会後の後片付けなど総掛かりで、やっと混乱無くこなせた。主催者の梶山保安機構理事長、繁松会館社長はもとより、庄内町長・助役・警察署長・同課長・交運局・支局・登録保安確認事務所・会館役員・仁保区長・森林・水利各組合代表、飯塚・直方・田川の三市長、全国ＬＭＶ協会、九州各県ＬＭＶ協会・会館入居関係団体・統轄事務所・同筑豊駐在、業界紙等報道関係・工事業者など百三十余名参集、演舞台上には二つの酒樽に十五人の代表が鏡開きに参加するという大層賑々しい大がかりな演出だ。

このように派手で大がかりな祝い事は筑豊の業会では全く久々だろうし、筑豊ＬＭＶ業界の気っぷの良い典型例だろう。各種の余興などで大盛会だ。最新鋭設備の支所や会館の見学は、バスも用意して案内したが、竣工式・祝賀会の前後に、各自適宜見学していたようだ。

支所の開業は十月十二日（月）だが、初代所長にはプロパー職員の古市貫君の佐世保からの移籍を予定していたが、当局との人事交流で半年間久留米に留め置いたため、事情も条件も変わり田次義昭君を充てざるを得なくなった。このため八月初めに、久留米に出向き両人に事情を説明し、多分に因果を含めて受託して貰った。その他の構成員は、駐在中の石野雅夫課長代理、山崎学係長、真鍋邦宏主任の計四名だ。

事務室と保安確認コースが上下となって、保安確認コースの繁忙情況による窓口からの応援は、待機コースの情況や、電話連絡によることにしたようだが、特段の混乱も無く順調に滑り出した。保安確認機器類の初期故障は不可避だが、それよりも従来の保安確認機器、特に会館の予備保安確認機器との間に精度上大差が出来て調整に大分困ったようだ。

筑豊支所の開業は、思えば寒村が昭和六十年に九州統轄所長に赴任してから、丸七年の長年月を費やした難事案だが、茲に漸く寒村自身の手で完成したことになる。感激とか感無量とか云うことよりも、人生の大きな宿題を終えた気分だ。その後の人生と引き替えの大課題だったから。

第十章　最後の難問佐世保支所の施設自前化作業・その他宿題事案等

（一）　最後の協力金征伐＝佐世保支所の施設自前化

保安機構の保安確認協力費廃止のための所要措置は、その条件の創出・調整から廃止実施まで、管内に当該施設のある統轄所長の最重要任務の一つとなった。

九州では寒村が赴任した時点で、保安確認協力費徴収の借り上げ常設施設は、大島・厳原分室を除き、前記の北九州支所：所有者は（株）北九州ＬＭＶ会館、佐世保特別出張保安確認場：所有者は佐世保運送車両協会、の他に久留米出張保安確認場：福岡県運送車両整備商工組合所有、筑豊出張保安確認場：（株）筑豊ＬＭＶ会館所有の四施設が該当した。

これらの借り上げ施設の、保安確認協力費徴収廃止のための施設自前化は、それぞれの施設所有団体・機関の収入財源として大きな役割を有するため、自前化施設設置予定場所選定等保安機構側の一方的都合によって決めうるわけでは無く、そうした表に出し難い利害調整等も絡んで、非常に長期間の年月を要することになる。

それら個々の施設自前化の事情については既述の通りであるが、九州統轄所長在任中精魂を傾注してきたこの協力費廃止も、筑豊支所の自前施設の開業により、残るは佐世保支所のみとなった。

佐世保支所の施設自前化の動きは、大別して三段階の過程を経ることになる。即ち、①佐世保市都市計画による移転立ち退きを迫られた、昭和六十二年初めから同六十三年春迄の第一過程、②支所昇格での、保安確認機器の更新や事務室拡張等の必要性による、施設の自前化条件整備等の、昭和六十三年度から平成三年度頃にかけての検討協議実施の第二過程、③そして平成四年夏頃の県外利用者の行政監察局への提訴による、緊急自前化実施の第三過程である。

最初の自前化の動きは、昭和六十二年二月初め頃、突如として都市計画による立ち退き問題が発生したためである。この都市計画との関係は、国の佐世保登録保安確認事務所庁舎裏側の幅十二米位の市道上に、高架で通す予定の国道の設置位置が数米分佐世保登録保安確認事務所の敷地に重なるだけで無く、高架道路そのものが、同事務所庁舎に二～三米掛かることから、同事務所庁舎そのものを移設する必要が生じた。

国の事務所庁舎を移設すると言っても周辺に適当な空き地があるわけでは無く、国の登録保安確認事務所に付帯する、関連事務を行う団体が入居した施設が隣接していて、それらの施設も同時移転となると大変な事業だ。これらの団体が入居する用地や施設が、直接都市計画に該当しない関連団体の場合は、移転補償に該当しないから、仮に移転となると全て自己負担となる。

そうしたことから国の登録保安確認事務所は、都市計画に掛かる面積分を、周辺隣接地より得る必要がある。その対象用地として保安機構支所を近隣の地に移し、その跡地を国の登録保安確認事務所用地として利用しようとなったようだ。

統轄所長としてはかねて保安確認協力費徴収問題で、その廃止に強硬な反対姿勢を示している、佐世保運送車両協会との関係を断ち切る絶好の機会となるので、即日本部の吉田理事と連絡を取り、その原則了解の下に、移転用地を周辺に探し求めるため、同年二月十九～二十日に現地を初めて視察すべく出張した

この初度視察の時は保安確認施設の情況については、コース幅が正規のものより可成り狭いほかは、七～八万台の管内保有台数を捌く施設として、設備・処理能力の面で特に過不足無いような印象であった。

只、事務室が狭隘すぎて四人の事務机を置くと、ファックスやコピー機などの事務機器の置き場に困り、受付窓口には二人横並びが困難、客も五～六人収容が限度のようだった。但しこうした極度の狭隘さは、移転促進の正当な理由として寧ろ好都合だった。都市計画問題は当時の高野所長からの報告の記録ははっきりしているが、その後いつどのように変転したのか日記に記録が見当たらない。

寒村自身の記憶では一～二年後に当時の九州交運局が、九州地方建設局に対し、都市計画の線引きにより直接立ち退き等を要する施設、特に国の施設に対して事前に十分な相談

もせず一方的に決めて通告するとは何事か。他官庁の権限に容喙するつもりはないが、どうしても必要な高架道路を建設するなら、その予定位置を若干変更したらどうかと強硬に申し入れた結果、予定の高架道路は現道路上に架設することになって、保安機構の移転・施設自前化問題は沙汰止みとなったようだ。

久留米支所の開設予定が契機となって、十余年間続いた佐世保特別出張保安確認場が支所へ昇格する事となった。即ち昭和六十三年度予算では移転独立化は認められなかったが、支所化は組織・定員と共に認められそうだとの同六十二年十二月頃の内報通り、同六十三年四月一日付で組織要員配置、四月十一日付で支所に昇格開業した。

なお、この支所昇格を地元関係者の中で最も喜んでくれた、佐世保運送車両協会の山添福太会長が八月初め頃突然逝去され、八月四日に行われた葬儀に列席した角田理事長にも、佐世保支所の施設状況を見て貰っておいた。この山添福太会長の逝去は、佐世保支所の自前化・借用中の全用地・施設の買収問題の、佐世保運送車両協会との協議・交渉に大きな転機をもたらした。

これ以降が第二段階の自前化準備作業となるのだが、これは保安確認協力費廃止を名目として、先ず保安確認機器類、次に建物等の施設、更には用地までの取得を最終目標とするもので、保安機構の財政事情や、全国横並びの順位等を勘案しながら可及的速やかに自前化を図ろうとするものだ。その手始めの予備協議として平成元年一月十一日の佐世保巡視の際に、先ず耐用年数超えの保安確認機器の更新について、オーナーの佐世保運送車両協会の西会長代行や中淵専務達と意見交換した。翌平成二年度予算等の検討時期となった十月末に、本部柳田施設課長からの要請で、中淵専務へ電話で現有施設の買収自前化についてその可能性の検討を要請した。。

これに対して十二月二十二日に同専務より支所の全施設譲渡の用意ありとの回答を得た。山添福太会長が、将来の国の佐世保登録保安確認事務所の、拡張等の予備地として売却できぬとしていたことと、百八十度の方針転換だ。

平成二年秋九月五～六日の本部ヒアリング対策の一つとして、佐世保支所の自前化問題の位置付け・処理方策について腹固めのため、七月十八日現地で関係者と協議した模様を、当時の日記随筆から抜粋転記してみる。

「当日・七月十八日は我々だけの現地調査打ち合わせの後、十一時半頃より佐世保運送車両協会に赴き、西会長・中淵専務に面会、要請したところ、予期以上に好意的で、統括事務所の計画に全面的に協力する姿勢だ。当方統轄事務所側の条件は全部伝え得たし、先方佐世保運送車両協会側の条件についても極めて妥協的で、大半を当方の都合に合わせて計らう旨の言質も得た。それればかりか、同協会役員の連絡で、出入り道確保のため、その所有者である長崎県運送車両整備商工組合の佐世保担当副会長にも来て貰い、佐世保運送車両協会と同一条件での用地売買の基本的合意を得た。

この訪問協議は予期以上の大成功だった。これによりこの案件を来年度の管内新規事業の唯一最大の目玉とする目途が付いた。機会を見て長崎県運送車両整備商工組合の本部へ会長らにも挨拶せねばならないが、後は自前化予算の積み上げを可能にする事務的条件たる現状実態の調査と、買収後の補修・改修・増築拡張計画の策定、更にこれらに要する費用見積もり作業で、後者はすぐにでも原設計に来て貰い協議することにした。」（以上平成二年七月六～八日右頁の随筆。更に同九月十六日右頁随筆）

オーナーである佐世保運送車両協会の支所全施設の譲渡について、右のような方針の大転換は、通常なら即座に自前化の諸所要措置を保安機構側で実施するはずである。いつどのような形で爆発するか判らぬ、保安確認協力費徴収という厄介な爆弾を抱えているからだ。然るに、実に不可解なことだが、平成二年度にも三年度にも佐世保支所施設自前化予算が見送られた。

平成三年九月二十六～二十七日の本部ヒアリングでは、初日の全体会議での次年度管内施設整備重点三事業である佐世保支所施設自前化、佐賀事務所の立体増コース化、厳原分室の施設自前化のトップに佐世保支所設自前化を据え、人事計画・その他の重要案件と共に持ち時間内に重点説明し終えて、十分手応えを感じていたが、二回目の各部との折衝では全くのよそよそしさに、大喧嘩か尻まくりしたくなる思いだった。

かくして佐世保支所の施設自前化問題は第三段階、即ち保安確認協力費徴収の不当性を訴える利用者の動きと、これに呼応した長崎行政監察局の強硬姿勢によって、思わぬ展開を強いられることとなる。

九州統括は保安機構の財政事情と、当管内のそれら施設の年次計画を調整しながら、佐世保支所の施設自前化を平成四年度の管内最重要事案と位置づけて要求した。つまり、建物・機器・用地等現用一切の支所用資産の他に、整備商工組合側からの出入り道買収、その境界明確化、側溝保安対策、橋梁改架補強、用水路上の人工地盤架設、幅約二米の運送車両学校側の出入り通路用地拡張等、佐世保運送車両協会による先行措置等の実施を含むこれらの現地確認のため本部から施設部長が出向いたのに、蓋を開けるまでも無く、本部は本省提出の平成四年予算案に盛り込みもしなかった。

痺れを切らした現地の利用者らが、保安確認協力費徴収の不当性を訴えて直接行動に出始めた。行政監察局や代議士への働きかけは勿論のこと、新聞社・新聞記者・マスコミ等のブン屋にまでたれ込みに行きかねない情勢だ。この事態を心配して長崎県運送車両整備商工組合や、長崎県ＬＭＶ協会の会長や専務達が本部陳情に出向いており、寒村統轄所長も、今平成四年度予算での本部の仕打ちへの遺恨を押さえて、来年度予算の重点項目として、先の本部ヒアリングに於いて力説した。

これに対する本部側の、特に担当理事らの態度・反応は見当違いも甚だしく馬鹿げていて、その詳細を記す気にもなれない。然し流石に梶山理事長は事の重大さを見抜いていて、筑豊支所落成式で来福時に、交運局長表敬の際の挨拶でも、自分から積極的に発言し、今平成四年度予算で執行不能の分が必ず出るので、その分を流用して、年度内に処理したい、と言いきっている。而もその宿題実行を、筑豊支所落成式の翌日から直ちに取りかかれとの命令を、寒村統轄所長に与えて帰京した。定年退職まで後半年足らずだが、効率的な手順で作業を進めねばならない。

佐世保における保安確認協力費徴収廃止要請の地元での動きは、かねて佐世保地方の運送車両整備業者の間で、長崎や佐賀の保安確認場利用との間に数百円以上の差をユーザーに求め難いことから、長崎県運送車両整備振興会から平成三年十二月七日に、佐世保運送車両協会やＬＭＶ保安機構の統轄事務所、更には同四年夏本部への陳情を行っていたが、協力費徴収者である佐世保運送車両協会が強硬姿勢であるため、支所の施設自前化を急ぐより他なかった。こうした地元整備業者らの動きは、平成四年夏の政治家の代議士や行政監察局、ブン屋等への陳情或いはたれ込みで俄に急を告げることになった。（以下、再び当時の日記平成四年十月の随筆より引用する。）

「佐世支所の用地を含む全施設の自前化問題は、その後十一月十二日長崎行政監察局が動き出したことによって、いよいよ猶予ならないことになった。同監察局の介入は、佐賀県の有田か伊万里の整備業者が、役場の運送車両を保安確認に行ったとき協力費を請求されたが、役場へはそのような法定外料金を請求できないので、免除してくれるよう申し出たところ、協力費を納められないなら他所で受けてくれと言われ、かっとなって行政監察局へ匿名の苦情申し立てしたものらしい。

行政監察局は、佐世保運送車両協会の監督官庁である、佐世保運送車両登録保安確認事務所所へ経緯と実態を報告するよう求めたのに対し、同事務所は保安機構が自前化に努力中であるので、暫く猶予を欲しいと回答。行政察局は十一月二十七日、これらの内容を新聞発表したいと言ってきたが、国の事務所は、自前化の山場に水を差さないで欲しいと要請し行政監察局に自重を求めているが、後は行政監察局の判断次第という情勢だ。

行政監査局が何時まで猶予するかは予断を許さないが、現時点で直ちに自前化実施不可能な事情が二つある。第一の理由は、全国の今年度予定事業で年度内執行不可能な分が確定し、その繰り越し分を流用承認受ける以外に年度内自前化の目途はないが、その時期は二月中・下旬を待つしか無いこと。第二の理由は現地側の作業であるが、折角自前化しても将来の改築時などに重大な支障が無い旨の保証の取り付けである。

具体的には建築確認する上で、事業譲渡一体と見なされる専用出入り道の確保の問題だ。これは然し売買当事者の問題よりもその保証は市側の問題であって、それを事前に文書等で約束せよ、は無理な話だ。そこで本部のこのような無理な話を逆手にとって、自前化直後に事務棟の一部客溜まり・カウンター部分約十二平米の拡張改修を可能とするよう建築確認を事前に取っておくことにしたい。

現地では切実な問題だが、本部の目には全く逆に移るらしいく財政逼迫で余分な改修工事等は一切認めぬとの方針の下で、北九州支所の窓口カウンターと客溜まりの拡張改修や、佐賀保安確認コース機器配置の三ポジション化と共に、この佐世保支所事務棟拡張要求も、統轄所長会議後の業務連絡での本部側反応から察するに、これらをいずれも採り上げない模様では、こうした非常手段を執るのに極めて好都合である。

こうした機会を利用しておかないと、自前化後の事務棟改修保留の北九州支所の二の舞になりかねない。施設の自前化はそれ自体対外的な実利面で大きな意義を有するのだが、職員達が働く職場環境の改善に繋げなければ、現場の職員達にはさして有り難くないのだ。そうした意味から統轄所長の判断として強行することを決め指示したばかりである。

それともう一つの問題点は、購入予定の橋梁の大部分が相当する、拡幅予定の出入り道の橋梁の構造・強度・安全性の問題である。図解しないと文章記述ではわかりにくいが、橋梁拡幅部分の既設橋梁本体部及び人工地盤のオーバーハング部との繋ぎに、橋脚を設けず、ボルトか鋲で締結使用すると言うのだから呆れる。

場内が狭く、奥行きがないので橋の際ですぐ転向を要するので、橋の拡幅改修は現用五米を片側歩道付の七米幅とし、拡幅部の途中から支所側人工地盤への車の出入り・転向を容易にさせるための隅切りを拡張部へ設けるのだが、拡幅構造部の架設支持方法がボルト又は鋲締めのみだ。設計強度としては四トン車の通行に堪えうるとのことだが、工事用の重機や、それを積載したトレーラーの通行に堪えうるのか。こうしたことは統括事務所の保安確認課長が問題点の検討や対策を企画して、本部折衝をすべきだがどうも新野課長には他人事らしい。

それよりも作業段取りとして日程的な予定で本部へ釘を刺したが、今までの所本部は統轄所長の予定日程に合わせてくれており、売り主の佐世保運送車両協会と佐世保運送車両整備商工組合側へ、当方の厳密詳細な条件を提示できたことは嬉しい。

買い主である保安機構側の条件に対する反応と調整協議を、そろそろ予告の次期になったので、統轄所長として最後の巡視を兼ねて、平成五年二月四～五日に佐世保と長崎に出向いた。難しい交渉になるものと覚悟していたが、結果的には拍子抜けする位だった。

即ち、原則部分は全部解決・了解し、後は測量や分筆・合筆・橋梁拡幅及びガードレール設置等の工事を遺すのみであったが、これらはいずれもほぼ二月中、遅くとも三月上旬には全て完成する見込みであった。交渉の最大の問題点であった土地売買単価については、売り主の両団体に不満はあるものの、買い方が大臣認可の要件たる鑑定価格は変更不能として押し切った。更新した機器価格には可成りの差があったが、売り方は遺しておいても使いようがないので、当方の提示価格となった。

工事等の際の水路や土地の利用、運送車両学校側の現出入り道の事実上の通行容認、及び基本的問題としての協力費徴収打ち切りなど、自前化以後の問題は、念書の交換によって明確化化することも了解させた。ついでに自前化の際の理事長の感謝状贈呈と、行政監察問題等で迷惑を掛けている佐世保運送車両登録保安確認事務所を招待したセレモニーを、長崎県ＬＭＶ協会を加えた三団体で共催することも了解させた。

この後で表敬を兼ねて訪ねた、佐世保市役所の土木管理課担当者丸田氏によれば、常用出入り道の水路（河川）占用許可と、里道の青道化等について、前者は既に前日二月三日付で、後者を前提とした許可が下りており、その許可条件も現申請者は佐世保運送車両協会のみであるが、自前化後の扱いも手続き方法と一緒に説明があり、問題を残すことがなくなった。次いで訊ねた建築指導課の担当者も、西側出入り道が前記管理課の見解と処置で、橋梁を含めて専用の事業用地の一部と見なされ、将来支所の改修工事に際して建築確認上問題ないこととなった。

佐世保支所の施設自前化は平成五年四月一日の売買契約締結・支払・物権引き渡し・登記をもって完了した。平成五年度予算事業として処理のためこの日を待たざるを得なかったが、年度当初に一挙解決・処理、同時完了とは余り例があるまい。既に一日前に定年退職した寒村故山自身の手で処置したとは言えないし、そうしたことに拘る気持ちもないが、本来は在任中に完了すべき重大案件であった。

三月十二日に長崎行政監察局が、かねての運輸局回答の平成四年度内処置について追跡調査してきたときは、佐世保登録保安確認事務所は弱り、当統括事務所も大いに困ったが、繰越予算の流用問題の行方について本部会計課長に質したところ、交運本省の堀出部長の意向による見送りだとの極秘情報が入手できたので、行政監察局への説明上、納得してくれるか否かは別として、年度当初の最短日時たる四月一日実施を本部に確約させた上で、交運局に連絡し、現地出先事務所から長崎行政監察局に走って貰い、事なきを得た。

特殊法人の当事者能力について、寒村故山はかねてから強烈にその限界を意識させられてきたが、理事長の現地交運局長に対する直接の約束事が、こんな形でしか決着できなかったことは、この約束に立ち会った、そして出先の責任者として甚だ残念である。この問題は後任者へ引き継ぎ説明したが、果たしてどの程度深刻に認識できただろうか。（平成五年四月予定表の左頁の随筆より転記。）

（二）　佐賀事務所の増コース問題＝移転か立体化か

佐賀事務所の施設更新、処理能力の向上問題については本書第二章（八）及び第五章（五）の末尾にに簡単に記述しているが、昭和六十三年からの日記随筆の転記を行う前に、それまでの動きを日記から拾っておく。

昭和六十二年二月二十日、前年秋から機器による保安確認は、構内駐車場での仮設保安確認機器で、下回り点検確認は、道路を隔てた向かいの佐賀交運支局構内の片隅の傾斜角度測定機棟入口前を借りて行っていた、佐賀事務所保安確認コースと機器更新の仕上がり状況を視察。同事務所職員達が当日午前中試験使用した結果、保安確認ピッチを三分から二・五分に短縮手直しする必要ありの由。コース各セクションの保安確認機器の計測判定が鋭敏なため、トラブル多発予想に憂鬱そうな様子。

同年十月二十八日佐賀事務所長より、佐賀県運送車両整備商工組合と佐賀県LMV協会の両団体が、同事務所の移転要請したいので、統轄所長の佐賀訪問を要請しているとの連絡あり、十一月初め頃に佐賀へ出向いたらしいが日付け不詳。同年十一月六日両団体の陳情書を本部へ上申。十一月二十六日両団体の会長・専務らが統轄所長に陳情の上、昭和六十三年一月二十二日両団体の専務が本部へ陳情、その結果を二月一日統轄所長へ報告に来た。

昭和六十三年一月下旬から動き出した佐賀事務所の移転問題、九州統括事務所としては、現地団体の動きは聊か無謀というか、根回しも準備不足の侭で、強引且つ勝手に動き出したとみている。

ともあれ一見藪から棒のように見えるが、佐賀平野という大穀倉地帯の大平野部を持ち、車の移動が容易なこと、その経済的県民性から管内でも四十%台前半を低迷という異例の指定整備率の低さが示すように、保安確認場への現車持ち込み率が極めて高く、当機構一千平米、LMV協会八百平米の敷地に両者の事務棟と保安確認棟がある構内の狭さに加え、職員数五人だけと言う要員不足や、Ｂ方式の保安確認機器の低能率性と相俟って、慢性的な場内混雑状態を呈していた。

この大混雑の直接原因は、機器更新中の仮設機器の非能率性に加え、更新した，Ａ方式の機器が全自動制御シーケンスのファクターとして精密測定・判定、測定条件の厳密化、次工程へ進む条件の確認と安全時間の設定など、車両のコース進入ピッチが三分をきっちり守らされるため、混雑時には一〜一・五分そこそこの処理をしていた頃より時間当たり処理量が半減したことによるものである。

このため只でさえ混雑の場内は身動きできぬ状態になり、コースや窓口の待ち時間が長くなって、利用者らは苛立ち、業界団体は山上元交運大臣を動かすぞ、と脅しを掛けてきていた。一方職員達も五〜九ラウンド制を敷くなど、夕方五時を過ぎてもなお保安確認車両を捌ききれずが続き、勤務上の疲労は限界を超える状態が続いた。

そうした状態を我慢する様な業界ではない。保安確認コースの処理能率改善が望めぬなら、この際事務所ごと移転拡充して増コース化するなどで、基本的に大改善すべしとの結論になったのだろう。

保安機構事務所とＬＭＶ協会が移転すれば、跡地は県運送車両整備振興会が、講習会受講者の駐車場に利用できる土地だ。資金なら同整備商工組合からいくらでも調達可能だ。一方ＬＭＶ協会も移転を機に思い切って用地を縮小すれば、無償で用地を申請来場者に利用されないし、等価交換で事務棟建替え可能と踏んだのだろう。

こうした結論になれば、佐賀県人の習性か彼等一流のやり方、即ち関係先特に現地の一方の当事者である、佐賀事務所や当統括事務所へ根回しなど殆ど何もせず、中央への陳情攻勢を一月下旬に開始した。彼等には余程成算があったかも知れないが、昭和六十三年度事業に採り上げられるわけが無いし、同六十四年度だって平均利用実数等から事務的にはとても無理だが、そんなことなど殆ど意に介していないようだ。ともあれこの問題は、早春頃可成り強引に中央陳情を繰り返し、そのまま夏場にもつれ込んだ。余りの攻勢に本部も一時は六十四年度分に取り上げを検討したようだ。

しかるにこの問題結論的に秋十月末に、佐賀県ＬＭＶ協会と同運送車両整備組合両団体があれほど固執し、今回を措いては後日保安機構が移転拡張の必要で協力を求めても、地元団体として一切協力せぬと強引な脅しを掛けて、用地取得の措置を求めた本部折衝で、候補地が幅狭く細長すぎて利用上不便だと突き放されたため、手を引いてしまった。

寧ろ久留米支所の稼働開始後、佐賀事務所は可成り緩和され、久留米に流れた分だけ佐賀の業者は減収となり、その被害を気にしていたはずである。統括事務所が現実的に困り果てていた昨昭和六十二年に、強力な共同作戦を張れていたら事態はもっと別の展開をしたはずだが、タイミングが一年もずれ過ぎている。業界と当方の利害関係が合っていない場合に起こる、悪事例の一つとみるより仕方ないようだ。

平成元年の佐賀事務所の移転又は立体化による増コース問題は、現地の動きは年末まで休止状態だった。この間、今年から制度として始まった、本部での各統括事務所の中期計画ヒヤリング・九月二十七～二十八日の様子を日記随筆より転記する。

「本部ヒアリングの際、佐賀の移転問題の緊急性と見直しを本部側が聞いてきた。どうやら一昨年・昨年に既述した地元業界二団体の、統括事務所頭越しの直接陳情攻勢で、羹（あつもの）に懲りて膾（なます）を吹いた感じだ。

折角なので適当にハッタリをきかせ、県家畜保健所移転の可能性と、その跡地利用を示唆した所、本部がいやに飛びついてきた。久留米支所の開業で当時のような緊迫した事情は地元には無いはずだが、折角本部が食いついてきたからには、軽く扱うのも勿体なく、地元出身の武富課長に全権委任して地元調整の当たらせているが、現在の事務所用地内での二コース化など、馬鹿げた事に両団体は固執しているらしく、対本部との駆け引きも、どうやら鍍金が剥げ落ちそうな状態だ。」（平成元年九月中旬日記右頁随筆より）

この県家畜保健所の移転問題というのは、同保健所が交運支局西側に隣接する四千平米前後の施設だが、周囲を人家に囲まれて立ち退き運動が起きかけているのか、そうした情況に目を付けた両団体が、陸運関係全団体を糾合して、県議らに陳情攻勢を仕掛け、県当局に圧力を掛けて立ち退かせ、跡地を頂こうというものだ。

一年前頃までは移転拡張候補地の一つとしてかなり熱く議論されていたが、この平成元年末の十二月二十日に、両団体会長・専務らが、県農林部畜産課に直接出向いて打診した。その結果、同保健所も環境立地上移転も検討したが、獣斃処理施設を消臭装置・処理施設等高度化して対処しており、それらに四億円以上投資した。換地提供の上、上記高度化処理施設の補償をして貰えれば、事務的には可能性を検討できるかも、との返答に、一同尻尾を巻いて帰り、この問題は急速に熱が冷めてしまった。

現用地利用の立体施設化は、極めて変則的なものとなるが、東京や大阪など大都市圏の異常地価地域での保安確認施設のあり方としての見本的な意味はあると考えられる。

本部計画では佐賀事務諸問題は平成四年度に位置づけたようだし、大分など管内他事務所よりは有利なので、寒村の在任中になんとかしておきたい。当面は地元両団体による全関係団体の糾合と、県への働きかけの行方を見極めたい。平成二年秋・九月下旬予定の中期計画ヒヤリングと同三年度の予算要求対策を兼ねて七月十八日に佐世保から佐賀へ回り、現施設を点検し、関係団体と協議した。この日午後の佐賀県運送車両整備振興会及び佐賀県ＬＭＶ協会両専務との協議は、結果的に予期以上に全く絶望的なものだった。

通常増コースは、当然隣接地を買い増すか、移転して拡張するかによって行うが、佐賀県の場合、この両団体は、支局隣接地であれば良いが、そうで無ければ移転するよりも、現在の用地でＬＭＶ協会の用地を買い上げ、保安機構の用地と一緒に再整理して、両事務室を二階に置き、立体施設施設として用地を利用して、増コースすべしとの意向だ。

その理由や態度は当初段階の場合と大いに矛盾するが、佐賀県は人口も産業も減少こそすれ、これ以上増えないし、運送車両の保有化率も普及の終わった今後はそう大きく伸びず、頭打ちと考えるべきだ。されば構内の広さよりも来場者が保安確認コースに滞留せぬよう迅速処理さえ出来れば良い。余計な費用を掛けて、交運支局と離れて不便化するよりも、その方が遙かに得策だ、と言うのだ。将に正鵠だが、統括所長の矜持が許さぬ。

然し、この論議は今年三月二十二日に両専務が統括事務所へ来訪協議の際の申し合わせ、即ち県家畜保健所の用地取得のため、県会筋を両団体が当り、その次第で保安機構も明確に意思表示し、当局筋の力も借りて総動員態勢を、としたその内容や経緯からの結論とは、到底了解できる余地はない。統括所長の意地だ。

整備振興会の貴田専務の言い草は

「ごちゃごちゃ言うからややこしくなる。さっさと現在地の立体利用化で進めば良い。応援はしても反対はしない、その推進理由位統轄所長が鉛筆をなめれば済むことだ。」

である。何とこの安易で変則的な方法を、他に探す努力もせずぬけぬけと！　そんな短絡的結論など意地でも絶対に寒村は統轄所長として認めぬぞ！　統括所長へ余計なお世話だ。

初代の統括事務所事務課長として貴田氏は管内全事務所・支所の業務開始に絶大の貢献をした功労者だが、こうした言い草には激しい反発を感じざるを得ない。

この日の激しい反発感から意地でも佐賀は放置する。寒村の在任中は取り合わぬと腹を決めたが、個人的感情で保安機構の平成四年度実施予定の計画を壊し、利用者や職員達に不便をかけ続けさせるわけには行かぬ。良い思案もないので、現地の手詰まり事情を率直に述べ、残された可能性としての、現用地の立体利用化を選択するか否かは本部に下駄を預け、反対給付の言質取り付けと交換条件で本部決定に従うしかあるまい。

反対給付とは、、用地取得不要だから平成四年度以前にも即時着手可能な用地立体利用化の早期実現と、現有地立体利用化の他管内、特に大都市及び周辺事務所の増コース対策での応用による、高地価地域事務所への巨額集中投資を回避することである。

この年秋のヒアリングの結果は、当統括所長の激しい高地価地域への集中投資反対論へのしっぺ返しか、佐賀問題への本部反応はゼロだった。その後在任中の平成三〜四年秋の二回のヒアリングは、佐賀事務所は本部計画年度の筈だったが、立体利用化の改造工事費が、現用地の中で保安確認業務も、窓口業務も行いながら、改造を進めていくためには、何段階かに工事を分割せねばならず、仮設施設をその都度必要とするため、更地に施設するときの倍になることを理由に、遂に採り上げて貰えなかった。従って佐賀事務所の増コースによる処理能力倍増化は、未解決の侭卒業せざるをえなかった。

この分割工事論はいかにも本部らしい説明だ。現地の利用者はそんな悠長な工事期間を我慢するわけが無いし、現地に適した短期間集中的工事法は幾らでもある。後年の佐賀事務所立体化改造工事を見れば判るが、統括所長も乗り気でないので本部説明に反論せず。

佐賀事務所が本格的な立体施設の全国第一号であり、その原型は筑豊支所であるが、実現したのは平成七年度で、後任者東統括所長の時である。この改造工事では、保安機構とＬＭＶ協会の二事務棟を、近くの陸運協力会支部の駐車場に仮設して、取り壊した事務棟の後に二コース分の保安確認コースと、二階に事務室を一体的に新設、その間旧保安確認コースは稼働、新施設稼働を待って旧保安確認棟を撤去、駐車場等に整備する工法を取った。この方法なら三～四年早く実現できたが、全国模範の立体化第一号誕生は喜ばしい。

（三）　機運未熟か大分事務所の移転増コース問題

大分事務所を初めて訪問視察したのは昭和六十一年三月六日である。大分の初度巡視は型どおりに、支局・関連団体棟等を表敬した後であるが、支局と関連団体が、大分から鶴崎方面に向かって走る国道百九十七号線沿いの交通至便な場所に位置するのに比べ、保安機構大分事務所は、三川流域で前面の南側はＪＲ日豊本線の走る狭い道路を通って入る、辺鄙で訪ね難い場所だ。

ここに約一千五百平米、他にＬＭＶ会館約三百平米程度の狭隘な敷地に、一コース保安確認棟と、事務所が南北に並立していて、保安確認コースは事務所東側に並んだ申請待機車両がコース北側より入って、保安確認を受け南側に出るようになっていたが、保安確認前後の事務手続き車両などの駐車スペースが限られていて、約二十万台に達しそうな県下の保有車量を捌くのには、毎月末など限度を遥かに超えており、日豊線土手下の道路に並ぶ申請車両が交通を阻害するとの苦情で、警察から度々注意を受けていた。

なお、保安確認コース西隣の民家の窓との距離が一〜二米しか無く、保安確認コースの騒音が隣家に迷惑とならぬよう窓は常時閉め放しだった。このため無風状態で風通しの悪い梅雨期などは、大きな送風機二機をコース脇に置き、滞留ガスを排風せねばならない状態だった。

昭和六十三年五月二十六日、本部より業務担当の宇野理事が大分に来た。翌日は福岡へ回る予定の理事就任後の管内初巡視だが、出身地大分で何かを兼ねた出張であろう。この日大分事務所の衛藤所長と、空港からのホバークラフト発着場へ理事を出迎え、県トラック会館予定地とその隣接の空地を視察した。

この場所は交運支局前の大通りを約二〜三キロ米東進した地点で二コース保安確認場設置に最適だったが、坪四十万円と高価格なのと、全国での移転順位が当分先のため、地元業界を巻き込んだ移転促進態勢を作るには時期尚早であった。

この昭和六十三年暮れの十二月八〜九日の全国統括所長会議の前後に、翌六十四年度予算要求中の管内施設整備長期計画として、北九州支所施設自前化、長崎事務所移転、厳原分室自前化、宮崎事務所移転拡充と共に大分も説明した。この時点では坪十数万円の候補地も三～四箇所用意したが、全国レベルで時期尚早のため、本部では全く検討されなかったようだ。そして地方都市の地価高騰は、この頃から急速化してきた。

平成元年早春、年度末管内巡視での大分・宮崎行きは二月二十一～二十二日に実施した。この巡視は年度末繁忙期を控えての激励の他に、両事務所の移転・拡張用地の候補地下見を兼ねていたが、大分ではユーザー保安確認申請者から提起されて、この正月以来問題化していた、行政監察局介入への現地対応が重要な要件であった。

この件の概要は、ユーザー保安確認申請者で、奥さんのＬＭＶを申請に来た地方建設事務所勤務の宇宙氏が、大分ＬＭＶ協会の窓口で徴収された二百円の協力費の根拠、更には市町村が委託した地方税の納付確認、保安機構本部が、民間法人化の際、全国の統括所長達の猛反対を押し切って全国ＬＭＶ協会連合会へ委託したＬＭＶ届け出返納確認業務等、本来民間団体には無いはずの権限行使の根拠を疑問として、予告通りに行政監察局へ訴え出たもので、行政監察局は、監督官庁たる大分交運支局へ正式照会を行った。

大分交運支局からの回答は、大分行政監察局より行政管理庁へ報告され、更に交運本省への勧告・指導監督下の当該団体への是正措置指導要請となる。

然し本件については照会を受けた大分交運支局の加藤章事業課長の対応が実に迅速的確で、大分行政監察局では公式照会を単純照会に変更し、中央への波及を取り止めてくれた。

この支局回答文には、返納確認書取扱いの権限委任等、本部の説明会等を要する内容などを含んでいたが、統括所長も大分交運支局と呼応して、迅速的確な処置に努めた。

この日の大分での行動は、衛藤所長を伴い、交運支局にお礼表敬と共に、その足で加藤事業課長に伴われて行政監察局へ陳謝とお礼の訪問をした。加藤課長は四月一日付で衛藤所長の後任として保安機構へ出向する予定だったが、この鮮やかな対応手腕には舌を巻き、将来を楽しみに期待していた通り、後年平成九年四月竹富氏に次いで局の登録保安部長となった人だ。

移転促進については、地元業界の動きの鈍さ等から、統括や地方事務所だけで独自に進め難い事情がある。つまり、移転拡張などの大事業は地元業界、特に中核としてのLMV業界とその団体が、他の陸運関係団体に働きかけて地元一丸となって推進してゆくことが成否の重要な鍵なのだ。

LMV協会は春の行政監察局介入事件ですっかり意気消沈しているし、LMV会館に入居の他団体である運送車両整備振興会・陸運協力会、運送車両販売店協会も、特に約三百平米の土地建物のオーナーである整備振興会は、家賃収入を失い、跡地・建物が二束三文では、保安機構から要請されても、補償要求はせぬまでも、おいそれと簡単には応じ兼ねる筈だ。整備振興会の松風専務は兎も角、副会長の有力者一人が牛耳る限り、業界は全く乗って来れないようだ。この辺りの事情を加藤所長も良く心得て慎重に構えている。

平成二年現在の県下LMV台数は二十一万余台で、保有台数上は二コース基準に達しているが、全く出張保安確認をしていないため、指定整備率が高く、年間一日平均の持ち込み申請車両数は二コース基準に遠い。然し手続き来場者等による場内及び周辺道路の混雑は、付近住民の通行・日常生活に支障と苦情を生じ、そのための抜本対策は急を要する。

そうした中で前平成元年後半頃から浮上してきたのは、ＬＭＶ会館の裏手東隣の隣接地鍍金工場主による工場閉鎖と跡地売却話の持ち込みだ。この工場敷地百五十坪と更にその東隣の空地で、ＬＭＶ協会が駐車場用地として借用中の百五十坪計一千平米を、現在の敷地と合算すれば、二千数百平米となり、どうにか二コースの保安確認場と、保安機構と四団体入居のＬＭＶ会館を設置できる見込みを図面上確認できる。これならの用地購入費も少額で済むのと、面倒な陸運関係業界団体の応援取り付けも不要だ。尤も会館建て替え費や改築中の業務処理法等問題はあるが・・・。

この方針のもとに何枚か図面上の検討を加え、事務棟及び会館を移設して二コース化可能を確認の上、隣接二地主への用地買収交渉を現地所長と手分けして行うことにした。現地加藤所長は隣接の鍍金工場主と、寒村統括所長は更に東隣の空地の所有者菱洋商事（本社北九州市八幡区）との交渉をそれぞれ担当とし、両方とも七月初めの買収申し入れに際しての保安機構の基本条件である鑑定価格に拠ること等を冒頭に提示した。

これに対し鍍金工場主は、離婚の慰謝料として受けた財産であり、土地は税法上長期保有となる平成五年初めまで余裕が欲しい。建物等の資産についても税法上の優遇措置について相談を受け、工場・住居兼用建物に適用の居住用資産の特例等、加藤所長が税務署相談で得た情報・手続きなどを教えた。

一方寒村統括所長は七月十一日事務課長を伴って菱洋商事本社へ交渉したが、その結果は七月十九日電話で、役員会の決定として会社が再利用検討のため売却せずとなった旨伝えてきて保安確認課長が受けた。現地では長年放置してＬＭＶ協会へ駐車場として賃貸中であり、利用方法がないとの意向だったが。統括所長が直接強く再交渉すべきだった。

大分事務所の移転又は拡張問題は、九州交運局陸の技官の中でも、竹富氏に次ぐ実力者と目される加藤氏が保安機構出向中に、何とか目途を得るよう、統括所長も全力を傾注した積もりだが、如何せん地元業界情勢や、事務的解決法の隣接地地主ら相手方の都合など色々支障ありで、これらを克服できなかた事は、総じて時期尚早の証左であろう。

大分事務所の移転増コースが実現したのは平成八年度であるが、これは寒村の後任者の東統括所長が任期一年を遺し、独力で実現した統括所長としての置き土産である。彼も管内の施設整備には大いに尽力し、用地の目途、利用計画は前任者が措置済みの大島分室の移転独立、全国初の佐賀事務所の施設立体化を実現した。そして北九州支所の移転拡張に全精力を傾注して取り組んだものの、これは地元整備業界からの利己的要求や妨害への、折衝・調整に思わぬ時間と労力を要したため、大分事務所の移転増コースを繰り上げ、北九州支所の移転と順序を入れ替えたものである。

寒村は前任者山畑光男氏の定年退職後の言動への自戒から、卒業後十年間は交運局や保安機構関係には一切接触せずとしていたため、移転後の大分新事務所や新北九州支所は現認していないが、大分事務所の移転先はトラック会館の隣接地のようで、平成二年頃は坪四十万円とかで、当時とても手を出せなかったところのようだ。

又、寒村は卒業後十年間前述の自戒方針厳守のため、数年後から本格的に卒業し始めるプロパー職員達の、年金正規受給開始までの再就職問題を、本部会議の席上や、意見書として、諄(くど)いように上申したが、当局のような外郭団体が全くなくては、定年後のパート雇用が限度のようだった。又地元の交運局や関連団体・業者等への再就職依頼を、交運局やその関係団体・業界等に働きかけてやれなかったことは慚愧の極みであった。

なお、後任の東統括所長は北九州支所移転問題での地元整備業者との軋轢のため、切望していた福岡県運送車両整備商工組合専務理事のポスト・村下昭二氏の後任就任を拒否されて、別人に掠われ、結局福岡ＬＭＶ協会専務理事・庄屋政志氏後任就任期待で、平成九年春同協会北九州支所長へ再就職したようだ。在任中の業務への熱心さと、関係業界等周辺環境への配慮は、本人の将来処遇上極めて微妙なものだ。寒村自身の例を引き合いにするまでも無く。

(四) 地元自治体お膳立ての大島分室の独立自前化準備

寒村が大島分室を初めて訊ねたのは昭和六十三年三月十一～十二日で、三月七日からの大分・宮崎・鹿児島・大島への年度末巡視の一環であるが、大島や厳原分室のような離島巡視は毎年というわけには行き難いものだ。九州統括所長就任以来、前年春の途中退官・再雇用を含めて二年半ぶりに漸く実現した初度巡視である。

この日の朝鹿児島空港からTDA機で大島空港に着いたが、出迎えや案内は、国の大島登録保安確認事務所の松茂係長が担当してくれた。移転前の旧空港から名瀬市に向かう途中、馬車山何某姫の伝説ある海岸で郷土料理の鶏飯を昼食、風光明媚なあやまる峠、竜郷町の西郷南州遺跡、大島紬の製造所などを見学して、大島登録保安確認事務所に到着し、同事務所、鹿児島県運送車両整備振興会大島支部、大島運送車両協会等に表敬挨拶、国及び、保安機構が借用中の、施設等を視察した。

当時国の事務所は所長以下五人で所長と保安確認・登録各二人、定員四人に一名実行貼り付け、保安機構は駐在員一名で北堀君が国の事務所の片隅を借りて事務処理。保安確認施設は、国の機器が大小兼用で、LMVに不向きのため、鹿児島県運送車両整備商工組合大島分室の保安確認機器を借用、同組合分室の予備保安確認と使い分けしていた。

国の事務所は名瀬市街の中心部に近いところにあったが、庁舎・保安確認棟・関係二団体の施設を含めて二千平米そこそこの狭さで、LMVの保安確認は週二日半位の指定日に行っており、共用出入口から入ってすぐ左回りし、整備商工組合支部の保安確認棟に入るようになっていて、数台分の待機がやっとであった。

その保安確認機器も下回り用のものは、全国でも殆ど見られなくなったアクスルリフト方式で、前輪又は後輪に歯止めを噛ませ、後ろ又は前の車軸を三十～四十糎持ち上げてその下に潜り込み点検・確認する非常に危険・非能率・作業し辛いものであった。この視察により、大島分室の施設早期更新の必要性を痛感した。

平成二年三月三～五日の日記右頁の随筆に拠ると

「大島分室の移転問題は、昭和六十三年度に可成りの高まりを見せ、候補地も具体的に選定され、当保安機構も国が移転するときは同時に移転、国の隣接地に、独自の用地と施設を確保することで話を進めていたが、平成元年以降この方針は数年先送りとの交運局方針で中断状態にある。」

と記している。所が同平成二年七月二十六～二十八日の日記右頁の随筆では

「大島では最近再び動きが具体化し、早ければ平成四年度にも交運局は取り込む方針のようなので、国の動きを密接にとらえ、同時進行で施設自前化を進めねばならぬ。」

と書いており、更に同平成二年九月十七～十九日の日記右頁には、

「九月五～六日に繰り上げ実施の本部ヒアリングでは可成り詳細な具体的計画を作成し説明しておいたのが、平成四年度分として予定する大島分室の移転独立化（中略）である。大島

分室は名瀬市の都市計画に乗って国の登録保安確認事務所が移転整備するのに合わせて、分離独立・自前化・施設整備を行うもので、その用地確保も、現地では予定計画に入っている。」

と随筆記述している。

平成三年度も日記の月間予定・実績表を調査した限り、大島分室巡視をしていないようだが、分室の自前化問題について次のように書き残している。

「今年度か来年度かと二〜三年前から現地共に色めき立っていた、大島分室の分離独立施設自前化問題は、原因が国の登録保安確認事務所の移転であり、これに引き摺られる以上国の態度が先行し、それに追随する形を取るわけだが、地元名瀬市・同市議会・土地整備組合等の事情と動きが複雑微妙であり、二転三転していたところ、どうやらこのほど市側が直轄事業として土地区画整理を行う方針に替えたらしく、市議会の承認あり次第進めたい意向がはっきりしてきたので、早ければ明年夏には国側は予算要求をだすことになりそうな情勢となったようだ。」(註＝平成四年夏に平成五年度予算として要求提出?)。(以上、平成三年五月十七〜十八日日記右頁随筆より転記。)

十二月三〜四日に在任最後の統括所長会議のため本部へ。この会議についての十二月十九〜三十一日記右頁の随筆を要約すると次のように書き留めている。

「この統括所長会議での本部側説明は、保安機構の財政破綻が急速且つ深刻に迫っていて、昭和六十二年秋の保安機構民間法人化直後、国の出資金百四十八億余円を一括返還してなおかつ百五十億円もあった累積黒字が、平成七年度からは赤字に転落する。その主要原因は、収入面では消費税制施行後のＬＭＶ市場の低迷、車庫規制適用の追い打ち等による手数料収入の大幅減少、支出面では、民間法人化後約三割も急増した職員及び老朽狭隘化の施設の更新拡張、平成六年度からの窓口電算処理開始等による支出の急増である。

この収支予測は五年ごとの手数料改定を見込んだもので、各統括所長が強く要望した記入申請の有料化は未定だが、焼け石に水の状態だ。従って施設更新・増員等は余程の緊急・不可避なもの以外は一切凍結の大方針で、頭打ち化した職員登用も、組織新設はせず、管理職相当の上席保安確認員制度で対応するというものだ。寒村孤山が在任中あれほど心血を注いだ管内の施設更新・改善・プロパー職員の登用や、住宅資金貸付制度等福利厚生面での改善も全て凍結され、当分の間氷河時代となるわけだ。

こうした状態の中にあって、平成五年度九州管内の新規案件として認められたのは、国の事務所移転に引き摺られた大島分室の移転独立と、既に長崎行政監察局から執拗に督促されている、保安確認協力費徴収打ち切りのための、佐世保支所全施設自前化関係の費用のみだ。

平成五年は定年退職を一週間後に控えた三月二十四～二十五日に、最後の管内巡視として大島を久々に訪ねた。この時は駐在の樋口君に案内して貰い、登録保安確認事務所長はじめ同事務所及び保安機構駐在の職員、それに業界団体の職員達へ挨拶した。名瀬市役所は現地恒例の桃の節句の休日とかで表敬できなかったが、当局や業界団体等へはそれぞれ丁寧に挨拶して回わり、市への謝意伝言もお願いした。

特に問題の分室移転用地は、平成五年度からの移転独立事業が絡まって、現地は造成工事がほぼ終わり近くまで進捗しており、用地の境界も定まっていて、既に何度も検討した図面上の縦断勾配が殆ど気にならない位平坦に仕上がっているのには驚いた。市の都市計画事業としての造成工事は、原状がどのような形であれ、これだけ立派な用地に仕上がっておれば、上物工事なども非常に容易だ。

大島分室の移転独立化は、後任者東統括所長の初仕事として、平成五年度に用地取得は先方が自治体なので取得条件など容易に合意し、平成六年度に設計監理＝原一級建築士事務所、施工＝？で上物建設が行われ、国の登録保安確認事務所と同時移転・開業が出来たようである。

（五）厳原分室の独立自前化準備

寒村孤山自身が離島分室問題の間接的関わりを持ったのは、昭和六十二年九月九〜十日に壱岐郷ノ浦の壱岐交通ホテルで開かれた、全九州離島運送車両連盟の会議・懇親会への出席が初めてである。この会議は主として長崎県と鹿児島県の島嶼の運送車両販売・整備の地場業者達が、離島における運送車両その他の離島特有の問題についての改善策等を協議し、必要によっては関係機関へ陳情活動等を行うもので、その代表的な成果は、離島電話料金の本土並み以下の実現などがあり、厳原の対馬運送車両協会の会長で元県会議員の吉久氏を中心に活発な活動を行っている。来賓として運輸局長の次に統括所長も挨拶を求められるので、初回は大いに戸惑ったが、離島におけるLMVの需要動向・出張を含む保安確認・LMV運送等の問題の動向を常に把握しておく必要があり、有効な存在だ。

厳原分室を初めて訊ねたのは昭和六十三年三月十七日である。この日は午後飛行機で往復したのだが、二年間の離島勤務明けで引き上げる、駐在員大蔵昌明駐在員の退去時の宿舎補修費の負担と、交代して派遣勤務に就く職員の宿舎契約時の権利金・敷金等の本人負担化など、従来離島勤務者は免除されて来た負担を、本部がこの年から一般の職員借り上げ宿舎と同条件化を打ち出し、強行する構えをしてきたため、離島勤務者の確保に支障させぬよう、その阻止等既得権擁護の必要から現地で実情を確認し、現家主と所要の協議を統括所長の責任で行うための、緊急最短時間の出張往復だった。

この初度臨時出張の目的は兎も角、この時初めて厳原登録保安確認事務所、対馬運送車両協会、及び同協会長の吉久運送車両（株）等を表敬訪問、施設と運用実態などを視察したのだが、ここもまた大島分室同様かそれ以下というようなお粗末さだった。

対馬特有の硬い層状岩の丘の一部を削って得た、一千五百平米？前後猫の額ほどの土地に庁舎と一体の保安確認棟が西の山側に、盛り土した東側に民間団体入居の協会の事務棟があり、盛り土の下は道路、南側は数米下に生コン工場があり、その崖部百五十〜二百平米は斜面となっていて使用不能の土地である。

庁舎は登録と保安確認のカウンターに所長を含めた四人の国の職員が事務を兼ねて執務、この四人分のカウンターの一部所長用を、保安機構の駐在職員が借りて執務、原簿ロッカーのために保安機構の職員は机も満足に置けない状態だった。

保安確認機器はＡ・Ｂ・Ｓなどは大小兼用のもので、車軸・タイヤ徑などＬＭＶには不向きで、ＬＭＶ乗用車などはスカート部を擦り兼ねず、下回り保安確認は、大島分室同様アクスルリフトを使っての危険・非能率・作業困難なもので、この機器を週二・五回借りて国の登録車保安確認と使い分けていた。只でさえきつい離島駐在勤務の執務設備条件が、これではやりきれまいと痛感する。

昭和六十三年六月九日には交運局で外田車両課長らと、今週初めの交運局の本省への来年度予算要求説明の結果等を踏まえて、保安機構の約六百万円？の今年度予算で、南面の生コンセメント工場の崖上斜面部分に、事務室設置予定の計画を、国が来年度予算で施設更新予定のため、保安機構の予定を保留する等の調整をした。

翌六月十日に対馬運送車両協会の吉久会長が来福、当保安機構が借上げ予定の土地約二百平米の借り上げ保留などを説明した。昭和六十三年十二月八日、全国統括所長会議の直前の各部業務連絡の際、来年度予算要求と中期計画に、厳原分室の施設独立自前化問題を提出、説明した。右の事情を踏まえてのものだが、これに関し十一月十九～二十日の日記右頁に次のように書いている。

「…の他は、国と同時施工を要する厳原分室の保安確認施設の自前化と（中略）、これは国の施設に共用とのことでカバーでき（中略）。尤もこれは地元の吉久会長が土地の手当てに張り切っているので、その鉾の納めさせ方が問題だし（後略）」

この土地の手当てとは、対馬運送車両協会の所有となっている約二百平米位の南面生コン工場側の崖、斜面分を直壁化し、保安確認用地として拡張利用できるよう国に売り渡し、その代金で保安確認場西側の数米高い層状岩の雑木林を、保安機構用地として事前に代行取得しておく案である。

全九州離島運送車両連盟の会議が、十月二十五日屋久島で開催された。今年の会議も吉久氏の個性が面白く出ていたが、今まで当局に遠慮して触れなかった離島ナンバー問題や、分室の管轄替え問題などを提起してきたのには局長も面食らったと言うか持て余していたようだ。任意自賠責保険料引き下げ問題のように、当局所管外の問題を正式議題として答弁又は所見を求められても、歴代局長は持て余し気味だったようだ。

この会議後の屋久杉などの島内見学バスツアーの途中で、空港に引き返すため一行にお別れの挨拶をしていたとき、吉久会長が藪から棒に、

「対馬・厳原への国の施設は今年度予算で拡張整備を進めているが、保安機構分室の分

も将来対策として、隣地の山を手当て中なので」

　と言ったのには驚いた。咄嗟に
「そうですか、いずれまた」

　と言って別れたが、その後十一月も中旬過ぎになって交運局の会計課長と車両課長から、対馬運送車両協会から用地買収手続きの際、この代金でＬＭＶの将来対策をする予定だと吉久会長が言っていたが、保安機構にその予定が無ければ、その旨吉久会長に伝えておくべきでは…、との連絡と助言をうけた。

　国側は分室に出て行かれては人的に困る事情もあり、又、吉久会長から間接的に保安機構統括所長へ伝えるよう要請されたのだろう。外田車両課長はかって保安機構統括事務所の保安確認課長を経験しており、竹富課長も国の現地事務所へ駐在の経験があり、吉久会長の囁きをこの侭放置できぬと判断したようだ。

　局から本省の保安確認班長へ一報を入れたので、当方も本部へ取り敢えず連絡させておいたところ、やはり当面全く計画無い旨何らかの形で吉久会長に伝えておくようにとの意向あり、これを受けて十二月二十二日電話でその旨吉久会長に伝えた。

　吉久会長は、国からの代金を協会として自主的に運営するもので、特に保安機構から言質を取ったり、既成事実を押し付けたりする気は毛頭無いが、その時期と判断する場合は保安機構に働きかける予定であるとの含みを遺した回答だ。その旨折り返し本部へ連絡しておいたが、昨年度の分室の独立建設費数百万円の予算措置以来、当時の本部施設課長・現本省保安確認班長柳田氏の現地視察や、江東保安確認課長も用地・保安確認施設自前化整備計画図面等の行きさつから、吉久会長が拘っているのも故ないことではない。ともあれ、当面の措置としては、明確な申し入れと、其れへの明快な回答で満足すべきだ。

厳原分室は昭和六十三年度に保安機構が独自の保安確認用施設をもつべく、数百万円の建設費を予算化したが、折から平成元年度に国の施設拡張更新計画との兼ね合いで保留し、地元の協会が周辺用地を買収したようだが、保安機構による整地や事務棟建設、機器更新等は保留の侭だ。近い将来に国が保安確認機器を更新するようだと、その機器がＬＭＶにも共用可能な機能の有無によって、保安機構も独自の保安確認施設が必要だろう。それと対馬運送車両協会が、国への土地売却代金で隣接の山林を保安機構の分室用地化を暗黙の前提として購入するらしいことも将来問題の種となるだろう。一応無関係と現在釘を刺してはあるが・・・。

厳原分室は、国が自動化検査機器を導入更新の時、ＬＭＶも併用できるか否かがポイントになるが、昨年国が用地拡張した際、対馬運送車両協会はその土地代金で隣接の山を買う用意しているはずなので、整地費等高く付きそうだが、必要なら、金さえ付けば何とかなりそうだ。寒村自身の記憶ではこの隣接山林は組合所有となっていて、数十人からの構成員の持ち分提供が難渋しそうな予想に反し、意外と早く纏まったようだ。整地費単価は内々に原設計に見積もって貰った。

　厳原分室の施設独立自前化問題は、国の機器更新がＬＭＶ兼用可能な仕様にしたこと、国側四人、保安機構二人の内一名統括事務所に吸い上げと言う要員上の制約、吉久会長の連盟会長下ろしの動きなどから、保安機構は本部も地元も特段の動きが無いまま、現在に到っているようだ。

（六）　九州統括事務所の移転又は改築問題

　この節の表題に関し、平成二年七月二十八日日記右頁の随筆に
「最後に九州統括事務所の移転又は改築問題となるが、これは管内の事務所・支所・分室等の事案を一と通りやり終えてからの問題だ。福岡県ＬＭＶ協会は隣の久山町への引き越しに熱心だが、いずれも寒村の在任中の事業ではない。」
　と記している。
　この件は、後任者東統括所長の努力で、平成十年度に現在地での全面改築が行われることが確定している。

（七）定年退職に当たってのＬＭＶ保安機構への期待と要望など

保安機構本部勤務期間を含めて、交運省の出向者・ＯＢでは、異例の十年近くを在職した者として、長期在職への深甚のお礼と共に、保安機構への期待と要望等を申し述べたい。

①原簿処理の電算化：待望久しい重要案件だが、これは近い将来に導入実施される筈だ。全国ＬＭＶ協会連合会との調整などで、導入が遅れているようだが、無駄な二重投資や人件費・運用・補修費等、多額の資金・経費を掛けて、実態把握・分析などの数値に差が出るなど到底世間が認めるわけがないので、両者が協調して一つの立派なシステムが完成し稼働する筈だ。原簿ロッカー分だけでも執務環境に余裕が出来、データ処理の迅速・正確化・人件費削減など、その効果は、投資額・運用経費を遥かに凌駕すると期待される。

②保安機構財政の健全化：収入面ではＬＭＶ市場の動向からの影響が極めて大きな要因のようだが、支出面では新規重要案件への投資・運用経費と、その期間等の臨時出費以外の、定常経費はほぼ一定か若干の変動も予測可能である。財政の専門家から見れば、門外漢の意見など戯言かも知れないが、健全財政の維持はあらゆる組織体の盛衰に係わる基本原則だ。「入るを計り、出ずるを制す」とは古来財政上の格言とされているが、本部では複数年分の支出の大枠シーリングを掛け、厳守できるよう出先を含む全組織単位に目標達成の努力をさせ、成績優秀の単位職場を表彰又は褒賞したらどうか。

③近年急速に広がり始めたらしいユーザー車の、本人又はその友人ら車両構造・機能・

安全上の知識技能が素人に近い人達による、保安確認申請の直接持ち込み問題への対処だ。これは欧米でほぼ実態化しているらしいが、保安確認場で担当官らに指摘された要整備箇所を整備して再検査を受け有効期間を更新されるものだ。従来我が国では常識的に慣行化している車両整備後の保安確認を逆にしたもので、ユーザーにとっては通常十万円近くも掛かる定期保安確認前の車両整備費を大幅削減出来るためだ。車両の安全維持に係わる重大問題だが、このような方法を選択する人達が増えて、コースの保安確認作業を大幅に攪乱されないよう、時間帯を設けて専門処理したらどうか。いずれ登録の小型車で国のやり方が参考に出来ようが、保安機構の確認場には、国のようにコースの余裕がないので。

④プロパー職員の定年退職後の再就職斡旋問題：彼等は退職後減額なしの厚生年金標準額受給まで5年近くの年月を要し、その期間の生活費収入確保が大問題である。寒村はこの問題を定年退職前に本部会議で提案や、文書で意見上申したが、定年退職後に賃金職員として何人か再雇用して貰えたようだ。寒村自身が当局からきつい再雇用締め出しを受けるに到る前から、前任者の定年退職後の言動への自戒で、当局や保安機構・関係業界等へは十年間一切接触せずとしていた為、プロパー職員の再就職問題に手を貸せず慚愧に堪えなかった。各統轄所長や一般の事務所長の大半は今でも当局のOBか出向者と思われるが、この人達に、プロパー職員の定年退職後地元業界団体窓口などへの、再就職斡旋を強力にお願いしたいし、そのための報奨制度などを本部で検討実施される様切にお願いしたい。

執筆を顧みて

漸く本ノートの執筆を稿了した。保安機構を定年退職半年後の平成五年秋から書き始めて、丸四年を費やしたことになる。途中何度か可成り長い休筆の期間があったりして、執筆開始当初の頃のような、在職当時の記憶が薄れたり消滅したりで、執筆が思うように進められなかったことも屡々経験した。

年金算定法を退職時報酬から、実質半分以下の標準報酬月額に変更した、昭和六十一年の国家公務員年金法改正の最初の適用者である寒村には、年金のみで生活できる時代は疾うに過去のものとなり、生計の補いに自活の方策を求めて試行錯誤したり、その容易ならざる現実に、短期間でも収入の確実な勤め口を求めたり、そして慣れないそれらの業務のために、執筆継続の余裕が無かったりしたためだ。而も、希薄化したり、消滅した記憶を蘇らせるために、取り敢えず当時の日記のみを頼りに何度か紐解き、整理を必要とした。

本書は取り敢えず寒村の記憶と、当時の日記を参考にして書き上げたが、あくまでも寒村孤山の備忘回顧録的性格のものであり、随所に検証による補正や修正・訂正を要する箇所が在ることを付記しておく。

「風雪」と題するこの分厚い自由日記帳を、ＬＭＶ保安機構の定年退職記念に、贈呈してくれた園木君夫妻に感謝すると共に、今後十年前後を目途に、全く別の読み物スタイルに書き直して世に出せないかと思う。

（平成九年九月三日）

「風雪」原本ノートのパソコン転写を終えて

「風雪」原本を書き終えてから既に二十余年を経過した。この手記は、寒村孤山が三十年前後も前に七～八年間在勤した、ＬＭＶ保安機構九州統括所長時代の異常且つ貴重な体験記であり、何らかの小説にして世に問いたいと宿願して書いた原本である。何故わざわざ困難な小説に固執したか、其れは体験が生々しすぎ、関係者や関係先への反響などを、筆者個人では処理できかねる危惧のためだ。

然し、素人にとって小説執筆などが如何に難しいものか。時代や舞台設定を古代か中世期、せめて江戸時代に置くにしても、その時代の社会構造や人々の生活様式、風習などは小説で読む程度の知識だし、現代社会とのずれが大きすぎて模写の余地が殆ど無い。時代を現在に置いて舞台を別の社会に設定するには、そうした模写可能な設定の社会を、自信を持って描写出来るほどには知らない。いっそ野生動物か昆虫の世界に置き換えてはとも考えたが、そんな世界は人間社会以上に知らない。無理すれば童話のように現実離れも可能だろうが、荒唐無稽なものとなり、なんのために無意味な努力が必要かとなる。

あれこれ思案を巡らせても、堂々巡りするばかりで一向に構想すら纏まらない。いっそ本職の作家で活躍中の高校の同級生に預けてみようかとも考えたが、こうした生々しい現実社会の題材には興味を全く持たない、耽美的あやかし文学の作家では、見向きもしないだろうと逡巡している内に七十代半ばで他界してしまった。

されればとて自分で小説執筆などとても無理だとの思いが次第に強くなり、小説化に固執することが無駄に思えて、遂にいつの間にか立ち消えの状態で十数年経って居た。

時は経ち令和も二年になって、思いもしなかった新型コロナウイルス禍騒ぎが、世の中を封鎖状態にする事態となった。自身の生活維持や社会の経済活動維持のため、必要な人達は活動を続けているが、年金生活の我々高齢者は、この新型コロナウイルス禍に最も弱いとされているので、必要以外は家に閉じこもり続けている。

この折角の貴重なこの時間を、多くの高齢者はどのように過ごしているか関知しないが、この春先に本棚にしまった侭の風雪ノートに気付き、久々に開いてみた。三十年前後も前のことが昨日のように鮮明に蘇るではないか。このまま今世に問うても全く違和感は無いと確信して、三月半ばから、先ず他人には殆ど解読不能な原文を、パソコンに転写することに着手した。この夏の五十日間も続いた梅雨、更に今度は入道雲さえ出来ない強烈な真夏の暑さの中、五ケ月掛けて漸く今日最初のパソコン転写を終えた。

これからの校正による表現の修正・訂正・資料等の照合による訂正などいくつかの作業段階を経て三～四年後には出版に漕ぎ着けたいと願っている。　（令和二年八月二十三日）

追記とお願い

なお、この「風雪」原本ノートのパソコン転写に当たっては、地名と元号年以外の固有名詞は、ごく一部の例外を除き、ほぼすべて変名してあります。日付を元号年にしたのは、当時の関係読者達から、記載内容の正誤ご指摘や、ご意見・参考資料を、容易に頂けるための配慮です。本書にはご覧の通り、写真や図面・挿絵・見取り図などが一切無いので文章だけでは理解し難い箇所が多々あります。これらの有効な資料が筆者の手元に乏しいので、適当な資料をお持ちの方は、コピーで結構ですからご提供を切望しております。

また、これら当時の関係者や、その事務所・支所・分室等へ現在お勤め中、又は以前にお勤めされた方達の読者から頂いた、記載内容の正誤ご指摘やご意見・参考資料等は、出版社・自宅宛の分全てを集め分類整理して、読者からのご希望に応じ、参考にご提供出来るようにしたいと考えております。

あとがき

この手記を出版するための最初のゲラ刷りは四六〇頁もの大部となった。専門家の意見では素人のこの種のものは、その半分が目安だとのことで、先ず纏め的な第十一章「LMV保安機構を去るに当たって」と、複数の章の記述事項が入り乱れて同時進行するために起る、極度の繁忙を理解し易くするために用意していた付表の年表を削ったが、それだけではまだ三六〇頁余にもなるので、更に目次の全頁を削除の上、各章の記述内容・解説や関連事項・余談等を、本筋が大きく影響せぬ程度に思い切った削除した。それでも三〇〇頁を少し出る。これにあらすじやあとがき等を加えれば三一〇頁余になってしまう。今一度可能な限りの圧縮を試みる他ないようだ。

筆者の略歴

寒村　孤山（さむら　こざん）

本名　　藤野　團治　　昭和七年九月一一日生

出生地　山口県豊浦郡岡枝村（現：下関市菊川町）上岡枝二〇四三番地

昭和二七年三月　　　山口県立豊浦東（現：田部）高等学校卒

昭和三一年三月　　　国立熊本大学工学部機械工学科卒

昭和五九年七月一日　運輸省自動車局公害防止課長より機構改革で特殊法人に出向

昭和六〇年十月一日　軽自動車検査協会業務部長より福岡主管事務所長へ配置換え

昭和六二年四月一日　運輸省（国土交通省）退官、引き続き前職に再雇用

平成五年四月一日　　軽自動車検査協会を定年退職

風　雪
ISBN978-4-434-29308-5　C0091

発行日　2021年8月1日　初版第1刷

著　者　寒村（さむら）　孤山（こざん）

発行者　東　保司

発 行 所

櫂歌書房

〒811-1365　福岡市南区皿山4丁目14-2
TEL 092-511-8111　FAX 092-511-6641
E-mail:e@touka.com　http://www.touka.com

星雲社（共同出版社・流通責任出版社）